春風に凭れて

五十嵐幸雄

備忘録集 IV

コールサック社

備忘録集Ⅳ

春風に凭れて

目次

Ⅰ章　日本のこころ桜を訪ねて

Ⅱ章　人生はいろは歌

Ⅲ章　老齢ビジネスマンのひとり言

Ⅳ章　季節の思い出紀行

備忘録集Ⅳ

春風に凭れて

五十嵐幸雄

Ⅰ章　日本のこころ桜を訪ねて

1　はじめに

四月は卯月の異称がある。この由来は、十二支の四番目が「卯」にあたること、あるいは稲の苗を植える「苗植月《なへうゑづき》」から転訛したと辞書にある。また、卯木（空木）の花（淡いピンク）が咲く季節だからなど諸説があるようである。さらに四月は、花残月《はのこりづき》、首夏《しゅか》、夏初月《なつはづき》、仲呂《ちゅうりょ》などの異称をもつが、これは陰暦（日本の旧暦）では、この月から夏になるからである。しかし、現在の新暦では陰暦に対して約一カ月早いので夏ではなく、弥生三月と卯月四月に跨るこの季節は、野山の木々や野草の萌芽が始まり、愈々《いよいよ》と春爛漫の桜花咲く季節の到来であり、入学、就職、転勤などの節目を迎える我々人間は無論のこと、あらゆる動植物までが、実りの季節に向かって動き出そうとする躍動感が漲《みなぎ》る季節である。

　万葉集の歌にある「娘子《をとめ》らが　かざしのために　みやびをの　縵《かづら》のためと　敷きませる　国のはたてに　咲きにける　桜の花の　にほひはもあなに」という一首は、「乙女らのかんざしのために　風流士《みやびお》の　かづら（髪飾り）のためにと　大君のお治めになっている国の隅々まで　咲き満ちている　桜の花の　輝くばかりのこの美しさは素晴らしいなあ」と解釈されるが、桜は乙女だけのものではなく、この大和の国のすべての人々が、桜花の咲き乱れる様を待ち侘びているのである。

　一方、古来「花に三春の約あり」という言葉がある。東京では、学校やビジネス社会の行事と花咲く時期をみると、入学願書を出すのが梅の季節で、受験が沈丁花の季節で、卒業式が辛夷《こぶし》の季節で、入学式や入社式、多くは昇進・昇格・転勤などが桜吹雪の季節である。

さらに、我々は四季のなかで、どの季節が好きか、どの季節が過ごし易いか、ということになると、大半の人は暑い夏と寒い冬は避けるだろう。春は花、秋は紅葉というように、春の浮き浮きした気分と長閑《のどか》さ、秋の静けさにもの思う落ち着ける気分の季節を好むだろう。それでは「春と秋でどちらが好きか」ということになると、古に遡ると、和歌の世界では「春秋の争い」がある。その例を挙げれば、万葉の昔から秋のあわれを好んではいても、後鳥羽院が「見渡せば山もと霞む水無瀬川ゆうべは秋となに思ひけむ」と詠んでいるように、この歌では春に勝負があったようである。一方、南北朝時代の吉田兼好は、『徒然草』の一九段で、「心にしみる味わいは秋が一番深い」と誰もが認めているらしい、としながらも、兼好自身は一層心が目覚めるのは、春の風物だとしている。それは、「春らしい鳥の鳴き声」、「過去のことを当時に戻って思い出させてくれる梅の花の香」、「霞たなびく頃に咲き、雨や風に打たれて散り急ぐ桜花の有り様」、さらに「昔を偲ばせる花の代名詞になっている橘の花」、「黄色の山吹の清らかな美しさ」、「淡い紫の花房の垂れ下がった藤の彩り」。兼好は春の代表的な花を取り上げ、どれをとっても見落とせないものばかりである、として秋の心にしみる味わいを惜しみつつ、春に軍配を上げている。

古今和歌集で在原業平は、「世の中に絶えて桜のなかりせば春の心はのどけからまし」と詠んでいる。この世の中に全く桜というものがなかったならば、春を過ごす心は長閑であったろうと解釈され、桜花に狂う世の嘆きとも解釈できるものの、西洋人の薔薇に対する思い入れとは異なり、桜を、芸能・芸術・祭事など、自然観、人生観、伝統文化まで高めた民族は、世界に類を見ないであろう。ちなみに、西洋人は薔薇をこよなく愛するが、桜の季節に日本を観光し、テレビで天気予報を見ていると、桜前線と開花予想を報道するので、「花の開花予想如きで税金を使っていいのか。しかもなぜ桜だけなのか」と不思議に思うらしい。それは、西洋人は薔薇を愛しても、そのことを通して、民族精神の表徴としての伝統的な文化を創造するまでには至っていないからではなかろうか。それだけ、桜は日本人にとって心に沁み込んだ特別な花なのである。

日本独自の文化として定着している花見は、咲き誇る桜を愛でるが、古くは貴族社会が梅を楽しむ行事だったとされている。万葉集で梅を詠んだ歌は約一二〇首あり、桜の約三倍にのぼる。時代の変遷とともに、一気に咲き惜しみなく散る桜が人気を集めるようになったのは、嵯峨天皇（在位八〇九～八二三年）が京都で観桜の宴を催したのが起源とする説が文献にある。また、豊臣秀吉は、正室の北の政所に「醍醐の春にあひ候へ」と花見に誘う文を送ったとされ、自ら陣頭指揮を執った。醍醐寺伝によると、その花見の宴は、長年秀吉を支え続けた正室、側室の他侍女たちといった女人に捧げるためのものであったと言う。

江戸時代の国学者・本居宣長の歌に、「敷島の大和心を人問はば朝日に匂ふ山桜花」がある。日本（敷島＝古事記に記される、第一〇代崇神天皇の宮が置かれた奈良県の地名に由来する、日本の国号のひとつ）固有の精神とは、どのようなものかと問われれば、朝日に照らされて香りたつ山桜の姿こそ大和魂であると答えよう、と解釈されている。つまり、桜は咲くべきときには満開の花を咲かせ、散るべきときには惜しみなく散る、それは武士道の「いさぎよし」と重なり、その表徴たる桜花と同質性を説いている歌と解釈されている。

このように、桜花は日本人の精神、芸術を中心とした文化を形成してきたが、桜花に纏《まつ》わる風流な言葉をも生んできた。まず、桜全般の「花言葉」を記しておくと、「精神の美、優美な女性」とある。さらに花言葉は種類別にもあるが、国花である山桜は「あなたに微笑む、純潔、高尚、淡白、美麗」とある。また代表的な桜、ソメイヨシノは「純潔、優れた美人」である。また、桜花に纏わる言葉は数多くあり、平安時代以降の日本人が詩歌などを通じて受け継ぎ、育んできた美的な感性として言葉のイメージが浮かぶであろう。思いつくままに、桜に纏わる言葉を列挙してみよう。「桜人」、「桜雨」、「桜流し」、「花衣」、「花時」、「花盛り」、「花の雲」、「花曇り」、「花霞」、「花冷え」、「花篝《はなかがり》」、「花明り」、「花雪洞《はなぼんぼり》」、「花吹雪」、「花嵐」、「花筵《はなむしろ》」、「花筏《はないかだ》」、「花の浮橋」、「花影」、「花疲れ」、「零れ桜」、「夜桜」、「徒桜《あだざくら》」などいずれをとっても風流な言葉であり、その情景を想像することができる。

例年のことだが、啓蟄を過ぎる頃、気象庁や民間の気象情報会社は、桜の開花予想を発表する。そして桜の開花は、通常は秋の紅葉とは逆に西日本から北上する。開花の桜便りが届く頃になると、本居宣長の「桜花深き色ともみえなくにちしほに染むるわが心かな」の如く、満開の桜に一期一会の思いで恋い焦がれて、私の心は浮き浮きとする。一方、古来桜の開花は、鳥たちに何もかも動き出す春が来たることの鳴き声を促し、人々には過ぎし日を思い起こさせ、そして未来への希望と喜びに溢れる人生を夢想させる。そしてその役割を終えた桜木は、次節に備えて惜しみなく花びらを解き放つ。そのとき私たちは、春愁のなかにあっても、新たな人生の旅立ちを心に決める。桜木は日本人にとって心のよりどころである。

この章は桜遊山の紀行であるが、私にとっての桜木は、都会で営む日常であっても、花開く春だけのものではない。夏は青葉に、秋は紅葉に、冬は休眠打破の蕾に、季節の変化を通して人生の想いを起こさせてくれる樹木である。花開きパステルカラーの春霞を起こす春の桜木は、ときめきと感動の世界へと誘い、生きる喜びを実感させてくれる。そして、いさぎよく散り急ぐ花びらは諸行無常の如く、人生の儚さを想い起こさせる。また、炎天下の公園や神社仏閣境内の夏の桜木は、眩しすぎる緑豊かな青葉で深い木陰をつくり、涼風に吹かれたような清々しさを感じさせ、一時の安らぎへと誘《いざな》ってくれる。さらに、田畑に豊饒の実りを迎える頃、色染める秋の桜木は、主役のモミジや楓を引き立て静寂で心に沁みる錦繍の世界を演出し、物思いへと導き心を豊かにしてくれる。そして、冬ごもりして休眠打破を迎える冬の桜木は、寒風に耐えて来たる春の開花に備えて固い蕾を育んでいる。それは、あたかも厳しい人生への忍耐と明日（未来）への希望を与えてくれるように思えてならない。

これまで、家人を伴う桜遊山は、二〇一一年の東日本大震災の年と翌年を除けば、春風に凭れて毎年出掛けている。故郷である会津は鶴ヶ城、松前城、五稜郭、松江城、熊本城、京都寺院などの桜を愛でてきた。以下の散文は、例年の花見遊山から、桜に纏わる民話や古来伝承されている話も含め、その後の印象深い思い出の紀行である。一部に既刊「備忘録集」Ⅱ、Ⅲに掲載した、日本三大桜名所だけは改めて推敲して加筆して取り上げた。

2　吉野の桜 ——二〇〇五年の桜——

二月二三日は、夜明けから風が強く、雨戸を揺るがしていた。寒の戻りかと気にしながら朝刊をとりに庭に出てみると、生暖かい海風である。昼のニュースでは、気象庁が「春一番」を発表したことを報じていた。

気象庁は、今年の記録としては、初めて九州地方から横浜方面まで黄砂が飛来したこと、花粉情報もこれまでの最高値を警報し、昨年より九日遅い「春一番」は、肌で感じる春の訪れを告げた。花粉症とは無縁の私にとっては、休日には山野に出て、雑木の枝や山草の萌芽を観察し、桜の開花時期を迎えるのが楽しみな季節である。

三月に入って、比較的緩んだ日が続いたと思っていたら、突然に日本海地方では記録的な大雪の日が続き、関東地方にも来る春を遠ざける意地悪な雪が降り、都内の積雪は七年ぶりとあって、三月中旬までの桜木は、江戸時代の国学者・本居宣長の歌「春ながらまだ風寒み桜花枝にこもりて時やまつらむ」の状態であった。

このような天候から、気象庁が靖国神社境内の標本木をもって東京の桜に「開花宣言」をしたのが三一日、満開宣言は四月に入った六日であった。昨年より一三日遅い開花宣言であったが、この桜便りは宣長の「桜花ふかき色ともみえなくにちしほにそむるわが心かな」の如く、満開の桜に恋い焦がれて私の心は浮き浮きとする。

今年も例年の如く、通勤途上では鎌倉鶴岡八幡宮・参道の夜桜、ゴルフでは伊豆川奈ホテル庭の古木の桜、関西出張では新幹線で通る関ヶ原辺りだろうか、車窓から遠く薄いピンクに染められた春霞の世界を瞻望《せんぼう》しては心が弾むのを憶《おぼ》えた。特に、今年の桜遊山は、弘前城、高遠城と並んで日本の桜三大名所のひとつ、吉野山の桜遊山を実現できたことは、幸運の極みであり記録に残しておきたい。

吉野山の桜は、山全体が桜に覆われているが、麓に近く標高の低い「下千本」から「中千本」、「上千本」、「奥千本」の順に山桜の花が咲き昇ると言う。ところで、吉野山が、どのようにして山全体を桜に覆われるに至ったのかは、平安時代まで遡らなければならない。名古屋駅から乗車した、ツアーバスのガイドの説明と文献で調べたことを記録しておきたい。

平安時代には、古来の山岳信仰に神道と仏教が混合（神仏混合）し、日本固有の修験道が成立をみた。その開祖の一人である役行者が、吉野山の山中に「金剛蔵王権現」を感得し、その姿を山桜の樹に刻んだことから、桜は吉野山において「御神木」になったと言われている。その後、「奥駈修行」という、行者装束で山岳を駆ける修行者や一般の人々は、吉野山に上り、信仰の証として山桜の苗木を植樹したと伝えられている。

また、信仰以外の大掛かりな植樹の記録としては、太閤秀吉公が、慶長三年の京都は醍醐寺の花見についで、四年後になる一五九四年（文禄三年）には、数千人の規模で「吉野の花見」を催したが、その圧巻は、秀吉がその前年に吉野山に入り、山桜中心の桜群に彩りを加えるために植樹した、数千本単位の色鮮やかな枝垂れ桜である。ちなみに、江戸の話になるが、八代将軍吉宗は、郷里・紀州にある桜の見事な長保寺の桜を観て育ったとされ、この寺の桜を偲んで、隅田川（向島）の桜堤、飛鳥山（王子）、御殿山（品川）に桜木を植樹させた。

信仰の目的で植樹された吉野山の桜は、やがて西行法師をはじめとする多くの歌人に名歌を詠ませた。江戸時代に入ると、松尾芭蕉や本居宣長といった文人が訪ねて、多くの俳句と歌を詠んでいる。特に興味深いのは、芭蕉は西行が吉野山を辿った道を踏みたいという思いに駆られ、幾度となく吉野に入っていて、向かう途中の箕面の滝（現在の大阪府箕面市の名所）の桜を見て、「吉野にて桜見せふぞ檜の木笠」という句を詠んでいることである。これは、「愛用している檜の木の笠に、吉野に連れ行って、桜を見せてあげるよ」というような心情であったと思われるが、吉野への旅は芭蕉をして、恋い焦がれしめた様子が想像できるのである。

勤務先の本社社屋の玄関ホールや応接室、会議室には、吉野山の桜を題材にした白根光夫画伯の作品が設置してある。芸術の専門的な話には疎いが、油彩画が好きで、いつも関心をもって観ているので、吉野山千本桜への遊山は、従前からの夢であった。それが二〇〇五年の花見として実現できた。

四月一一日、昨日の夕方の自由散策で息子夫婦の安産祈願のため参拝した橿原《かしはら》神宮に程近い、橿原ロイヤルホテルを朝八時に出発して、ツアーバス（殆《ほとん》どが夫婦の一五組三〇名）は、一時間ほどで吉野山の桜としては「中千本」に位置する如意輪寺から近い駐車場に到着した。すでに、吉野山麓に位置する「下千本」と呼ばれる地域は、散り始める状態で葉桜と化した桜木も見受けられた。しかし、バスガイドによれば、「奥千本」はまだ蕾の状態だと言う。

ツアーが散策コースとしたのは「中千本」地域で、散策マップが配布された。散策道が何本もあり、選択自由の行動である。吉野桜は満開状態と桜木によっては八分咲きもある。残念なことは、生憎の小雨模様で、霧雲が靡《なび》き山腹をぼかしていたので、東山魁夷画伯が描く山景画の如き情景のなかでの花見になったことである。

私が選択した三時間の自由散策コースは、「中千本」に位置する如意輪寺から山岳斜面を、鉄道線路のスウィッチ・バックのように、Z型の急な散策道を谷間まで下り、さらに途中にある五郎兵衛茶屋の展望台へと、同様な坂道を登って「上千本」の入り口に位置する旅館竹林院群芳園に立ち寄り、金峯山寺蔵王堂（国宝）を参拝、ツアーバスが移動して待機している、吉野山観光駐車場に辿り着くものである。

霧雨のなか、バス駐車場から坂道を少し下った如意輪寺を訪ねた。創建は延喜年間（九〇一〜

二二年）と伝えられている。吉野の地で崩御した後醍醐天皇の陵・塔尾陵《とうのおのみささぎ》があり、勅願寺である。本堂の本尊である如意輪観音に手を合わせてお参りした。ボランティアの案内人の紹介によると、南北朝時代の一三四八年（貞和四年）、楠木正行が四條畷の戦い（足利尊氏の家臣である高師直との戦い）に出陣するとき詠んだという、辞世の歌「かへらじとかねて思へば梓弓なき数に入る名をぞとどむる」が、本堂の扉に刻まれていた。この戦で、足利方の圧倒的な兵力の前に敗れて、正行が弟と自決したことは歴史で知るところである。

如意輪寺を拝観した後、参道からハイキング道の勾配の厳しい山岳斜面を谷まで下り、そしてゆっくりと斜面の散策道を五郎兵衛茶屋目指して登る。山全体が山桜に覆われたなかに雑木が点在し、芽吹いて間もないその若葉が春もみじのように目に優しい。また、散見できる吉野杉の碧やよく手入れされた桜木の回りの若草の緑が美しい。情景が変化するたびに立ち止って山桜を眺め、その美しさに溜息をつきながら感動し、満開の「中千本」の吉野桜の情景を脳裏に刻みながら散策道を登って行った。

途中、五郎兵衛茶屋に立ち寄って休憩した。この茶屋の庭が展望台になっていて、登ってきた「中千本」と「下千本」の桜全体の絶景を眼下に眺めることができる場所で、薄いピンクに染められた絨毯が敷きしめられたような春霞の世界の美しさに、若い女性ハイカーたちの歓声が聞こえる。ここから二〇分ほど登ると、「奥千本」へ続く街道の入り口に着くが、そこは吉野山の尾根になっており、なだらかな坂道の商店街の最後部になる。

商店街に出て、三〇メートルも下ると旅館竹林院群芳園があり、庭園を見学させて頂いた。この庭は回遊式庭園（群芳園）で、豊臣秀吉の花見に際して千利休が作庭し、一説には細川幽斎が改修したと言われている、とのことである。池や沢山の植栽は、今は木の芽が春紅葉の様相だが、暫くすると若葉が青葉、そして秋の紅葉と四季折々の鮮烈な美しさを見せてくれるだろう。

　この桜遊山で幸運だったことは、この街道の中腹にある金峯山寺蔵王堂（国宝）に立ち寄り、「蔵王権現像」の六〇年に一度の御開帳に巡り合えたことである。この蔵王堂は、吉野山のシンボルであり、修験場の総本山である。開山後の平安時代に、聖宝理源大師《しょうぼうりげんだいし》が蔵王権現像を安置したと言われている。檜皮葺の蔵王堂は、正面五間、側面六間、高さ三四メートルあって、東大寺大仏殿に次ぐ木造大建築物である。吉野桜の満開時期と権現像の御開帳と相まって、大変な人出で、拝観券を求める行列が延々と続いていた。時間に余裕があったので、私は気の短い性格を押し殺して我慢して並び、漸く蔵王堂の内陣と礼堂にお参りすることができた。

　現在の建物は、一五九二年頃に再建された室町末期を代表するもので、内部は内陣と礼堂からなり、松や杉など自然木のままの柱六八本が林立していて豪壮である。また、内陣の二本の金箔張りの化粧柱や須弥壇は贅を尽くしたもので、桃山時代に太閤秀吉が寄進したものという説明があった。祭られていた三体の権現様の御本尊は、厳しい眼光で、高さが七メートルにもおよび、かつ国内最大級の厨子に収められており、山岳宗教の荒々しい雰囲気を漂わせていた。私は、正座して見上げる御本尊に、ただただ圧倒されながらも、ひたすら「これからの人生の在り方が間違いないように」と祈るだけであった。

　蔵王堂を参拝した後、門前町のような商店街を、様々なお店に立ち寄って覗《のぞ》き、買い物を楽しみながら下って行った。途中、葛きりを食してお抹茶を飲んで休憩した。ツアーバスでは昼食の弁当を用意しているが、好物の鯖・鮭・鯛の柿の葉すしを求めた。そして、胃の弱い私は、吉野山で有名と聞く藤井利三郎薬房を探し求めて立ち寄り、漢方「陀羅尼助丸」を手に入れることができた。家人は、吉野杉を原料とするお線香や葛などを土産とした。

散策を終えたツアーの面々は、正午過ぎ予定時間を大分遅れて出発、次の桜巡りの地である桜井市山間の長谷寺へとバスは山を下って行った。吉野山麓の平地である吉野川大橋まで五キロほどの道路は、駐車場が空くのを待つ渋滞で、吉野山に向かう観光バスやファミリーカーが数珠繋ぎの状態だった。バスガイドはこれをホテル出発を早めにした理由とした。

吉野川のほとりまで下ってくると黄金の輝きが見えた。山吹の花だろう。それは、古今和歌集の藤原家隆朝臣の歌「吉野川岸の山吹咲きにけり嶺のさくらは散りはてぬらむ」を思い起させ、散りゆく吉野桜のピンクの彩りとは対照的で、感動に値する美しさであった。

また、西行法師は、「奥千本」に位置する山中に庵を構えていて、「花見にとむれつつ人のくるのみぞあたら桜のとがにはありける」と詠んでいるように、「花見にと世間の人々が群れをなしてやってくるが、そのことだけが惜しいことに桜の罪である」としているのである。今日のような混雑ぶりではなかったにしても、吉野山は平安時代末期から鎌倉時代初期にかけて生きた西行の時代にも、桜に魅せられた多くの人々で賑わいを見せていたのである。そして、桜の開花時期の吉野山に限らず、古の奈良の都は大和の国の中心として繁栄を極めていた。万葉集の原歌（巻三・三二八番）に、「青丹吉寧樂乃京師者咲花乃薫如今盛有」とあるように、小野老朝臣は、今日多くの人に知られている歌で、「あをによし奈良の都は咲く花の匂ふが如く今盛りなり」と詠んだ。この歌は「奈良の都は咲き誇る桜が色美しく、照り映えるように、今が繁栄の盛りである」と通釈される。太宰府に赴任して都を懐かしむ大伴旅人たちに対して、小野老朝臣が奈良の華やかな繁栄の様子を咲き誇る桜花に見立てて報告した歌とされる。今回の旅では吉野山の桜と飛鳥寺境内の苔むした一本の老桜、山里の静謐な秋篠寺の数本の桜、長谷寺回廊に沿った数十本の桜を愛でて、その咲き誇る様に約一千年の時を経て古の奈良の都人と喜びを共有できることを想像しただけでも感慨深いものがある。

春爛漫の時期は短い。四月二日、東京の桜は散り始めて花吹雪が美しい。それは、あたかも西行が詠んだ「憂き世は留めおかじと春風の散らすは花を惜しむなりけり」の如くである。「春風が桜の花を散らすのは、このような綺麗な花をこの世においては、もったいないと惜しんでいるからである」というように解釈されている。しかし、散る桜は春風のせいではない。それは、「桜自身が惜しげもなく、己を捨てて根に帰る」のであって、日本人が桜の散る姿に魅せられるのは、その美しさにあると私は思っているのである。

二〇〇五年四月

3　陸奥の桜 ――二〇〇六年の桜――

啓蟄の三月六日は朝から春を感じる陽気であった。その日は、終日幾つかの会議があってオフィス内にいたので、午後から強風であったことを知らず、気象庁が「春一番」を発表したことは、翌日の朝刊で知ることになった。関東地方は、南部を中心に最大風速が都心で二一メートルを観測したと報じられ、昨年より一一日遅い「春一番」は、待ち侘びる麗らかな春への足音を加速させた。

毎年のことだが、春一番の季節がやってくる頃には、桜の開花予想が発表される。気象庁は、三月に入ると、都心の開花予想日を二五日と発表していた。桜の開花が早くなるか遅くなるかは、冬の低温と春先の高温に左右されると言う。植物図鑑を覗くと、桜は、花の元になる花芽を夏につくり、秋になると休眠に入るとされる。そして花芽は、冬の低温に一定期間晒されると休眠から目覚めるが、これを専門的には「休眠打破」と言う。その後、花芽は春が訪れ、気温が高まるにつれて生長し、開花するのである。専門家は、冬が寒く春先が暖かいほど、花芽の生長が早く、開花が早いとしている。そして、気象庁は、春分の日の二一日、桜の開花を宣言した。例年よりも七日早い開花宣言となった。

今年も例年の如く花見に出かけた。通勤途上では、鎌倉鶴岡八幡宮に立ち寄り参道の夜桜を楽しんだ。休日の四月一日は、東京駅八重洲口ビルのデパートに出掛けて用事を済ました後、和田倉門から内堀通りの桔梗門、桜田門を経て三宅坂を上り、千鳥ヶ淵公園から北の丸公園を経て大手門まで、皇居を一周した散策で、満開状態であった万朶の桜を堪能した。そして、満開の桜は、僅かな風と思われる微風でも早咲きの花びらが静かに散り始めていた。その情景とわが想いは、新古今和歌集で紀貫之が詠んだ、「花の香にころもはふかくなりにけり木の下かげの風のまにまに」の如く、花の香りが衣に深く染み入り、桜木の霊が自分に入ってくるような心持であった。「花より団子」の方は、皇居を一周した後、大手門のパレスホテル地下にある懐石料理「和田倉」で満たした。快い疲労感を冷酒が癒してくれた。

さらに、六日には、勤務先の宇都宮事業所に出向いたが、工場構内の二二〇本のソメイヨシノは、更新のために新築した、三階建て事務棟の竣工式を祝うかのように、咲き誇っていた。特に五月の連休は、東北地方の桜を追いかけて、二〇〇六年の桜を惜しんだことが印象深いので記録に留めておきたい。

連休の四月三〇日から、東北は北上、角館、弘前、十和田湖、奥入瀬方面に出かけた。ツアーに参加した「陸奥《みちのく》桜巡り」の旅である。歌人西行は、二〇代の後半と六九歳を迎えた時期には、東大寺再建の勧進僧として平泉に藤原秀衡を訪ねて陸奥を旅し、束稲山《たばしねやま》（岩手県、藤原氏が京都の東山になぞらえ、一万本の桜を植えたとされる）の桜を、「聞きもせずたばしね山のさくら花吉野のほかにかかるべしとは」と詠んでいる。陸奥の桜が、吉野にも劣らないほど見事なものだとは、聞いたことがなかった、と解釈でき、陸奥へ下って平泉で初めて目にした、全山を彩る桜の見事さに感動したことが読みとれるもので、私の陸奥への桜遊山は長年の夢であったのである。

東京八時二〇分発の新幹線が一一時半ごろ、岩手県の北上駅に近づいて徐行し始めると、右方に北上川を臨み、河川の堤には桜並木が帯状に見えてくる。展勝地公園の桜である。この桜は、一九二〇年（大正九年）に、桜の植栽事業として植えられたもので、公園の敷地約三万平方メートルに、約一万本の桜と一〇万株に及ぶツツジがあると言う。そして、この桜は、平成二年（一九九〇年）に、「日本さくらの会」より桜の名所百選に認定され、青森県の弘前、秋田県の角館と並んで、「みちのく三大桜名所」のひとつに数えられている。

展勝地レストハウスの駐車場に隣接する公園広場は、東北地方から集まったという「ヨサコイ・ソウラン踊り大会」に参加する若者グループで騒々しいほどであった。しかし、北上川沿い約二キロにわたる桜並木は、宴会が禁止されていることから、さほど混雑していなかった。樹齢八〇年を超える桜は、頭上を覆い尽くした回廊となり、ソメイヨシノやベニザクラなどが満開の状態で圧巻であった。桜並木のなかには、幹回り四メートル以上はあると思われる古木が幾本もあり、万朶の桜花は、われこそをと競って咲き誇っていて、見事という他はない。

この桜並木をゆっくりと歩いた。一キロほど散策した後、ベンチで休憩し、北上川を往来する遊覧船を眺め、別名に春鳥・春告鳥・花見鳥・歌詠み鳥・経読み鳥、匂い鳥など様々な名のある、鶯の鳴き声を聞きながら、茶店で求めた缶ビールで、支給された弁当を楽しんだ。弁当を広げていると早咲きの花びらが舞い落ちてくる。この、長閑な春爛漫の有り様は、新古今和歌集にある、詠み人知らずの「霞みたつ春の山部にさくら花あかず散るとやうぐいすの鳴く」を思い起こさせ、鶯の春を謳歌する鳴き声は、人々に春来たることを促し、花散る美しさへの感動を誘うものであった。

展勝地公園内には、「サトーハチロー記念館」、「利根山光人記念美術館」などがある。桜並木から、東北随一の規模を誇ると案内のある野外博物館、「みちのく民俗村」へと散策した。なだらかな山の広大な民俗村には、古代の住居、明治時代の農家など歴史ある建物が移設されており、自然のなかには一五〇種類の桜が植樹されている。また、公園広場に程近い、北上川沿いの堤には「北上夜曲」の歌碑がある。菊池規《のりみ》作詞、安藤睦夫作曲のこの歌は、私の青春時代には歌声喫茶で歌われ、ダークダックスでヒットした曲でもある。昭和二〇年代の初めから、盛岡や仙台辺りで自然発生的に歌われ始めたという案内があり、作詞の菊池は水沢農学校、作曲の安藤は旧制八戸中学の生徒で、二人とも一〇代で、一九四〇年（昭和一五年）の作品である。

二日目、雫石プリンスホテルを後にして、ツアーバスはＪＲ刺巻駅が程近い、広いハンノキ林に囲まれた六万株におよぶ水芭蕉の群生地である刺巻湿原（秋田県仙北市）を訪れた。春の雪解けを待って咲き乱れる、純白の仏炎苞《ぶつえんほう》に包まれた黄色の穂の美しさに心が洗われた。そして、バスは武家屋敷で有名な角館に向かった。角館には歴史的にも興味がある。

横手観光バスのベテランガイドによると、城下町としての角館は、中世末期に戸沢盛安によって創建されたとした。幕府体制下、当地の大規模な都市計画を実施した芦名家は断絶し、明暦二年に久保田城主の佐竹氏一族北家の佐竹義隣が角館に入った。義隣と二代目の義明の妻が京都の公家の出身だったため、京文化が色濃く伝承され、角館は城下町・宿場町として仙北地方の政治、経済、文化の中心地として栄えたとした。武家屋敷の枝垂れ桜には、その幹に番号札が付されているが、義隣が妻の慰めにと京から持参して植樹した桜木の子孫である。すなわち、枝垂れ桜は嫁入り道具の一部だったと言うのである。

ＪＲ角館駅から徒歩一〇分ほどの武家屋敷が残る内町を散策した。東勝楽丁から表町下丁への道路は途中で桝形になっていて、行き止まりのように見える。故郷である会津城下町に見られるように、見通しを避け、防衛する役割をもっていたのであろう。内町の武家屋敷通りを散策した。屋敷には植えられた見事な枝垂れ桜や樹木が茂り、巨木となって屋敷や道路を覆っている。そして、垣間見る建物に人の気配を感じない、静寂な雰囲気が伝わってくる。しかし、現実には今もそこに生活があるのである。歴史ある武家屋敷（青柳家・石黒家・西宮家・岩橋家など）のなかに入ると、そこは美術・工芸品の展示や喫茶、土産売り場になっていて、桧の二段弁当箱を求めてきた。山歩き用に使うつもりである。

一方、国の名勝に指定されている、秋田県一級河川の雄物川水系玉川の支流である桧木内川の川堤には、約二キロにわたって四〇〇本余のソメイヨシノが咲き乱れていた。満開の桜に、心が洗われるようであった。まだ花びらが散る状態にはなく、喜びに溢れるかのように咲き誇っていたのである。そして、この満開の桜も、あと三日もすれば散りゆくであろうことを思うと儚さを憶え、西行法師の「眺むとて花にもいたく馴れぬれば散る別れこそかなしかりけれ」を思い起こし、満開の桜もすぐに舞い散る花の命の短さに、桜花との惜別の想いが込み上げてくるのである。角館を後にしたツアーバスは、仙北市西木町のかたくり群生の郷、田沢湖周遊を経て午後三時ごろ青森県弘前城に到着した。

別名鷹岡城と呼ばれる弘前城は、一六一一年（慶長一六年）に津軽信枚によって築城、一九三七年（昭和一二年）、現存建物群（三の丸東門を除く）が国宝に指定された。ガイドの案内によると、築城時には五層天守が聳《そび》えていたが、その後の落雷で本丸御殿や初期の天守閣が焼失し、現在では櫓《やぐら》が三つ、城門が五つ、郭《くるわ》が六つ残っていると言う。天守閣は、もともと櫓であったものを改造して一八一一年（文化八年）に再建されたという名城である。桜祭りの開催期間中でもあり、大変な人出ではあったが、広大な城内はさほど混雑を感じさせなかった。

我々ツアーは、ここ数日の晴天によって八分咲きの幸運に恵まれた。バスが駐車した弘前中央高校の正門に面した「中央高校口」から弘前城内に入った。外濠にかかる万朶の桜枝が、形容し難い美しさで見事という他はない。弘前城では、林檎の木の剪定のノウハウを活かして、桜枝を剪定しているため、通常枝先に三つほどつく花が、倍以上つくケースもあってボリューム感がある。ソメイヨシノを中心に二六〇〇本といわれる桜が、城の周辺（弘前公園）を埋め尽くし、まさに日本一の桜の名所である。

特に、天守閣の城壁から見下ろす、西濠の桜並木は圧巻であった。春陽橋のたもとから西濠と蓮池に延びる道には、約三〇〇本のソメイヨシノがアーチ状に植えられており、静かな水面を眺めながら、延々と続く桜の回廊を散歩した。西濠は、かつては岩木川の本流であったとされるが、その桜並木はいま、パステルカラーの薄いピンクに染められた、そのような春霞の世界を引き起こしていて、ふと新古今和歌集で式子内親王の歌「いま桜咲きぬと見えてうすぐもり春に霞める世のけしきかな」を思い起こした。一時間半ほどの自由行動で、城内公園をゆっくりと散策し、印象深い苔むした古木の桜木を記しておく。

圧巻なのは二の丸の大枝垂れ桜である。一九一四年（大正三年）に在弘宮城県人会の寄付により植栽したと記録が残っており、樹齢九〇年以上、幹回り三メートル六五センチ、樹高一六メートルと園内最大の枝垂れ桜である。また、本丸の石垣から内濠にかかる弘前枝垂れは、棟方志功画伯が「御滝桜」と命名したもので、その咲き乱れる姿は見事と言う他はない。さらに、城内の「緑の相談所」の裏庭にある日本最大幹回りのソメイヨシノは、推定樹齢一二〇年といわれ、主幹幹回りが五メートル三七センチとあり、その巨腕を広げて咲く老木の桜に誰もが感動するだろう。もう一点、二の丸番所の横にある老木で、案内板には明治一五年に植栽したと記録のある日本一長寿のソメイヨシノは、樹齢一二五年で、幹回りが四メートル以上あると思われ、枝は孫かひ孫のような枝ぶりの桜が咲き誇っていた。

陸奥の旅三日目、六時に起床した。肌寒さを感じるなか、残雪のある十和田湖畔のハイキングコースを小一時間散歩し、フキノトウを見つけた。湖畔周辺の黒いシルエットの木々は、息をのむほど美しいが寒林のように見える。そして、散歩途中に山桜の木を散見できたが、冬芽の鱗片は春の準備に入ろうとする、国学者本居宣長の「春ながらまだ風寒みさくら花枝にこもりて時やまつらむ」の状態であった。その日は、十和田湖プリンスホテルを後にして、奥入瀬川ハイキングコースを散策、十和田湖を遊覧船で周遊するなどで過ごし、今年の桜遊山を終了し、夕方盛岡駅から新幹線「はやて」で帰路に就いた。

古今和歌集は紀友則の歌に、「久方のひかりのどけき春の日にしづ心なく花のちるらむ」がある。解釈すれば、光がやわらかな日に、どうして桜の花はじっとおとなしくしていられないで、散り急ぐのか、というところだろうか。二〇〇六年の桜は、初めての試みであった皇居を一周したこと、陸奥桜三大名所の展勝地、角館、弘前城の花見によって満足した。例年感じることだが、桜は咲いて人々を陽気にもするが、花散る頃になると感傷的な心持にもする不思議な花である。桜は人それぞれに、人生の想いを起こさせるのである。

二〇〇六年四月

4　高遠の桜 ――二〇〇九年の桜――

気象庁は、二月一三日、北海道を除く日本列島で、「春一番」が吹いたと発表した。全国一斉の「春一番」も珍しいが、関東地方では過去一〇年間で最も早く、昨年より一〇日早い。強い南風が吹き込み、この日は夜九時を過ぎても一五度を下らない暖かさであった。その後、三寒四温を繰返した。そして、啓蟄が過ぎて、気象庁は東京の桜の開花を三月二五日と予想した。そして、靖国神社の標本木の桜に開花を認め、開花宣言をしたのは二一日であった。その後、気温が上がらず、東京の桜に満開を宣言したのは、四月二日であった。桜の季節に口ずさむのは、古謡「さくら」

である。この古謡を思い起こすと心が弾むので、例年のことだが、花見酒に興じ都心の桜が散ると、追いかけるように遠出をする。今年は、吉野山、弘前城と並んで、日本の桜三大名所と言われ、これまで足を運んだことのない、信州伊那市の高遠城址公園の桜遊山に出かけたので、記録に残しておきたい。

長野県伊那市高遠町の高遠城は、一昨年NHKの大河ドラマ「風林火山」で、その歴史を詳しく知ることになった。作家井上靖の原作（『風林火山』新潮文庫）を読んでみると、高遠城は、一五四七年（天文一六年）の築城で、別名兜山城ともよばれる。諏訪氏一門の高遠頼継が居城としていたが、武田信玄軍が杖突峠を越えて城を囲んだ際、頼継は勝ち目がないことを悟って自ら城を開いて降伏した。信玄は、高遠城を伊那地方への進出の拠点とするため、山本勘助に命じて大規模な改築を行い、一五七〇年（元亀元年）、自分の後継者を勝頼として、実弟の武田信廉を城主とした。

信玄亡き後は、重要な軍事拠点として、織田氏からの甲斐進攻に際しては、最終防衛基地の役割を果たしたが、一五八二年（天正一〇年）、信長は、本格的な武田攻めを開始し、長男信忠に五万の大軍を与えた。一五八一年（天正九年）、高遠城主となった勝頼の異母弟の仁科盛信は、三千守備兵で奮戦するも凄惨な戦いの末に玉砕し落城した。これによって、武田氏は瓦解、その九日後に武田氏は滅亡した。

武田氏滅亡後は、信長支配のもとで、高遠城攻めに功績のあった毛利秀頼が城主となった。その僅か後に本能寺の変が起こり、武田家の旧臣木曾義昌が占領したが、徳川家康によって追われた。江戸時代には、高遠藩の藩庁となり、京極氏、保科氏、鳥居氏が城主となる。一六九一年（元禄四年）に内藤清枚が入封、以後内藤氏八代の居城として明治維新を迎えることになる。

江戸時代の高遠城主で、保科正之には興味をもつ。それは、私の故郷である会津藩二三万石の城主として高遠から、出羽国米沢藩を経て赴任したことによる。そして、元禄九年に会津藩保科家三代正容のとき、将軍綱吉の命により保科を松平と改め、松平容保が戊辰戦争で降伏するまで会津藩の城主として将軍家に仕えるのである。保科正之については、直木賞作家・中村彰彦著『名君の碑　保科正之の生涯』（文春文庫）が名著である。

保科正之は、二代将軍秀忠と大奥女中志津（お静）との間に生まれた、三代将軍家光の異母弟である。正妻のお江の方の狂気じみた嫉妬によって水子として葬られようとしたが、秀忠は実母・静の愛情に加え武田信玄ゆかりの見性院と信松院の慈しみをもって養育させていた。そして正之は、七歳の時に当時の高遠藩主・保科正光の養子となり、一六一七年（元和三年）に高遠に移住し、正光の後を継いで城主になる。この生い立ちが、正之の信条である門地や血筋を誇るよりも人への感謝を忘れない謙虚な人間に育てたのではないだろうか。

歴史学者、東大名誉教授の山内昌之氏は、保科正之を評して、「老子道徳経」に言う知足の人であったとしている。調べてみると、「老子道徳経」の一節に「自勝者強知足者富」とあり、「自ら勝つ者は強く、足《た》るを知る者は富む」という克己心と知足の精神の持ち主であったと思われる。つまり、武力や権力による強さや財の豊かさを重視するよりも、自分の今ある姿に満足し、支えてくれる人々に感謝する心を忘れない。そのような人物像が浮かんでくるのである。一方、家光の同腹である駿河大納言忠長は、「百万石の大封に列するか、大坂城をあずけるか」など、無理難題を秀忠に迫った万事について増上慢であったため、家光は寂寥の念をもっていたと思われるが、己の分を知り無欲恬淡とした正之を肉親として愛おしく思っていたことは当然の成り行きであり、家光が正之を後継である幼君四代将軍の家綱の輔弼役として遺言を残した要因であったのであろう。

やがて正之は、異母兄弟である将軍家光の抜擢を受け、寛永一二年に出羽山形藩二〇万石、同二〇年には会津藩主の名君として慕われた。特に、家光の遺言により、四代将軍家綱の輔弼として江戸に詰め、幕政を成功させた功労者であった。その功績は、飲料水のない江戸に玉川上水を開削、さらに明暦の大火災後の江戸復興（この大火で焼け落ちた天守閣を無用の長物として再建させなかった）、さらに、家綱政権の「三代美事」と言われる、末期養子の禁の緩和、大名人質制度の廃止、殉死の禁止をやり遂げたこと、会津藩主としての治績は、幕府より早く殉死を禁止したこと、間引きの禁止、救急医療制度の創設、飢饉のときに貧民を救うことを目的にした「社倉」とその制度、年齢九〇歳に達した者は男女の身分を問わず、生涯一人扶持を与える年金制度の創設、幕府に忠誠を誓う会津藩の憲法である「家訓一五条」の制定などに尽力したことである。

四月一一日の土曜日、自宅の茅ヶ崎から六時の相模線で八王子に出て、「スーパーあずさ」に乗り換え、茅野駅には九時過ぎに到着した。茅野駅と高遠町を結ぶＪＲ臨時バスの初日で、観光客で混雑していた。九時二五分始発バスに乗り込み、国道一五二号線を一路バスターミナルの高遠駅へ向かう。バスが杖突峠の頂点に達する辺りの雑木林は、まだ芽吹いておらず残雪が見られる。この峠は相当に雪深いことであろうことを想像する。いま漸く春を迎えて樹木や山草が動き始めようとしていて、その風景を眺めていると、ふと紀貫之の歌「雪降れば冬こもりせる草も木も春に知られぬ花ぞ咲きける」を思い起こさせる。それを「風雪のなかの樹木は、来たる陽光の春に備えて耐えている。人間も同じでやがて花開く希望をもてば、今の苦境にも耐えられる」と解釈していたら、流れゆく風景に気分も爽やかになった。そして、杖突峠を下ると、バスは守屋山を濫觴《らんしょう》の地とする清冽な流れを示す藤沢川沿いを並行して走行する。それでも、高遠町に入ると田圃や畑のあぜ道の若草のなかの黄色い水仙や蒲公英《たんぽぽ》が鮮やかに見える。民家の庭に散見できる樹木の黄色い花は、高村光太郎が最も愛したといわれ、俳人稲畑汀子をして「この黄色は近づいてみたき色」と詠ませた「連翹《れんぎょう》」だろうか。一時間ほどのバスの旅は、高遠駅へ四キロ付近で大渋滞となり進まない。バスのドライバーの勧めで、手前の高遠中学校前で下車し、渋滞のないコースに変更した巡回バスに乗り換えて城址公園に辿ることにした。

桜遊山の憧憬の地であった高遠城址に可憐なコヒガンザクラが咲き誇るのは、ネットで調べていると毎年四月中旬である。この高遠城址の薄い紅色のかかった桜は、信州の春を告げる代表的な桜と言われ、地元の人にとっては、麗らかな春を待ち侘びる特別な花であろう。今年は全国的に開花が早く、昨日に満開を宣言していて絶好の花見になった。

このコヒガンザクラの歴史は、一八七一年（明治四年）に廃藩置県になり、翌五年に高遠城の建物は民間に払い下げられ、そして、荒れ果てたままになっていた高遠城址を何とかしようと、旧藩士たちが馬場の桜を城址に移植したのが始まりで、八年に城址公園が誕生した。従って、本丸の老木は約一四〇年の年輪を重ねている。そして、公園内には、一五〇〇本のタカトオコヒガンサクラが咲き乱れる。赤みの濃いピンクでソメイヨシノより一回り花びらが小粒で、大きく見れば、マメザクラまたはキンキマメザクラとエドヒガンの交配種の一系といわれ、一九九〇年（平成二年）に高遠で開催された「国際さくらシンポジウム」で、桜研究会の林弥栄会長により、コヒガンザクラとしては新種で、高遠固有の種類であるとして命名された貴重な桜である。

高遠城址公園へのゲートは、北・南・西・グランドゲートがある。入場する前に、公園の外にある進徳館を訪ねた。財政難の続いた高遠藩では、他の大藩のように藩校がもてず、向学心に燃える武士は、儒官や武術師範の家に通って勉強した、と歴史書にある。

案内によると、一八六〇年（万延元年）、最後の高遠藩主・内藤頼直は、先代からの願いであった藩校に代わるものとして、城内の三の丸学問所を開設後、進徳館と名付けたとされる。明治四年廃藩となり、翌年には城郭が取り壊され、その時の進徳館の建物も一部取り払われたが、書籍、器具などは残され保存されている。国指定史跡高遠城跡唯一の建造物である。藩校門の古木のコヒガンザクラは、ソメイヨシノよりやや濃いピンク色の見事な花をつけ、早咲きの花びらは春爛漫の陽気に誘われて静かに舞散っていた。

高遠城址公園には南口ゲートから園内に入った。すでに、散策するのに難儀な思いをするほどの観光客で賑わいを見せている。高遠城は、月誉山西麓を利用した丘陵上に築かれ、本丸を中心に二の丸、南郭、法憧院郭、笹郭などを段階的に配したといわれ、各郭とも土塁、空堀をめぐらし、要所は石塁をもって防備している。この城は、最終的には徳川譜代大名の居城となったものの、現在でも各郭跡とそれらを取り囲む深い空堀などが残っている。そして、戦国時代に築かれた城跡の面影をとどめているため、国の史跡に指定されている、と言う。

現在の高遠城は、高遠城址公園として整備され、二の丸跡から本丸跡に至る桜雲橋と問屋門は高遠城址のシンボルである。ほぼ満開の桜の枝が欄干にまで垂れ下がる桜雲橋は、空堀の下から眺めると絶景である。問屋門は、昭和二三年に高遠本町にあった問屋門を移築したものと伝えられており、門の側にわずかながら石垣が残っていた。

本丸跡の隅に太鼓櫓が立っている。毎日、偶数時に太鼓を鳴らして藩士や城下の町民に時を報せた、この櫓は明治四五年に再建されたと言う。明治の再建とあってか、城跡と見事に調和している。また、本丸跡には高遠の画家・中村不折の像、高遠の学問を確立したといわれる中村元恒、元起父子の記念碑などがある。

好天に恵まれて、本丸跡と南郭跡、法憧院郭跡の西端から桜木のかなたに、純白に輝く中央アルプス連峰が素晴らしい眺めを見せていて、心を奪われる風景画に出会った如く、心が晴々する思いであった。さらに足を運んだ法憧院郭跡は、高遠城攻防戦の際に、織田方の武将滝川一益が攻め込んだところで、かつて法憧院という寺があったことから、この名がついたと言われている。

タカトオコヒガンサクラが回廊状態にある公園内を散策していると、郭跡を囲む空濠に降りる道が開けてあるのを見つけた。桜木に覆われた深い空濠を歩いてみると、高遠城の要害堅固さが想像できるものである。大手門そばにある桜門は、かつての追手門といわれ、現在は縮小されてはいるものの、貴重な遺構と言える。さらに、出店で賑わう本丸跡の資料館に向かうと、入口付近で署名運動が行われていた。それは地元有志による、NHK大河ドラマとして、高遠藩主の保科正之を取り上げてほしい、とする請願書の署名であった。私の故郷である会津では、保科正之を藩祖として崇めており、徳川幕府への忠誠を誓う「家訓」や藩校・日新館による優秀な人材の育成など、今日の会津人が誇りとする会津武士道精神や継承されている会津気質の基盤をつくり上げた、と評価されている。この署名運動は高遠町を挙げて、城址に訪れる観光客に署名を求めていた。単なる町興しではなく、大河ドラマ化を熱望する理由は、高遠町の人々も前述した高遠藩主・保科正之が民の立場に立って、馬見ヶ崎《まみがさき》川の大規模な治水工事や年貢率の引き下げ、備荒米の買い入れと放出など苛斂誅求《かれんちゅうきゅう》をしなかった藩政と、無欲恬淡な人柄や四代将軍家綱の輔弼役としての功績に魅せられるからであろう。共感できたので、家人とともに喜んで署名した。

コヒガンザクラで城址公園がピンクに染まるこの時期には、毎年四〇万人の観光客が押し寄せるとされ、休日であることと満開に近い開花状況も手伝って、大変な人出のなかの桜見物となった。それも来週半ばには、満開の花が散り、葉桜と化して城址も静かな佇まいを見せ、戦国時代の城の姿を今に伝えるであろう。

一五八二年（天正一〇年）、織田信長が、長男信忠に五万の大軍を与えて攻めさせた闘いは、高遠城主・仁科盛信が立て籠もる城兵三千で奮闘するも虚しく、凄惨な戦いの末全員が玉砕して落城して終わった。高遠の桜は、「高遠城攻防戦で、散っていった者たちの血を吸っているので、これほど綺麗な桜になった」と地元では語り継がれていると言う。話の真意は兎《と》も角《かく》として、この桜の見事さが存在する限り、高遠城とともに散っていった仁科盛信とその将兵たちの誇り高き奮戦ぶりは、いつまでも語り継がれていくに違いない。

いま、高遠城址の桜花は、細川ガラシャ（明智光秀の三女で細川忠興の正室）の歌、「散りぬべき時知りてこそ世の中の花も花なれ人も人なれ」を思い起こすように、軟風に舞っていた。そして、この歌の「花も花なれ　人もひとなれ」の如く、花の咲く様よりも、散る情景にそして、人それぞれの人生の在り様に心が魅かれるのである。その意味でも桜は日本人にとっては特別な花である。桜を抜きにしては日本人の自然観や人生観すら語ることはできない。文学、能、歌舞伎、絵画のどれをとっても、桜は重要な役割を果たしている。桜は日本人の考え方や生き方を表していると言ってもいいだろう。

今年の桜は、開花宣言から花冷え期間が長かったので満開までは約二週間を要した。見納めの桜は、奈良吉野山に劣らない、日本桜三大名所の「高遠城址」の満開の桜を以って堪能した。一時間半ほど公園内を散策し、巡回バスターミナルの高遠駅に出て、町内の旧家や地酒屋などを散策し、二時にタクシーでJR茅野駅へ向かい帰路に就いた。これで、吉野山、弘前城址、高遠城址と日本の桜三大名所を訪れたことになり、長年の小さな夢は実現した。

二〇〇九年四月

5　琵琶湖周辺の桜 ——二〇一三年の桜——

お城巡りをする若者が増えていると言う。私もこれまでに、彦根城を除いた「国宝四城」は観光したことがある。日本に現存するお城の天守閣のなかで、江戸時代またはそれ以前に築城されて、現在まで保存する天守のことを「現存天守」と言うそうである。そして、これ以外の天守は、「復元天守」、「復興天守」、「模擬天守」に分類している。

また、修復を繰り返し、ほぼ創建当時のままを維持してきたお城には、姫路城と彦根城がある。現存天守が在籍していた城が、存城であった当時に再建・改築されたものが、ほぼそのまま残っているお城には、犬山城や松本城、高知城、松江城があり、いずれも名城である。このうち、姫路城、彦根城、松本城、犬山城が国宝に指定されている四城である。そして、追記すると白鷺城の別称をもつ姫路城は、平成五年に奈良の法隆寺とともに、日本で初めての世界文化遺産になった。

今年の桜遊山は、旅行社の案内で、奈良の吉野山の桜、大和郡山城の桜、滋賀県の三井寺と石山寺の桜、さらに願望であった国宝四城のなかでは、まだ見学したことのない彦根城の桜も楽しめる、二泊三日の旅に参加することにしたのである。ここでは、歴史を追いながら、琵琶湖周辺の寺院と彦根城の桜遊山を記しておきたい。

四月九日ツアー最終日、琵琶湖プリンスホテルを出発して三井寺を訪れた。三井寺は七世紀に草創されたが、九世紀になって中興開山したのは、唐留学から帰国した智証大師円珍である。平安時代以降は、天智、天武、持統天皇、三帝の誕生の際に御産湯に用いられた霊泉があることもあり、皇室、貴族、武家などから深い信仰を集めて栄えた。琵琶湖南西の長等山中腹に、広大な敷地を有し、一千百余年にわたる古い歴史をもつ寺院である。金堂、新羅善神堂、勧学院・光浄院客殿など百余点の国宝を所持している。

一〇世紀頃から、比叡山延暦寺との対立抗争が激化し、比叡山の宗徒によって焼き討ちされることが度々あったとされる。豊臣秀吉時代には、寺領を没収され廃寺同然になったこともあるが、その苦難を乗り越え再興されてきたことから、「不死鳥の寺」とも呼ばれる。

金堂の近くにある霊鐘堂の「梵鐘（弁慶の引き摺り鐘）」には逸話がある。ツアーバスのガイドによれば、比叡山との争いに際し、弁慶が梵鐘を奪って比叡山に引き摺り上げたが、鐘が「イノー（帰りたいようーの意）」と鳴ったので、弁慶が怒って比叡山から谷底へ捨てたと言う。鐘の表面に擦り傷やヒビが見られ、その時のものだと説明した。

確かに、義経に仕えた弁慶は、猿楽・能の「安宅」やそれを歌舞伎化した「勧進帳」では主役になっているが、「吾妻鏡」には二箇所の記述があるのみであり、「平家物語」では義経郎党として名があるのみで、創作の世界では活躍するも、その生涯は殆ど判っておらず、この逸話は架空の話であろう。そして、梵鐘の経緯を文献でみると、歴史的には、一二六四年（文永元年）の比叡山による三井寺焼き討ちの際に強奪され、後に返還されたというのが史実である。

三井寺の境内は兎に角にも広い。金堂にお参りを済ませ、数々の伽藍を見学しながら一時間半の散策を楽しんだ。境内には、遅咲きの枝垂れ桜や国花である山桜などソメイヨシノを中心として一五〇〇本の桜がまさに満開状態であったのは、幸運を極めるものであった。

京都屈指の紅葉の名所である東福寺のモミジは、元々は桜木であったとされる。しかし、その桜花の美しさは、修行僧にとっては邪魔になるので、モミジに植え替えをしたとガイドの説明を聞いたことがある。なるほど、と頷けないでもないが、この桜の季節の参拝者にとって、桜木のない境内は如何《いか》にも寂しいのではないだろうか。美しい桜を愛でて心を洗われ、清き心になって仏様に参拝したいものである。

ガイドの案内で、境内を出てすぐにある、京都に琵琶湖の水を運ぶ「琵琶湖疏水」に移動した。京都南禅寺の境内を通る琵琶湖疏水は、頑健なレンガ造り「水路閣」として、観光の目玉ともなっている。疏水路の土手は桜並木になっていて、散り始めた花びらがゆったりとした水面に、帯状になった花筏が流れていて、それは言葉で形容しがたい美しさであった。ツアーバスは、春風駘蕩のなかを石山寺に移動した。

石山寺を訪れるのは、一七歳時の修学旅行で見学して以来のことで、殆んど記憶にないが、紫式部が「源氏物語」を起筆したという「源氏の間」だけは、微かに憶えている。七四七年（天平一九年）に、東大寺開山の良弁が、聖徳太子の念持仏であった如意輪観音をこの地に祀ったのがはじまりとされ、東寺真言宗の寺院である。国宝の本堂が、国の天然記念物に指定されている、珪灰石（ケイ酸塩鉱物）という巨大な岩盤の上に建造されたのが寺名の由来とされる。また、日本最古の多宝塔（国宝）は、一一九四年（建久五年）の建立で、内部には快慶作の大日如来像が祀られている。

石山寺は、紫式部ゆかりの寺として、一年を通して季節の花が絶えることがないので、「花の寺」とも呼ばれていると言う。そして、境内には約六〇〇本の桜がある。ヤマザクラは葉桜となっていたが、境内の各所にはソメイヨシノ、コヒガンザクラ、シダレザクラ、オオシマザクラ、サトザクラが一斉に咲き乱れていて、歴史の移ろいを感じながら、脳裡に焼つく思いの花見を堪能できた。特に、桜の薄いピンクとミツバツツジの濃いピンクのコントラストが実に美しく心までが豊かになった。そして、出発集合時間三〇分前に境内を出て、門前にある甘味と喫茶を併設する「茶丈・藤村」に立ち寄り、和菓子と抹茶をいただきながら、古典文学を思い起こした。

石山寺は、宮廷の女官や作家には人気があったのだろう。『蜻蛉日記』や『更級日記』、『枕草子』などに石山詣でが描写されている。特に、『和泉式部日記』の一五段には、「つれづれもなぐさめむとて石山に詣でて……」とあり、和泉式部が敦道親王との恋愛関係がうまくいかず、虚しい気持ちを慰めるために、寺に籠った様子が描かれており、切なさを覚える寺でもあるのである。また、菅原孝標女《たかすえのむすめ》は、『更級日記』（神仏参り）のなかで、雪が降るなか石山詣での様子を記しているが、子供の頃に通った逢坂の関（石山寺の近くにあったと推測される関所）に、その頃と同じように荒々しい風が吹き渡っていた風情を「逢坂のせき風吹くこゑはむかし聞きしに変らざりけり」と詠んでいる。そして、日記には桜を愛でる和歌も記していて、印象的な二首を備忘録すると、「咲

く と待ち散りぬと嘆く春はただわが宿がほに花を見るかな」、「あかざりし宿の桜を春暮れて散りがたしにも一目見るかな」とあり、余所の家（京極宮家他）の桜をまるで自分の家のもののように、花咲くころを心待ちにし、花散る風情の切なさを嘆きながら眺めている自分の様《さま》を歌っている。

一方、紫式部がその構想を練り起筆したとされる『源氏物語』は、五四帖からなる概ね一〇〇万文字に及ぶ長編で八〇〇首弱の和歌を含む典型的な王朝文学である。そして、物語としての虚構の秀逸、心理描写の巧みさ、筋立ての巧緻、文章の美と美意識の鋭さから、日本文学史上最高の傑作とされる。作家で『源氏物語』を現代語訳した（講談社）、瀬戸内寂聴は、日本が世界に誇る文化遺産として、筆頭に挙げてもいい傑作長篇の大恋愛小説である、としている。また、作家の中村真一郎に至っては、世界の古典文学においても、アプレイウスの『黄金の驢馬』やペトロニウスの『サチュリコン』に続く、古代世界最後で最高の長編小説と主張してはばからない。そして、『無名草子』（藤原俊成女の著）や『河海抄』（『源氏物語』の註釈書で室町時代の四辻善成著）に記されている、式部の執筆動機といった、難しいことは兎も角として、私のような凡人の関心は、その優れた才能は天性だろうが、わが国の王朝華やかなりし平安時代に、どのような思いで創作に没頭できたのだろうか、ということである。

時間をかけた昼食後、桜遊山の最終行程である彦根城に向かった。表御門のお濠通りに面した物産店が併設する大駐車場は大変な混みようであった。ツアーバスが配布した案内によると、一六〇〇年（慶長五年）の天下分け目の「関ヶ原の戦い」で功績を上げた、徳川四天王の一人である井伊直政は、敵将である石田三成の居城であった佐和山城と近江国北東部の領地を与えられ、彦根藩の初代藩主となった。

直政は新たに築城を計画したが、戦傷を悪化させて二年後死去した。後を継いだ直継が築城を開始し、城郭全体の完成をみたのは、一六二二年（元和八年）である。天守は大津城、天秤櫓は長浜城から移築したとする。国宝の天守は、三層三階地下一階で構成されており、壁、軒裏、破風を漆喰で塗り込め、金箔を押した飾り金具や黒漆を多用するなど、華麗な意匠が特徴とされていて、それは見事と言う他はない。

彦根城には一二〇〇本の桜があると聞かされたが、表御門のお濠の桜は見事に咲き乱れていた。まさに満開の状態であった。ガイド嬢は我々ツアー客の幸運を喜んでいた。配布された散策マップによれば、佐和口多門櫓が構える表門から城内に入った。

城内の桜を愛でながら、馬屋、表御殿の跡地にある彦根城博物館を経て、鐘の丸から天秤櫓へと進んで行った。この天秤櫓は、時代劇の撮影に使われていることは知っていたが、上から見ると「コの字」をしており、両隅に二階建ての櫓を設けて中央に門が開く構造になっている。廊下橋を中心に、左右対称に櫓が並び立つ姿が、天秤に似ていることが名称の由来である。歴史を感じさせる見事な造りで、バランスのとれた美しさと城内の要の城門として、その頑健さを感じ国宝に相応しい。

城内で最も高い天守閣の広場には「着見台」がある。ここからは裏門方面を見下ろせるが、内濠まで続く土手には数百本の桜があり、そのピンクに染まる絨毯の広がりは見事という他はなく、心ゆくまで眺めて満足した。そして、天守に登って見学し、本丸に入った。狭く急な階段を登り、最上階室内の窓から四方の眺めを一巡した。そこには、広大な城内に建つ多くの櫓、松の緑と満開の桜花の美しさと、彦根の町全体が俯瞰でき、さらには琵琶湖の広がりと薄霞む御在所山、伊吹山の遠望は、満足するに余りあるものであった。ガイドによると、彦根城は一度も戦争を経験することがなく、従って江戸時代は藩主が天守に入ることは、余りなかったという。藩主井伊直弼は江戸詰の大老であったことから、この絶景を心ゆくまで眺めたことはなかったかもしれない。

黒門から内濠を出て、城内庭園である楽々園と玄宮園を散策した。玄宮園からは天守を望むことができるが、池の水面にも美しい天守が映り、満開の桜と相まって最高の眺めである。暫く休憩してから、開国記念館を簡単に見学して表門に戻ってきた。そして、井伊直弼が一五代藩主になるまでの、不遇の時期を過ごしたという屋敷跡である「埋木舎《うもれぎのや》」に向かった。

埋木舎は、表門から北方へ外濠に面して数分歩いた所にある。管理人さんの案内によると、本来は「尾末町御屋敷」あるいは「北の御屋敷」の名で呼ばれていたものを、直弼が「埋木舎」と命名したと言う。それは、直弼が「世の中をよそに見つつもうもれ木の埋もれておらむ心なき身は」と詠み、「自らを花の咲くこともない、世に出ることもない、埋もれ木と同じだ」という意味から名付けられたとした。一三代藩主井伊直中の一四男として生まれた直弼は兄が藩主になると、下屋敷を出なければならず、「控え屋敷」と呼ばれた城下の屋敷に入って暮らしていた。そのため、広大で立派な屋敷ではなく、大名の家族の住居としては質素で、中級藩士の屋敷と同等の造りになっている。しかし、やがて最後の将軍に仕えた大老として起こる悲劇を思いながら、埋木舎の学習部屋を見学すると、そこは質素ななかにも、なぜか張り詰めた空間を感じるものがあった。

江戸末期の大老職に就いた直弼は、不平等条約と言われる、日米修好通商条約に調印し、尊皇攘夷派が反対するなか、日本の開国を断行した。また、「安政の大獄」を行い、強権を以って国内の反対勢力を粛清したが、水戸藩脱藩浪人を中心とした反対勢力の反動を受け、歴史に残る「桜田門外の変」で暗殺されたのである。一八六〇年（安政七年）三月三日節句の雪降るなかのことである。享年四四。歴史書によると、暗殺予告が井伊家に入っていたとされるが、条約の泥を一身に背負い、内乱の危機を回避したとする逸話は有名で、繰り返し映画やドラマになっている。徳川慶喜は、晩年の回想録『昔夢会筆記』で直弼を「才略には乏しいが、決断力のある人物」と記している。

彦根城の桜遊山は、城内一二〇〇本といわれる桜がまさに満開で、二重になっている濠の水面や櫓の白壁に映え、目を見張る美しさであった。想像するに、もう五日もすると、濠に沿った桜の花びらが静かに舞い落ちて埋め尽くし、水面は薄いピンクの絨毯を敷きしめたような美しさになるだろう。その有り様は、詩人・草野心平の作品、「はながちる。はながちる。ちるちるおちるまひおちるまひおちる。光と影がいりまじり。雪よりも。死よりもしづかにまひおちる。まひおちるおちるまひおちる」の情景を思い起こさせたのである。

二〇一三年四月

6　浄見寺の桜 ——二〇一五年の桜——

四月一日、勤務先の入社式と夕方行われた新入社員との懇親歓迎会に出席した。新入社員諸君は、緊張感のなかにあっても、実に爽やかで清々しく、希望に燃えていて、まさに青春を感じさせる。そして、今日は曇り空になったが、新入社員諸君の、社会人として、ビジネスマンとしての門出を祝うかのように、東京の桜は満開である。芭蕉の句に、「様々な事思いだす桜かな」とある。新入社員諸君それぞれの「志」は異なるだろうが、入社式で新入社員代表が答辞として述べた、決意を忘れないでほしい。これからの長いビジネス人生で、桜の季節を迎えるたびに、入社時に誓った「初心」を思い起こしてほしいと思う。

入社式を終えて早めの昼食をとり、勤務先に近い目黒川沿いの遊歩道の、満開の桜を眺めて思い起こしたことがある。昨年の七~八月、渋谷の母校が主催する、「アンカレッジ特別講座・万葉集」の集中講座を受講して、記憶に残っている歌のことである。

毎年開催されている、この「万葉集」講座は、すでに「巻八」まで進んでいて、昨年はその歌のなかから「春夏秋冬」を詠んだ、代表的な歌を解釈するものであった。多くの歌のなかで、いまでも諳んじることができる歌がある。それは、経歴は不明とされる奈良時代の歌人、若宮年魚麻呂《わかみやのあゆまろ》の桜を題材にした恋歌であるが、今年も桜の季節が到来し、この歌を思い起こしたのである。いずれは忘れてしまうので記しておきたい。

万葉集・巻八　一四三〇番　若宮年魚麻呂の歌

(原歌)　去年之春　相有之君尓　恋尓手師　桜花者　迎来良之母

(訓読)　去年《こぞ》の春　逢へりし君に　恋ひにてし
　　　　桜の花は　迎へ来《け》らしも

講義録ノートを見てみると、辰巳正明教授は、「去年の春　お逢いした君を　恋い慕って、桜

の花は　迎えにやってきたらしい」と解釈された。私個人としての解釈は、昨年四月下旬の桜満開時に会津に帰省した折、席を同じくして学んだ女子同級生が経営する喜多方の大衆食堂に立ち寄り、多いに飲み昔話をしたことを思い出したので、「去年の春の桜咲く頃に、久しぶりにお逢いしましたが、今年も桜の花の季節が巡ってきて、あなたに逢って語り合いたい、という気持ちを起こさせます」となり、恋歌の感情込めたメモ書きを記している。

さて、恒例の今年の花見遊山は、正月明け頃から、関西方面に足を延ばしてみようと考えていた。二月中旬には、平成の大修理を終えた国宝・姫路城の桜を堪能し、有馬温泉で身体と心を癒す、四月二日からの二泊三日のプランを旅行社に申し込み、支払いも済ませていた。しかし、三月二〇日になって、「今回のツアーは、参加者が最小人員に満たないため、成立しません」という連絡があり、姫路城の桜を諦めざるを得なくなってしまった。

そこで、今年の花見は、遠出の遊山にはならないが、満開時期に合わせることができる、地元で身近な茅ヶ崎市は、浄見寺の老木の桜を愛でることにしていた。三日、一〇時前にスポーツ・ジム（ＮＡＳ）に出掛ける用意をして家を出たが、明日の関東地方は花散らしの雨になる、という天気予報を思い出し、その足で浄見寺に一人で出掛けることにした。

茅ヶ崎駅北口ロータリーから、文教大学行きの路線バスに乗り、小出県道を一五分ほど、堤坂下で下車した。約三〇年前、長男が幼い頃に、隣接する市民の森へピクニックに来ると、農家を中心として住宅も疎らな集落であったが、現在はバス停の十字路には信号機が設置され、新興住宅が密集している。東西の通りは「大岡越前通り」の名称をもっている。浄見寺はバス停から歩いて一〇分ほどである。

浄見寺は、一三代の墓所になっている大岡家代々の菩提寺である。歴史的に知られている五代目が、大岡越前守忠相公である。八代将軍・徳川吉宗が進めた「享保の改革」を町奉行として支え、裁判の名裁き、江戸市中行政や地方御用を務め、知名度が高かったことから、庶民の間で名奉行、人情味溢れる庶民の味方として、「大岡政談」として講談や歌舞伎、テレビドラマとして今日でも人気がある。境内の階段を上った高台に、一族累代の墓碑五八基が整然と並んでいて、線香の煙が絶えない。

浄見寺は、数の上では桜の名所とまでは言えない。しかし、境内にある老木と山門や門前右方にある、江戸後期の民家を移築復元した、「旧和田家（市民俗資料館）」のある通りには桜並木があり、無風のなかでも静かに舞い散っていた。平日で一〇時前ということもあり、人の気配がなく、今年最後の桜を独占できた、贅沢な花見の終焉を心ゆくまで楽しんだ。そして、時折吹いた風に舞い散る花びらを頬に受けながら、古来の和歌集の花散る歌を思い起こした。

私の知見の範囲ではあるが、桜散る歌として代表的な歌を二首挙げておきたい。まず、百人一首では三三番、古今集では春下八四、紀友則に「久方の光のどけき春の日にしづ心なく花の散るらむ」がある。枕詞である「ひさかたの」に格調の高さが感じられ、散る桜と言えば、この歌が頭に浮かぶほど多くの人に愛されている歌ではないだろうか。何で読んだか忘れたが、詩人で作家の小池昌代さんは、この歌を「上三句の長閑な春のイメージから一転して、下の二句では桜が散り急ぐ、という一首のなかに緩急の変化が見えてきて面白い」としていた。つまり、上三句はひらたい平穏な水平的なイメージで客観的な情景である。これに対して下の二句は「しづ心（＝静心）なく」という主観的な観察を入れているが、前半とその後半が一首のなかで、心憎いほど接合している、ということだろう。解釈すると、「ゆったりと過ぎていく春の長閑な一日。桜花はどうして静心なく（じっとおとなしくしていられないで）、散り急ぐのか」という具合である。

桜散る歌で無常観を感じるのは、これも百人一首の九六番、新勅撰集は雑一〇五二、入道前太政大臣の「花さそふ嵐の庭の雪ならでふりゆくものはわが身なりけり」がある。この歌の感動的なところは、「花さそう嵐の庭」の出だしに「頭のなかを桜花の嵐が一瞬にして舞う」イメージが浮かぶことである。嵐のなかに舞う桜花は雪のようだと、詩的な錯覚を楽しんだかと思うと、それを即座に否定し「ふりゆくものはわが身なりけり」という現実に立ち返っている。花吹雪のなかに立ち竦む老人の姿が想像されてくるのである。また、同じように、古今和歌集の詠み人知らずに「春ごとに花の盛りはありなめどあひ見むことは命なりけり」がある。解釈すると、今年も桜の花の盛りに合うことができたが、このような春の風景にあと何度巡り合うことができるだろうか、という具合である。これらの歌には、散る桜花に、死の想念をひらめかせる不思議なものを感じさせると同時に、大般涅槃経の一節「諸行無常　是生滅法」の無常観を想い起こさせるのである。

帰宅して、岩波文庫の新古今和歌集を紐解いてみた。新古今和歌集は、後鳥羽上皇の命によって編纂された勅撰和歌集である。撰者は、藤原有家、藤原定家、藤原家隆ら六人で、一二一〇年（承元四年）から一二一六年（建保四年）の間に、最終的に完成し献上された。約八〇〇年を超える古の散る桜の情景は、想像の世界であっても、今日と変わるものではない。心に残った歌を幾つか記しておきたい。

夢窓国師は、鎌倉から室町時代初期の禅僧だが、「さかりをば見る人多し散る花のあとを訪《と》ふこそ情けなりけり」と詠んでいる。この歌には、七百余年前にも桜を愛でる人々の多い様子が窺われ、人ごみを避けて花見に出かけると、盛りの時期を逸してしまって、葉桜になってしまっている様子が想像できて、このような経験をもつのは今も古も同じである。そして、この歌の真意は、桜を人に例えるならば、その人の盛りだけをみて「美しい（あるいは立派だ）」と思いがちだが、盛りを過ぎたその後も、深く思いを致すことが、真の思いやりではないだろうか、というように解釈できる。

山部赤人の歌に、「春雨はいたくな降りそ桜花まだ見ぬ人にちらまくも惜し」とある。春とは言っても三寒四温の季節、桜咲く時期には必ずと言っていいほど寒さがあり花冷えと言う。また、雨はつきものである。桜花が雨によって虚しく散っていく寂しさ。愛惜の情は古も現在も同じである。この歌には、素直な思いが伝わってきくる。

康資王母の歌に、「山ざくら花の下風吹きにけり木のもとごとの雪のむらぎえ」がある。桜花が散り、花びらが風に吹かれて木の根元に集まっている有り様を「雪のむらぎえ」、つまり、まだらに消え残っている雪に見立てたところに、この歌のとりえがある。風に散る桜の風情を素直に捉えているところに感動を誘われる。特に、古城のお濠にできるピンクの絨毯やゆったりした流れの川に浮かぶ花筏を眺めていると、散る桜花に春愁の思いを抱くものである。

芭蕉の五〇〇年前に生きた西行法師は、伝説の歌人として、数えきれないほど桜の歌を詠んでいる。最も有名な辞世の歌とされる、「願わくは花の下にて春死なんそのきさらぎの望月のころ」は、学者によって様々な解釈がある。新古今和歌集の一二六番目に収録されている作品は、「ながむとて花にもいたく馴れぬれば散る別れこそかなしかりけれ」である。学者は、西行の歌の魅力は何と言っても、ものにとらわれることのない世界があることだ、と評価している。花の命は短い。しかし、だからこそ深い関わりをもち、花への惜別の思いが込み上げてくるのだろう。専門家は、歌のなかの「いたく」「こそ」が惜別の思いの強さを感じさせるとしている。

大納言師頼の歌には、「木のもとの苔の緑も見えぬまで八重散りしける山桜かな」とある。散る桜の花びらが木の周りを敷きしめ、苔の緑が見えない情景を歌っている。少し花びらの多さは気になるものの、花と苔の色彩が心に伝わってくる。この情景を想像していると、京都は奥嵯峨、『平家物語』悲恋の尼寺・祇王寺境内のつつましやかな苔庭にある古老の桜を描いた、東山魁夷画伯の作品「祇王寺のさくら」を思わせる歌である。

四月七日は、花散らしの雨が関東以北を駆け抜けた。雨と風に叩かれた茅ヶ崎の桜は、散り尽くして萼《がく》だけになった。その萼のなかには、蕊《しべ》（花の本体）がしっかりとついている。その濃く沈んだ色合いと、萌え出た薄緑の葉の取り合わせは、春逝く風情を示している。花びらが散った後、暫くして蕊もはらはらと舞い落ち、その有り様を春の季語では「桜蕊降る」と呼ぶ。

ついでながら、私が愛読する俳人・岡本眸の作品を挙げれば、夏には「日傘さすとき突堤をおもひ出す」、秋には「秋深むひと日ひと日を飯炊いて」、冬には「大寒の明日へきちんと枕置く」で、春の句としては桜の蕊が散る様に人生を重ねた「桜蕊ふる一生が見えてきて」を好んでいる。そして今は、惜しみなく舞い散る桜の花びらに、なぜか高浜虚子の「花疲れ眠れる人に凭《よ》り眠る」を思い起こしたのである。もうすぐ、緑が萌える本格的な春の季節を迎える。

二〇一五年四月

7　心に残る桜伝説

この章は、心に残る桜遊山の紀行を記したものであるが、バスガイドが聞かせてくれた桜伝説や民話集など読んでいると、桜に纏わる伝説や民話（桜の精や桜守が出てくる戒めの話や親孝行の話などが多いようである）が実に数多く存在する。私が、桜に纏わる伝承話に興味を抱いたのは、弘前城の桜遊山の折、北海道の松前城址に足を延ばし、松前公園内にある善光寺の境内に咲く、血脈桜の伝説を大沼観光のバスガイドから聞いてからである。その伝説を端的に示すと、「寺の修理のために庭の桜を伐採しようとしたら、ご住職の夢に娘が現れて、血脈（亡くなった人が仏になれるようにお坊さんが与える書付）がほしいと頼みこまれた。そして翌朝、ご住職は桜の木の葉の間に、前夜夢の中で娘に与えた血脈が揺れているのを発見し、娘が桜の精であったと気づいて、桜木の伐採を止めることにした。」という話で、桜の木は華やかさと一方では神秘的な側面があることを知らされたのである。これまで、桜遊山を通してガイドが紹介した伝説や民話集などを読んで知見したなかから、私の好きな幾つかを、今は幼くて理解できない孫娘に伝えるために記しておきたい。

最初に、私がいまだ日本で未踏の県である愛媛県（高知県も未踏）松山市桜谷町の民話として伝承されている「二月の桜」または「十六桜」がある。私の知見では、民話の内容は同じだが、桜の咲く時期が、前者では二月一六日で、後者は一月一六日と異なっている。その違いは、陰暦と新暦の違いではないかと思われる。いずれにしても、伊予国温泉郡藤原新町、（現・松山市花園町）出身の俳人・正岡子規の句に「珍しや梅の蕾に初桜」とあり、早咲きの桜があったことは事実で、題名としては「二月の桜」が相応しいと思う。

――二月の桜――

昔々、伊予の国の桜谷というところに、おじいさんが孫の若者と一緒に暮らしておりました。昔から桜谷には、大きな桜の木がありました。花の好きなおじいさんは、庭に沢山の花を植えて、特にその大きな桜の木の花が好きで愛しんで育てておりました。

春が来て満開の花を咲かせると、おじいさんは畑仕事もしないで、桜をうっとりと眺めていました。そして、花びらが散ると、おじいさんは「今年も楽しませてくれて、ありがとうよ」と言ってその花びらを一枚一枚集めて、桜の木の下に埋めました。

ある年のこと、二月の寒い日、病の床に就いていて死期を悟ったおじいさんは、北風の音を聞きながら、看病してくれている孫の若者にぽつんと言いました。「長いこと生きてきて幸せじゃった。思い残すことはないが、死ぬ前にもう一度桜の花を見たいものじゃ。」おじいさんは、目をつむり、涙をこぼしているのです。

若者は、真冬に桜が咲くはずはないのに、庭に出て水垢離《みずごり》をとって「桜の木さん、どうかお願いです。おじいさんが生きている間に、もう一度だけ花を咲かせてください」と、手を合わせて神に祈りました。若者は何度もお祈りを続け、夜になっても桜の木の下を動こうとはしませんでした。あまりの寒さに気を失っていたのでしょうか。気がつくと、辺りは眩しいほどの光に満ち、風のなかにほのかな香りがするような気がしました。

一心に願い続けた思いが通じたのでしょうか。一夜にして満開の桜が咲いていたのでした。若者は、急いでうちに帰り、おじいさんをおんぶして桜谷に連れて行きました。満開の桜の花を見たおじいさんは、「これほど見事な桜の花を、わしは見たことがない。わしは本当に幸せ者じゃ」とつぶやく声に、若者は涙をこらえて頷きました。それから薄紙を剥ぐように病も回復して、百歳の長寿を全うしたそうです。

それ以来、桜谷のこの桜は毎年二月一六日になると不思議なことに、それはそれは、見事な花を咲かせたそうです。おしまい。

次に挙げる話は、岐阜県本巣市根尾板所・淡墨公園に実存する桜にまつわる民話で歴史的にはとても古くから伝承されているものである。樹齢一五〇〇年と言われるこの桜は、大正期に国の天然記念物に指定されながらも、打ち捨てられて枯れ死寸前の有り様であったが、作家の宇野千代さんがこれを見て保存運動を起こし、若木の根を接いだり、様々な支えをしたりした末に見事に再生されたものである。

――淡墨桜――

その昔、応神天皇の直系（古事記によると応神天皇五世の孫）であるオオド王は、皇位継承争いに巻き込まれ、後の雄略天皇から命を狙われることになりました。まだ、生まれて間もない王子は、養育係りの豪族に守られて尾張一宮から、さらに美濃の山奥、根尾の地へと隠れ住んだと言われています。

それから二〇数年後、都から迎えがきて、王子は二六代継体天皇として即位しますが、この王子が根尾を去る時、別れを惜しんで桜木を植え、「身の代と遺す桜は薄住《うすずみ》よ千代に其《そ》の名を栄え止むる」と詠んだそうです。

その後、その桜は年々、豊凶を告げると言われ、見事に咲き誇った時は根尾中の諸作は豊作となり、花の咲かない時は凶作に見舞われると言われ、その花が淡く、薄墨を流したようであることからも「薄墨桜」と呼ばれるようになりました。

この桜の巨木、嘗ては民家の裏手にひっそりと立っていましたが、現在では公園として整備され、毎年多くの人が訪れる桜の名所になったそうです。その姿は、多くの支え材に支えられて、まるで杖を突く老人を思わせるそうです。おしまい。


次の話は、三代将軍・徳川家光の頃、上野国厩橋《うまや》藩の四代藩主・酒井忠清の頃から伝わる、高野山真言宗華敷山補陀落院慈眼寺にまつわる「桜の精」による戒めの物語である。


――慈眼寺の枝垂れ桜――

ある春の日、遠乗りに出かけた忠清公は、休息に慈眼寺に立ち寄りました。境内には、見事な枝垂れ桜（現在も約五〇本の枝垂れ桜がある）が、今を盛りと咲き誇っていました。忠清公は暫く見惚れていましたが、城に帰ってからも桜のことが忘れられず、気になって仕方がありません。そして、とうとう、寺に申しつけてその桜の木を城内の居室の前庭に植え替えさせました。

ところが、翌年の春、ひとつも花をつけないどころか、葉もしおれ幹も弱々しくなって、今にも枯れそうな有り様です。庭師に手当をさせても効き目はなく桜は弱まるばかりです。

そんなある夜、殿様の夢の中に美しい娘が現れて、悲しげにはらはらと涙を流して泣いているのです。哀れに思った殿様がわけを尋ねると、娘は「私は枝垂れ桜の精でございます。長年住み慣れた寺が恋しくて泣いているのです。寺へ戻りとうございます。どうか、寺へ帰らせてください」と涙ながらにお願いしました。

殿様は不思議な夢を見たこと、無理に連れてきて可愛そうなことをしたと思い、早速、桜の木を寺へ戻したのでした。すると、不思議なことに、桜は見る間に元気を取り戻して、美しい花を咲かせたということです。そして、忠清公の夢に、こぼれるような笑みを浮かべた娘が現れ、礼を言って消えて行ったそうです。それから後は、酒井忠清公の官位が少将だったことから、この枝垂れ桜は「少将桜」とも「夜泣き桜」とも呼ばれたそうです。おしまい。

最後の伝説として、岩手県の北上の展勝地公園の桜を遊山した際に、ツアーバスのガイドが語ってくれた「石割桜」の伝説を、ネットで調べ記しておきたい。盛岡駅から徒歩一五分ほどの、盛岡地方裁判所の構内にあるこの石割桜は、直径七メートル、周囲二一メートルもある巨大な花崗岩で、中心が二つに割れて、そこから幹回り約五メートル、樹高約一一メートルのエドヒガンザクラが、東西一七メートル、南北に約一三メートルの規模で花をつけると言う。現在も、この巨木は岩を年々数ミリの規模で割り続けていると言う、驚くべき生命力を誇示している。かつて、この場所は、南部藩主の分家にあたる北監物（南部済揖《なんぶさいしゅう》）という人物の屋敷であったとされる。当家の日記によれば、一七〇八年（宝永五年）の雷鳴によって広間の柱が裂け、土台の石が割れていたと言う。神霊が乗り移ったものとして、雷神堂を建立したが、その土台のあった石こそ、現在の裁判所構内の石割桜のある場所と推定されている。

——盛岡の石割桜伝説——（ツアーバスガイドより）

昔々、陸奥の国南部藩におさつという娘がおりました。この娘は美しく心優しい怪力の持ち主で、南部の城下にもこの娘に敵う者はおりませんでした。ある日、岩手山の麓に住んでいた太郎という力自慢の若者が、おさつの噂を聞いて力比べをしようとやってきました。

二人は雫石の河原で相まみえ、どちらがおおきな石をもち上げられるかを競うことになりました。太郎が五〇〇貫の大石をもち上げると、おさつはその何倍もある大石を、まるでお手玉でもするように、ポイポイと投げました。

そのなかのひとつが、お殿様が花見の宴を開いているお城近くのお屋敷の庭におちてしまいました。お殿様を驚かせてしまったお詫びにと、おさつはその大きな石を割って、なかに桜の若木を植えこみました。その桜は、石を割りながら年々大きくなり、今でも見事な花を咲かせているということです。おしまい。

二〇一三年四月

Ⅱ章　人生はいろは歌

人生はいろは歌　――豊かなビジネス人生に向けて――

三年前に二世帯住宅を建築した。施工中の一時的な引っ越しの際、業者さんが荷物を詰め込んでくれた段ボール箱が、いまだに五箱ほど未整理で、私の書斎に放置してある。今年に入って、休日を利用して整理をしているが、なかなか捗らず書斎は物置の状態である。

二月の初め頃、そのなかの一個の段ボール箱を開いてみたら、息子たちが小学生の頃に遊んだ「いろは歌留多」（トランプなどを意味するポルトガル語・carta に由来）が出てきた。無論のこと、わが家の歌留多は、上方や尾張歌留多ではなく、「犬も歩けば棒にあたる」、「論より証拠」の「江戸いろは歌留多」である。四六枚（文字札と絵札合わせて九二枚）の歌留多は、それぞれに生きていく上で教訓となるものばかりで、親である私も子供の頃の正月には、双六と同様に遊んだ経験をもつものである。ついでながら記しておくと、今日の私の孫娘はさほど興味を示さず、ゲームソフトを好むようである。このような経緯から、子供の頃に親から教わった、歌留多四六文字の元になっている「いろは歌」の由来と、どのような意味合いがあったかを改めて思い起こしてみた。しかし、半世紀以上も昔のことであり、正確に整理するのは、時間を要することであった。

一方、二年後に古稀を迎えようとする私は、ビジネス人生を卒業する齢に達している。今さら何の益があるのかとは思うものの、これまでの人生を振り返ってみようと思った。それは、これまでの人生で、「落し物はなかったか」、「忘れ物はなかったか」を総点検し、あまり長くはない、これからの人生で、それらの「落し物」と「忘れ物」を拾い上げ、かつ思い直して、他人様に恩返しができる材料を見つけ出し、実践に移すことができればよい、と考えたからである。そして、これまでの人生は、ビジネス人生になるわけだが、振り返る作業を実践するにあたっては、その前提として、理想としての「人生をどう捉えるか」を整理することは、意義のあることではないかと思ったのである。

そこで、宿命的な側面で「人間の一生の有り様」を示すと思われる、「いろは歌」の由来や意味合いを整理してみた。本章では、そのことを中心に展開するものの、「人生をどう生きるか」、「ビジネス人生を、どう生きてくればよかったか」の反省を含めて、自らのあるべき姿、イメージをまとめて記録に残し、若い社員諸君に、何らかのお役に立つことができるとすれば、幸せとするものである。

1 「いろは歌」の由来と捉え方

今から一二一〇年前の平安時代初期、空海（七七四〜八三五年）こと後の高野山真言宗の開祖である、弘法大師（九二一年、延喜二一年に醍醐天皇より諡号が贈られる）は、三〇歳のときに、真言密教を学ぶために私費の遣唐使として認可を貰い、中国は長安（現在の陝西省西安市）の都に渡った。比叡山天台宗の開祖となった最澄や後に嵯峨天皇・空海と並んで日本三筆の尊称を得る橘逸勢も同じ遣唐使の一行であった。余談だが、仏門の遣唐使として朝廷から認可された、橘逸勢が仏教の開祖にならなかったのは、どうしても梵語に馴染めず、途中で諦めて書道を追求したためと言われている。

長安は青龍寺の恵果阿闍梨に学んだ空海は、真言密教を僅か二年で会得する。仏教を学ぶ遣唐使は、まず中国語や仏教習得に必要な梵語を学ぶことから、通常滞在は三〇年までとされていたが、空海自身は二〇年を予定した留学だったので、大変な秀才であったのであろう。恵果阿闍梨は、「もう、教えることは何もない、帰国して真言密教を日本に広めてほしい」として、「この世の一切を遍《あまね》く照らす最上の者（＝大日如来）」を意味する「遍照金剛」の密号が与えられた。そして、完全に真言密教を会得した証に、いわば免許皆伝になる沢山の経典を与えた。その経典のなかに、お釈迦様が悟りを開いてから入滅するまで、弟子たちに教えたことを、お経にした「大般涅槃経」があった。

大般涅槃経で、今日でも一般によく知られていて、よく芝居や小説の台詞として使われる、「諸行無常」で始まる、一六文字からなる一節があり、辞書を引き合わせた我流の直訳であるから、適切ではないにしても、大意を示すと以下のとおりである。そして、このお経の教えを広めるために、漢字に縁のない一般庶民にも理解し易くするために、これを元にして「いろは歌」を創ったとされている。従って、このお経と「いろは歌」は根本において、同じ意味をなすものである。

諸行無常《しょぎょう・むじょう》……この世の一切の現象は永久に存在することはない
是生滅法《ぜしょう・めっぽう》……すべて万物は生滅するのが真理である
生滅滅已《しょうめつ・めつい》……生が滅して終わる、現世を超えて悟りを得る
寂滅為楽《じゃくめつ・いらく》……煩悩の境地から脱して、楽しく安らかな境地に入る

空海は、高野山に真言宗を開いてから、紀伊の山奥を修行で歩いたとされるが、作家・新田純子さんの小説『空の如く　海の如く』（毎日ワンス）によると、山中で仙人のような男に出会った。男は「ひふみよいむな、やこと、もちろら、ねしきる、ゆゐつ、わぬそを、たはく、めかう、おえに、さりへて、のます、あせゑ、ほれけ」と、訳の分らぬ呪文を唱えているのであった。この歌は、同じ文字を二度使わないで、日本人が言葉を発する四七文字の音からなっている。そこで空海は、この呪文のような歌を、漢字を当てはめて考えることで理解できたのである。長くなるが、新田さんの既述を参考に備忘録として記しておくことにする。

まず、「ひふみよいむな」とは、「ひふ」は、「日と火」で太陽、「みよ」は見よ、「いむな」は忌むなとなり、「太陽を見よ、そのことを忌むな」ということになる。さらに、「やこと」は八事で、すべての方向に出来湧くこと、「も」は百、「ち」は千、「ろ」はよろずの万、「ら」は散りばめられた星の数ほどの意味である。すなわち、通した意味は、「宇宙の力は八方に放射し、輝き続ける」と解釈できる。「ねしきる、ゆゐつ、わぬそを、たはく」は、根仕切る、唯一、吾盗其れを、他分く」となる。さらに「めかう、おえに、さりへて、のます、あせゑ、ほれけ」を漢字で当てはめると、「目交う、ご縁に、去り隔て、告ます、吾背へ、惚れ決！」である。

全体を通しての意は、「太陽を見よ、そのことを忌むな。八方に輝き渡り、宇宙根本を司る唯一のもの、われはそれを盗み取り、多くの者たちに分けるぞよ。目と目を見交わし、愛を感じて縁ができ、そうしたならば、あなたがどこかに行くとしても、約束しよう。あなたに惚れてしまったからさ、これで決まり！」と言うことになる。

空海は、まるで自分のことを歌ってくれていると思った。つまり、「真言密教の縁で結ばれた弟子たちや信者たちは、まさに大切な恋人以上の存在となり、互いに惚れこむ。それですべては決まり！」である。

空海は、この仙人の歌に影響を受けたかどうかは不明だが、真言密教の根本である大般涅槃経の一節、「諸行無常　是生滅法　生滅滅己　寂滅為楽」のお経の意味と同じ歌を創りたいと考えた。当時の日本は漢字社会であり、梵語を漢字に翻訳したお経にしても、一般大衆が理解するには難しく、密教の真髄を歌にして布教しようと考えたのであろう。これが、「いろは歌」の作者を、空海とする説の拠りどころである。しかし、その根拠となる文献はない。以下に、歌留多で馴染みのある「いろは歌」を示すが、平安時代初期のことであるから、まだ「ひらがな・仮名文字」がなく、漢字である。

辞典によれば、仮名文字は、平安時代に、僧侶が仏典・お経などの読み方を行間にメモする場合、万葉仮名を省略して、その字形の一部などを符号的に用いたことから始まる。しかし、省略しても、字画が多くて書くのに時間を要し、仏典の狭い行間に書き入れるのは不都合なことから、簡略化が進んだ。それから、鎌倉時代に入って、片仮名の勢力が大きくなって、物語や歌集などに用いられて発展し、江戸時代まで続く。時代劇の寺子屋で、子供たちが文字の練習で、「いろはにほへと……」を書いている場面を見ることができる。現在の平仮名文字の教本は、「あいうえお……」としているが、平安時代末期にその成立をみたと言う。そして、その配列は、梵語の発音表を手本にしていると聞いたことがある。

以下に示す「いろは歌」の仮名文字は、よくよく比較して見ると、漢字の行書を最も簡素化したものであることは分かる。いろは歌は、無論のこと、日本人が言葉を発する四七の音・文字からなっている。誤解のないように繰り返すが、このような経緯から、この「いろは歌」の作者を、空海こと後の弘法大師とする説がある。そして、この説を真実かのように、空海に関係する観光地のバスガイドは得意げに話す場合がある。しかし、真言密教の多くの門徒をもつ高野山には、弟子たちの諸本に、その説の記録や文献、伝承がなく、この説は想像・推測の域を脱していない。

以呂波仁保部止　知利奴留遠　和加与太礼曽　川祢奈良武　宇為乃於久也末
いろはにほへと　ちりぬるを　わかよたれそ　つねならむ　うゐのおくやま
計不己衣天　安左幾由女美之　恵比毛世寸
けふこえて　あさきゆめみし　ゑひもせす

以上の「いろは歌」を漢字と平仮名文字を用いて、現代風の文章にすると、以下のようになる。

色は匂へど　散りぬるを　我が世誰ぞ　常ならむ　有為の奥山　今日越えて
浅き夢みじ　酔ひもせず

以上の「いろは歌」を、専門的な意味での批判を恐れず、我流ではあるが、現代風に分かり易く、かつ原文にない修飾語を交えて口語訳すると、以下のようになる。

春になって、香り豊かに咲いている美しい花も、やがては散ってしまう。人間もまた、いつまでも若いつもりでいてはいけない。知らぬ間に歳をとってしまい、死ななければならない。人間ばかりではなく、動物も植物も、この世に生まれた、あらゆるものは必ず滅びるというのが、自然の道理である。

ここで、この「自然の道理」の意味することを、私なりに解説すると、例えば、中学時代に習った、「エネルギー不滅、若しくは不変の法則」という物理の法則を以って考えてみたい。この法則の意味することは、「宇宙を構成している物質は、どのように変化しても、そのエネルギーの量は一定で不変である」という説である。具体例で示すと、例えば、木を切って薪にして燃やせば、灰になってなくなるが、熱を生み出し、それは炭酸ガスや炭素というエネルギーとして残るので不変である、と言うことができる。この「いろは歌」では、人間をはじめ、すべての生物は新陳代謝を繰り返しているに過ぎない、すなわち人間も自然の一部として生まれてきた、という意味であると捉えられる。

次に「有為の奥山……」以降を口語訳すると、前述した「永遠不滅の真理」を素直な気持ちで受け入れ、確固たる人生観をもって現在を生きれば（すなわち、悟りの世界に至れば）、死を恐れて儚い命を嘆いたり、浅ましく儚い夢をみて、物事に拘ることはないし、煩悩の迷いに（仮想の世界に）酔ったりすることもなく、いつも明るい心で生き抜けるという安らかな心境、信念をもつことができる。

大分、言語学的には乱暴な口語訳ではある。しかし、前述した大般涅槃経の一六文字のお経の大意を前提にすれば、「いろは歌」とは根本において同じ意味であるから、大意において間違った口語訳ではないと思う。

さて、「いろは歌」の由来を辿りながら、歌のもつ本質を明らかにしてきたが、この「いろは歌」の教えから、「人生訓」として読み取れることは、どのようなことだろうか。

まず、人間としての存在は永遠ではない、とする万物の宿命がある。運命は、人間の努力によって変えられる要素があるかもしれない。しかし、宿命は、生まれる前の世から定まっており、変えられるものではない。つまり、「諸行無常」とは、我々の人生は一回しかないと言うことである。

このことは、物心がついた人間なら、誰だって分かり切っていることである。しかし、この真実を意識するか、しないかでは、生涯において大きな開き・差になるのではないだろうか。すなわち、時々であったにしても、「人生は一回しかない」と意識し、「人生をどのように歩むか」を考えれば、日々をとても無為・無駄に過ごすことはできない。

逆に日々を大切にして、一生懸命に生き、努力して自分のもつ様々な能力を高め、企業に従事する者であれ、公務員であれ、その「多様な能力」を、会社や社会に活かすことができれば、組織集団や市民社会から感謝され、それが喜びとなって、楽しく、安らかで豊かな人生、少なくとも後悔のない人生を送ることができる。このように考えると、「必ず訪れる死に恐怖はなくなる」、所謂「悟りの世界」に入れる、と捉えることができる。

人間の人生は、その長短ではなく、心身が健全であることはもとより、物心両面に亘る豊かさであり充実感に価値を求めるのであろう。この「いろは歌」から人生の教訓を引き出すとすれば、「我々にとって、たった一度しかない人生のなかで、しかも、一般論としては、最も長いビジネス人生を、ビジネスマンとして一市民として、どのように充実させ豊かに生きるか」という命題に対して、そのあるべき姿を示すことで、各個々人の確固たる人生観、すなわち「自らがもつ能力を最大限に組織や社会に活かすか」という人生哲学を確立し、その実現に向けて日々実践することで、幸福な人生を追求することではないかと思う。

そのためには、自らの人生哲学に基づいたビジネス生涯に対して、槿花一朝の夢ではない、具体性のある年代ごとの目標やその達成するための手段などを計画した、「ライフ・プラン（例えば、能力向上と昇格、蓄財・結婚・家族・住宅取得・趣味などの計画）」を設計する。そして、目標をもって自らを高め、その能力を会社や団体などのビジネスに活かすことで、業績・成果に貢献する。さらに、その労働の対価としての報酬によって、家計を守り、日本人として恥じない立派な子供を育て上げる。さらに親類や隣人・地域社会や友人と仲良くお付き合いをする、そして自らも趣味を活かして人生の余暇を楽しむ、こういった「人生の営み」を自らの努力によって豊かにしていくことが、ビジネス人生の在り方、人間としての生きがい、というものではないだろうか。

これまで、仏教の世界から大般涅槃経を元にして、人生の在り方を考えてきたが、視点を日本古来の宗教である「神道」の世界に移し、人生の在り方をどう捉えているか、について考えてみたい。ＮＨＫラジオの深夜番組（ラジオ深夜便朝方四時放送の「明日への言葉」）で聴いた話によると、神道の世界では、「過去も未来も大切に考えなければならないが、『なか、いま』を一生懸命に生きることが最も大切である」と語っていた。「なか、いま」の意味は、聞き洩らしたので、話のプロセスからの推測によるが、恐らくは「温故知新、過去・歴史を学ぶことから未来を指向することも大切だが、最も重要なことは、過去と未来の間にある、真ん中の『なか』と現在の『いま』のこと」ではないだろうか。つまり、過去を悔い未来を夢想するだけでは何も創造できないのである。神道の世界では、「死は無であり、現実の人生にこそ、最大の価値を求めている」のである。

これは、神道の世界観に限らず、禅の「一如」という教えと同じである。人生は一瞬一瞬の連続であり、その結果が人の一生だとして、禅では「いま、ここ」の一瞬を一生懸命に生きろ、と教えている。論語には「性相近　習相遠」の一節がある。これは、人間生まれたときは皆同じでも、生きている「いま、ここ」を大切にして一日一日を積み重ねていくことで、成長に伴い様々な差が生まれてくる、ということではないかと解釈できる。

そして、一生懸命の「一生」は人生の時間帯でもあるわけだが、一所懸命という言葉があり、この場合の「一所」とは、場所・領地のことである。余談だが、武家政治（鎌倉幕府）以前の中世では、豪族にとって「一所」とは領地のことで、命をかけて守り生活の頼みにすることを意味する。この「一所」を、ビジネス社会で例えると、個々人が、それぞれの企業で担当する、販売や技術開発、生産技術、生産技能、経理や人事、総務などと言った「専門分野」のことと捉えることができる。そして、その分野で自らの能力を高めるために懸命に努力し、企業や社会に貢献することが、人生に価値を求めることになるのではないかと思うのである。それは、大袈裟に言えば命をかけることなのである。

以上の「いろは歌」から得られる私的人生訓を前提にすると、次の命題は、たった一回しかない人生（命）、とりわけビジネス人生の目標設定は、如何にあるべきかになる。しかし、この命題は、すべての人間が同一でない。人間の職業選択や生き方、目指す方向は自由であり規制されるものではなく、その人がもつ先天的な能力や体質、性格、個性などといった宿命的な力量や運命的な要素もあり、従って如何にあるべきかに同一性を求めることはできない。それでは、各個人の「ビジネス人生の目標」は異なっていても、その目標に到達するために、ビジネスマンとして、どのような能力要件が必要か、日常においてどのような姿勢で、自らを高めていくかは、共通する命題である。以下に、これらの命題に、どのように対応するかを検討したい。

2　ビジネスマンに求められる健全な精神

私企業であれ、公的機関に勤務するにしても、ビジネスマンである前に、日本国民としての市民であり人間である。人間として、市民としてはもとより、ビジネスマンにとっても、求められる能力若しくは基本的な要件は、「健全な精神が具わっていること」である。なぜなら、各種専門分野の知識に優れていたとしても、健全な精神が具わっていなければ、分業と協業からなる企業や集団社会の組織では、人間関係はもとより仕事に支障をきたすからである。それはまた、豊かで悔いのないビジネス人生を歩み、かつ一人の人間としての社会生活において、喜びに溢れる人生を創造するためには必要不可欠だからである。

それでは、「日本人の精神」とは何かを考えてみたい。結論を急ぐと、「日本人の精神」は「武士道精神」がその根幹をなすとした説に、二人の学者を挙げておきたい。一人は、江戸時代の国学者・文献学者（当時解読不能であった『古事記』を研究、三〇余年を経て解読に成功し、古事記註釈の集大成である『古事記伝』を著わした学者）である本居宣長である。宣長の歌で有名な、「敷島の大和心を人問わば朝日に匂う山桜花」は、日本固有の精神とは、どのようなものかと問われれば、朝日に照らされて香り立つ山桜の花こそ、大和魂（精神）であると答えよう、と解釈されている。つまり、朝日に照らされて香り立つ桜は、咲くべき時には満開の花を咲かせ、散るべき時には惜しむことなく散るという、日本の表徴たる桜花の姿に、「武士道の『いさぎよし』を日本固有の精神」としての同質性を説いているのである。しかし、この歌からは具体的な「日本人の精神」のイメージが見えてはこない。

日本人の精神の根幹を武士道精神に求めた、もう一人の学者は、五千円札の肖像画になった新渡戸稲造である。新渡戸は、幕末の一八六二年（文久二年）に生まれた倫理学者、国際連盟の事務次長、東京女子大学の初代学長などを務めた。そして、新渡戸稲造を世界的に有名にしたのは、一九〇〇年（明治三三年）に、日本ではなくアメリカで『武士道』を英文で出版し、それが世界一〇カ国以上で翻訳されたことである。（岩波書店から翻訳書が出版されたのは三八年後の昭和一三年である、翻訳者は後の東京大学総長の矢内原忠雄）余談ながら、特にアメリカ合衆国第二六代オセドア・ルーズヴェルト大統領は、大の日本贔屓であったとされ、『武士道』の愛読者であることを公表してはばからなかった。

「武士道は、日本の象徴である桜花と同じように、日本の国土に咲く固有の華である。……」これは、新渡戸稲造著『武士道』第一章・武士道とは何か、の書き出しである。そして、武士道とは、武士階級がその職業および日常生活において守るべき道を意味する、として、端的には、「武士の心に刻み込まれた掟」、すなわち「高き身分の者に伴う義務」のことである、としているのである。

本書から、武士の掟と義務を具体的かつ端的に述べると、武士道の礎石として、親兄弟を大事にする、人のふみ行うべき正しい筋道を示す「義」をもっていること、物事に恐れない強い心を示す「勇」をもっていること、慈悲の心としての「仁」をもっていること、仁と義を型として表す「礼」をもっていること、武士に二言がないとする「誠」をもっていること、恥の感覚こそ純粋な徳の土壌とする「名誉」の心をもっていること、国家や主君に仕える「忠義」の心をもっていること、と言う「七つの徳」をもっていることである。さらに最後には武士にとって最も重要視された「品格」が具わっていること、これらを日本人の精神の根幹として説いているのである。

一方、私の年代では、義務教育として「武士道について」の教科はなかったが、親からの教えとして、あるいは「戦後教育で暫くは実施されていた道徳教育」で、人としての道、守るべき徳を説いた儒教の教えである「五常の徳」について教えを受けた。この「五常の徳」とは、中国の春秋時代の思想家、儒学の祖である孔子、孟子を経て、漢の董仲舒によって確立した教えである。五常とは、孔子の教えの根本をなす「仁」、孟子が仁とともに強調した「義」、荀子が特に重視した「礼」に、「智」と「信」のことである。

この「五常の徳」の解釈は、決して難しいものではなく、常識的な、所謂道徳律にも通じるものである。「仁」とは、他人《ひと》に思い遣りの心をもつことであり、「義」とは、正義の心、正しい行いをすることであり、「礼」とは、豊かな心を示すこと、すなわち他人に感謝の気持ちをもつことであり、「智」とは、優れた知恵のことで、学問に励み知識を重んじること、さらには物事に対して偏見をもたず公正に判断することであり、「信」とは、他人を信じ、他人から信頼されることである。

一方、新渡戸稲造が説く「武士道精神」が確立するプロセスを推察するには、幕藩体制が敷かれた後の、教育制度の足跡を辿る必要がある。基礎的な読み書き算盤《そろばん》は、私設の寺子屋学校であろうが、高度で本格的な学問所として、多くの藩では藩校が設置された。この分野の知識がないので断言はできないが、藩校を創設した各藩で「武士としての掟や人間としての道」や「藩役職の人材後継者」を教育するため、基礎教材の多くは、儒学としての『論語』を用いたのではないだろうか。

お国自慢の余談になるが、私の出身地である会津藩には、一八〇三年（享和三年）に創設した、藩校として現・県立会津高校の前身である「日新館（昭和六二年に完全復元）」があり、全国の藩校のなかで屈指の教育機関と言われていた。上級藩士の子弟は一〇歳から一五歳まで、入学が義務づけられていた。学問以外にも剣道場や水練所（プール）、天文台が設置してあって、文武の両教科を教授した。学問分野での教科書は儒教の根本教典である「四書」（論語・大学・中庸・孟子）、「五経」（詩経・書経・礼経・易経・春秋）に、「孝経」（曽子の門人が孔子の言動を記した経書）、「小学」（南宋の朱子が編集した修身・作法書）を加えた一一冊の中国古典を用いていた。

そして、会津藩校で優秀な者は講釈所（藩の大学）への入学が認められ、そこでも優秀な者は、藩命によって江戸留学（東京帝国大学の前身である昌平黌《しょうへいこう》）か、他藩への遊学が藩費で許された。それは、教科の理解力や文章力などに優れている者であった。藩校、講釈所で優秀であった、秋月悌次郎（昌平黌の寮長で、日本一の学生と謳われた。会津藩外交役・維新後は熊本第五高等学校、現・熊本大学の倫理学の教授）や白虎隊の経験をもつ山川健次郎（東京・京都帝国大学総長、九州帝国大学初代総長、日本初の理学博士、男爵）などは、少年時代（六歳から）から、藩校入学前の寺子屋などで、『論語』の素読を徹底的に学んだとされる。

このように、端的には武士としての基礎知識は儒教としての「四書五経」などにあり、「五常の徳」の教えは、新渡戸稲造が説く、「武士道精神」を形成していくうえで、大きな影響を与えたと言ってよいと考えるものである。「五常」は、人間として、一市民としても具えておかなければならない「徳」である。そして、これに欠ける行為は、他人に嫌な思いや迷惑を与えるに留まらず、場合によっては不法行為に繋がるケースを我々は目にすることがある。

具体例を挙げれば、政治家にはよくある話だが、前都知事は大規模医療法人の代表から、常識的には考えられない多額の借入をしたことが発覚し、その適法性を巡り辞任した。その際の記者会見で前知事は、「私の不徳の致すところで……」として都民に謝罪した。つまり、自分には徳が欠けていたために、このような結果を生んでしまった、と言うのである。この例は、孟子に「大人《だいじん》は赤子《せきし》の心を失わず」とあるように、「徳ある人物は常に純粋な心を保っている、このことが転じて有徳の領主はいつも民のことを心にかけている様子を表す意」に解釈されるが、前知事はこれを失っていたということである。このような問題は、政治家だけに限らず、一市民生活でもビジネス社会でも同様である。

前述したように、「五常の徳」の「仁」とは、端的には他人を思い遣る心(他人の痛みが分かる心)をもつこととしたが、一市民として地域社会で人と接する場合、愛情・思い遣りをもって接すること、ビジネスの世界では、お得意様や取引業者、上司や同僚、部下に対しては、相手の立場に立って接することである。

「義」とは、正しい行いをすることであるとしたが、ビジネスの世界では、法令を遵守する、企業やビジネスマンが守るべき倫理としてのコンプライアンスには、企業の社会的責任(Corporate Social Responsibility＝CSR)を果たす使命がある。そして、このCSRの具現化は、企業目的を同じくする、内輪の論理による理性の欠如を排除し、コーポレートガバナンス

（企業統治）を確立する上で、最も重要である。

「礼」とは、礼儀・礼節のことであり、他人に対して、常に感謝の心をもつことである。私たちは、自分一人で生きていけるものではなく、周りの人に支えられている。また、職場は分業と協業で成り立っている。さらに企業は、お得意様や取引業者、地域社会に支えられることによって「生業」が成り立っているのであって、礼を尽くすこと、感謝する気持ちをもって接することは大切である。

「智」とは、文字通り優れた知恵のこととすれば、端的には、差別やえこひいき、意地悪なことはしないことである。

「信」とは、信用・信頼のことであるから、お得意様や取引業者からの信頼を頂ける企業努力に傾注することはもとより、トップと社員、職場では上司と部下、職場の仲間同士がお互いに信頼し合う心がないと、企業集団としてのベクトルに収斂することができず、結果として生産性は向上しないであろう。

五常の徳が、一市民としても大事なことは誰でも認識していることである。しかし、厄介なことは、徳が具わっているか否かは、自分自身が判断するものではなく他人様が評価する、ということである。人間は、自分のことは自分が一番よく知っていると思うほど、十分に自分を知悉しているとは限らず、社会的な存在としての他人の眼の方が正確にその人間を把握していることがあり得るのである。私には作者不明だが、「つもり違い一〇箇条」という「格言」を先輩から教わったことがあり、時々思い出しては自戒しているので、記述しておきたい。そのなかで、五常の徳に通じる格言を列挙すれば、「高いつもりで低いのが教養」、「低いつもりで高いのが気位」、「深いつもりで浅いのが知識」、「浅いつもりで深いのが欲望」、「厚いつもりで薄いのが人情」、「薄いつもりで厚いのが面皮」、「弱いつもりで強いのが自我」、「多いつもりで少ないのが分別」などである。

このように、日本人の精神の根本を示す、「武士道精神」や「五常の徳」を換言すれば、日本の国民がもつ固有の「道徳心・モラルの観念」とか「良心」である。そして、これらの道徳を誤って犯したときは、常識の欠片《かけら》がある人間であれば良心の呵責に襲われるはずである。つまり、個人や社会に不利益、迷惑、不愉快を与えるような、不法行為や非道な行為は、「常識がない」と非難される。それが国際問題になると、「日本人の恥」とされる。

余談だが、戦後間もない一九四六年にアメリカで出版された、ルース・ベネディクト女史の「菊と刀」（菊は天皇家の紋章・刀は武士道を表す。日本での翻訳本は、長谷川松治訳・現代教養文庫）は、日本人論の源流となった不朽の書とされるが、その五〜七章では「恩」や「義理」、「恥」などといった固有の日本文化を分析している。著者は、第二次大戦中のアメリカ情報局の依頼により、来日することなく敵国日本の研究をしていたのである。いずれにしても、日本国民は、「恩」や「義理」を大切に考える精神、道徳を欠いた行為を「恥」とする精神をもっている。恥の文化と言われる所以《ゆえん》である。

さらに余談ではあるが、神戸や東日本大震災の際にテレビ中継されたことで、日本では常識的な行為ではあるが、「トラックやヘリ、炊き出しなどの食料支援に対して、被災者が争うことなく、整然と順番を待つ姿」や日本人による店舗からの略奪行為がなかったこと、東日本の津波では、流失した大小の金庫約五七〇〇個が発見されて警察に届けられ、二三億円が持ち主に返還されたことなどを、海外メディアが自国に伝え、世界各国から日本人のもつ倫理・道徳観に対して驚嘆と同時に称賛と尊敬の念を頂いた。これは「五常の徳」や「武士道」が根底をなす、日本人の健全な精神によるものである。そして、これらの道徳・倫理観は、世界に誇れる優れた日本の無形の文化であり、日本の誇りでもある。また、これらの「徳」は、人間として、ビジネスマンとしての「人格や品格」を形成する上での基本をなすものであり、親の義務として子弟に継承されなければならない。

3　ビジネスマンに求められる教養と「社格」について

ビジネスマンに求められる能力には、どのような要件があるか。それは、企業や団体の業種によって異なるであろうが、一般論として概要を示せば以下のとおりである。異なる職種にあっても、共通的に必要とされるのは一般的な教養である。さらに専門知識は無論のこと、業務を遂行する上で共通的に必要とされる、思考計画力、理解力、判断力、指導力、監督力、業務責任などが求められることは、説明を要しないだろう。

問題なのは一般教養である。『広辞苑』による「教養」とは、「一定の文化理想を体得し、それによって身につけた創造的な理解力や知識のことである」としている。また、ネットで調べた「教養」とは、「個人の人格に結びついた、知識や行いのこと。これに関した学問や芸術および精神修養などの教育、文化的諸活動を含める場合もある」としている。

辞典による「教養」の概念から解釈すると、教養とは、一般に人間がもつべきと考えられる、ある程度の高いレベルでの、歴史や哲学、倫理などといった様々な分野の知識や常識と古典文学や芸術などの文化に対する幅広い造詣が、品位や人格、物事に対する理解力や想像力に結びついている状態を示すものではないかと考えられる。

教養ある人間若しくは教養あるビジネスマンといった場合の要素には、物事を知悉していて、ある程度の博識があることは無論のことではある。しかし、たまに遭遇することは、「学」は古今に通じ、「識」は東西をあまねくしても、傲然とした単なる学殖や多識で、舌端火を吐く如くそれを披歴するだけでおしまい、という教養人である。普通の常識ある人間は、そのような御仁を教養人とはみなさない。そこには「物知り人」として尊敬するが「人間力」の魅力を感じるものがない。教養人の有り様は、「論語・雍也《ようや》」にみるように、「文質彬彬《ぶんしつひんぴん》」でありたい。つまり、洗練された教養と飾り気がない本性がほど良く調和して身に具わっている有り様が理想的ではないだろうか。換言すれば、謙虚でなければ本当の教養は身につかないのではないだろうか。私が真の教養人として尊敬するのは、多識であっても韜晦《とうかい》の風情を身につけ、挙措は端正である人のことである。

一方、このような教養は、ビジネスに必要な専門知識や洞察力、理解力、判断力などを幅広く高度化するために必要不可欠であること。さらに教養は、ビジネス上の戦略を思考する場合に、企業を取り巻く市場環境や自社の実力の現状を分析し、未来に到達したいとする「目標」とのギャップを埋めるための「戦略大綱」を策定する場合に必要な、マネジメント能力としての「見識」の源泉となり得るのである。付言すれば、経営知識は、教養に裏打ちされた見識が伴わなければ、ビジネス世界では通用しない。つまり、生き物である企業経営には、教養を駆使して物事の本質を見通す優れた洞察力や判断力という、見識が問われるからである。

また、なぜビジネスに直接関係がないと思われる、教養としての文学や芸術、哲学、歴史などといった文化学や倫理観、国家観、世界観などを身につける必要があるかを付言すれば、その企業の経営理念や倫理観などといった企業文化と、その集団を構成する従業者の文化レベルや品格、人格がその企業の「社格」を規定するという側面があるからである。

社格とは何か。本来の意味は、国家が神社を待遇するうえで設けた格式のことで、「日本書紀」には、飛鳥時代の七〇一年（大宝元年）に「大宝律令」によって定めたとある。社格名称の順位には「官弊大社」、「国弊大社」、「官弊小社」、「国弊小社」がある。今日のビジネス界で「社格」という場合は、「ブランド力」(創業から蓄積してきた企業や製品に対する良いイメージと認知度)が代表的な尺度になるが、一般的には「あの会社は格が違う」とか、「何と品のない会社だろう」などと、その企業を評価する際に用いる。それは、その企業としての「品格・品位」であり、その企業の社会的かつ業界での「地位」を表すものでもある。例えば、顧客様から「絶対的な信頼が得られていない」とか、社会から「ガンジーが七つの社会的罪として挙げた道徳なき商業(売)や、(存続が）危ない会社」とか、社員から「将来に希望がもてない」などと評価がされるとすれば、「社格」が疑われていると言っていいだろう。

そして、社格が評価される要件は、その企業の業態の歴史や社会貢献度、業績や財務状況、経営哲学・理念、文化などといった多面的な「企業価値」であろう。企業価値をより具体的に述べれば、その企業の生業としての「事業価値」や社会に貢献する「社会価値」、そして企業を構成する従業者の理想的な有り様を示す「人間価値」によって、その企業の社格が評価・判断されると考えられる。本論からは余談になるが、私は、勤務先において、経営者としての一端を担ってきたが、我々役員が最も重要な任務と位置づけたことは、ドメインを無視した高いリスクの伴う売上至上主義による事業規模拡大などではなく、盤石な企業存続を実現できる明確な経営方針を示すことは無論のことだが、如何にしたら創業一〇〇年以上の伝統と歴史やわが社の企業文化を継承できるか、さらには以下に示す、「社格」を高めるための要件を確実に高度化することに、勤務先の人的集団を収斂できるかに腐心することである。

まず、事業価値の概念とは、その企業が顧客様に提供する、開発や生産技術力の結集である製品や商品が「効用」に値するかどうかである。効用とは、顧客様がその財を消費することによって得られる満足の度合のことで、所謂「顧客満足度」によって表される。さらに「顧客満足度」を細分化すると、私たちが顧客様に提供する商品が、顧客様の本業である事業用として供する耐久消費材であれば、事業の安定化（安心して使って頂ける状況＝ブランド力）が維持されること、大衆消費財であれば、その商品の消費によって豊かで幸せな家庭生活を実現することである。そして、顧客満足度を規定するのは、例えば我々のようなメーカーであれば、提供する商品の「品質や価格、納期やサービス」などである。価格については、価格交渉によって合意が形成されるが、品質や納期、サービス、セールスマンの資質などは、メーカー側の責任や誠意が問われる。さらに、重要なことは、企業は顧客満足の実現によってはじめて、その代償として「信用」を頂けると言うことである。つまり、顧客様から得られる「信用・信頼」が利潤の源泉である。換言すれば、「利潤」は「儲け」でもあるが、「儲」の文字を分解すると「人」と「諸（もろもろ・多くの意）」に、さらには「信」と「者」からなる。つまり、多くの人（顧客様）からの信頼を頂けてこそ、得られるものが「儲け」であり「利益」なのである。企業にとっての利益は、人間に例えると「血液」である。そして、企業は常に新しい血液を創出できないと、若しくはそれが枯渇すると病気になるのである。このことから、利益と信用を創造できない事業は、企業としての存在を許されなくなり、淘汰されるのである。

さらに、この事業価値を実現して、はじめて後述する社会価値や人間価値の実現が可能になるのである。逆説的には、十分な事業価値を実現できたとしても、社会価値や人間価値の実現を伴わない企業理念は、事業価値そのものが否定されよう。だからこそ、企業価値としての三つの価値を同時にバランス良く高次元化することを目指すのである。さらに老婆心ながら付言すれば、企業の財産は、経済的な蓄積としては財務諸表を見れば明らかである。また、無形としての財産は、技術開発力や生産技術力、販売力、管理力、企業倫理、顧客信用など様々な要件がある。しかし、「販売なくして経営なし」の格言に基づけば、企業にとっての最大の財産は、それらの要件によって得られた「顧客様」であり、顧客満足による信頼によって裏打ちされた事業価値であろう。そして、この事業価値の高度化は、ゴーイングコンサーン（継続企業）を実現する上で永遠の課題である。

次に社会価値とは何か。端的にはその企業の社会貢献度、若しくは社会的責任を果たしていることである。無論のこと、前述した社会に有用な製品や商品を提供する事業価値そのものが社会に貢献していることは言うまでもないことである。また、企業の社会的責任として法令を遵守する、不法行為は絶対に発生させてならないことは、企業活動の基本であることは論をまたない。食品業界で発生した、多くの有名メーカーの「賞味期限の偽装」や「産地偽装」、高級料亭による「箸を着けない料理の二度出し」、「食中毒」、さらには第三次産業で見られた深夜の長時間労働、過度なノルマを強制するなどの所謂ブラックと称される企業は、顧客や世間からの信用を著しく失墜させ、かつ行政処分に発展し、結果的には販売を減少させ、利益の流失をもたらし、倒産に追い込まれるか、信用回復には多大な時間と経済的損失を流出させることになるのである。

一方、企業としての社会的責任には、社員の雇用を確保すること、株主に利益を還元すること、納税（国税である法人税、地方税である事業税・住民税など）を通して国家社会に貢献することである。さらに、今日では、企業メセナやフィランソロピーとして、文化活動や災害復旧などを支援する寄付行為や社員のボランティア活動による社会貢献活動が求められよう。これらの活動は、単なる企業イメージのアップだけを目的にしているのではなく、今日では企業の社会的責任の一環として行われているのである。

最後に、人間価値とは何か。端的には社員の自己実現を図ることである。換言すれば、社員の経済的、精神的な幸福を実現することである。一般論とすれば、アメリカの心理学者アブラハム・マズローが説く、「欲求五段階説」で示す最終的な自己実現の欲求を満たすことである。マズローは、人間の欲求の発展を、生きていくための基本的な欲求である、食べたい、寝たいなどの「生理的欲求」、安全な暮らしを求める「安全欲求」、集団に属する、仲間が欲しいなど社会的な不安から解放される「社会的欲求」、他人から認められ、尊敬されたいとする「尊厳欲求」、そして最終的な欲求として、自分の能力を高め、創造的な活動・仕事をしたいとする「自己実現欲求」としている。

具体的な経済的幸福には、月例賃金や賞与、退職年金などといった経済的な福祉と福祉政策などの充実を図ることが挙げられる。日本では、労働と納税と教育の義務が課せられている。労働の対価としての経済的な処遇が正当に評価され、納税（所得税・住民税）を通して国家社会に貢献できるようにしなければならない。例えば、どのような高尚な趣味をもったところで、それはあくまでも人生の余暇の領域を脱するものではなく、自己の能力が労働に反映し、公平な処遇を受けられないとすれば、人生で最も長いビジネス人生がつまらなく、生きがいを感じられない、悔いの残る儚い人生になるであろう。

一方で精神的な幸福としての自己実現とは、社員一人ひとりが能力を高め、その能力を業務に最大限に発揮して活かすことである。そして、そのことによって、ビジネス人生の「働きがいや生きがい、幸せ」を得られること、合わせて業績向上に繋がり、かつそれが個人的な処遇にも反映されることである。この実現には、社員のレベルアップと後継者の育成といった、企業の教育制度の充実を図ることはもとより、社員一人ひとりの自助努力が求められよう。そのために、企業は社員教育の機会を創るのに投資をするが、それに参画することで得られるレベルアップは、最終的には「自己責任＝自助努力」に依存することになることを、社員諸君は正しく認識する必要がある。

私事だが、若い時代から五〇歳頃までは、貪欲な向上心はあったので、担当職務に関する、法律や専門知識、広範な経営知識などを習得するため、勤務後にはセミナーや各種の通信教育に取り組んだことがある。それは換言すれば自己投資である。残念ながら、さほどの進歩はなく、集団から賞讃されるような業績貢献はできなかった。しかし、それは宿命的な生来からの低い知能水準と実践力によるものであって、ビジネスマンとして振り返ると、真面目に自己研鑽の努力を継続してきたことだけでも、尊いことだと思って自分を納得させている。このように、目標の実現に向けて挑戦する自助努力はその成果の如何に拘らず素晴しいことである。ちなみに、頑なまでにこだわり続けた芥川賞を逸した太宰治は、「甲斐ない努力の美しさ。われはその美しさに心をひかれた。」と小説『逆行』の一節でも述べている。

以上のように、社格を規定することや社格を評価される基準となるものは、企業の存立要件でもある、企業価値としての事業価値と社会価値と人間価値である。敢えて繰り返せば、社格が評価されない企業は、世界的に事業を展開し、売上規模や利益で業界トップであったとしても、「エクセレント・カンパニー」とは評価されない。時折、世間では企業としての不法行為や社員による犯罪行為が発覚する場合がある。これなどは、その企業や社員の「社格」や「品格」、教養としての倫理観が問われるのである。さらに付言すれば、企業が目指す企業価値としての「経営理念＝哲学」は、一般に株主や取引業者、従業員などといったステークホルダーに公開する。そして、HPなどで経営理念を公開する企業が多いがその意義は、公開することによって、企業は実践する義務が生じること、かつ社会に対して、「理念を具現化する」という企業集団としての不退転の決意を示すものに他ならないのである。

4　ビジネスマンに求められる能力要件としての専門知識・技能

ビジネスマンの能力要件のなかで、最も業績向上貢献に直接結びつくのは、専門知識や専門技能、ノウハウなどといった知識である。企業は分業と協業によって成立しているので、個々人にとっては、担当する分業としての専門知識・技能、ノウハウなどを高めることが求められる。すなわち、管理部門であれば、所属する部門に関する人事・総務・経理、生産管理分野などの法律知識や企業内各種システムの熟知、エンジニアやフォアマンや各種ワーカーには、製品や商品を製造するのに必要とされる設計技術や材料（力）学、加工技術、ノウハウ、諸規定、各種設備を熟《こな》せるなどの専門技術が必要とされる。

そして、専門分野の知識・技能やノウハウを高める目標は、スペシャリスト若しくはエキスパートになることである。企業は、経営方針としての人事方針（戦略）で、人材育成に莫大な投資をするが、それは「企業は人なり」の格言どおり、社員は「人材」ではなく、「人財」と表す所以である。具体的に実践部門の組織では、監督者から部下へ、先輩から後輩へ、仕事の実務を通して能力向上を図る職場内教育（ＯＪＴ）やリーダー育成を目的とした年代別・資格別に行う階層別教育訓練、職務の知識・技術・技能を育成する職務別教育訓練など、社員の自己啓発を支援する集合教育（ＯＦＦ-ＪＴ）を実施する。若い社員諸君は、この機会を大いに活用して自己研鑽してほしい。特に、ＯＪＴの場合、管理者諸君は、基本的な知識技能は無論のこと、自らの経験によって得られた、自分だけの財産としがちな「各種のノウハウ」や長年に亘って構築した幅広い「人脈」も含めて継承し、後継者育成に努めることが、最大の任務であることを認識すべきである。そのためには、日頃のコミュニケーションで、業務ミス防止の観点に止まらず、「報告・連絡・相談」という、所謂《いわゆる》「ほうれんそう」の徹底を図ることが、部下育成の上でも重要であろう。

一方、参考までに述べておくが、専門分野でスペシャリストやエキスパートとして、社内ではもとより、業界や世間一般から評価されるためには、自分の担当する専門分野の国家資格を取得することである。例えば、国内最高ランクと言われる「技術士」の他、「技能士」、「電気工事士」、「税理士」、「各種情報処理技術者」、「中小企業診断士」、「行政書士」、「社会保険労務士」など、枚挙に遑《いとま》がないほどである。そして、これらの資格を有する者は、企業のなかで優遇されている。つまり、専門分野においては、組織のなかで「彼に聞けば何でも分かる」というNO・1の水準になることが大切で、そういう人財は職場に何人いても構わないのである。ゼネラリストの場合は「広く浅く」の追求をよしとしても、スペシャリストを目指す者にとって肝要なことは、「自らの強みを知り、その強みを格段に鍛練する」ことによって、その専門分野で組織内では勿論、業界においてもNO・1を実現し、業務の具体的な成果と業界の発展への貢献に結びつけることである。

また、組織が拡大し、かつ管理監督者になると、スペシャリストからゼネラリストとして、専門分野や経営に関する広範な知識が求められることは、論をまたないことである。特に、支店長や部門長などの管理職になった場合、広範な経営知識の必要性について付言すると、例えば、支店や部門における「損益分岐点売上高」や「費用構造」を分析・把握できる知識がないと、目標設定が不可能である。すなわち、担当する支店や部門の目標利益を確保するためには、売上高の必要額は幾らになるか、それが困難な場合の方策として、利益率の改善やコストダウンの目標を幾らに設定するかの戦略が生まれてこない。さらに、役員になれば、各種の経営指標を用いた財務諸表や損益計算書、キャッシュフロー計算の分析（作成する知識はなくてもよい）ができる知識を習得しておかないと、適正な経営判断ができない。これらは、経理部門の専門家に任せればよいというものではなく、技術部門や生産部門、販売部門の担当役員であっても、取締役として必要な知識である。

さらに技術技能分野は、私の専門外のことなので適切な助言にはならないが、前述した国家資格以外のスペシャリストやエキスパートとして、目指す最高の目標水準を敢えて示せば、「マイスター」として認められること、それと同等のレベルの技能を習得することである。ドイツを発祥地とするマイスター制度は、世界各国に広がりを見せているが、国家が優秀な熟練職人・エンジニアにマイスターの称号を与える制度で、日本では都道府県単位で導入されている。一例を挙げると、一級以上の技能士で二〇年以上の実務経験があり、後進の指導に熱心な人は、社団法人ではあるが、全国技能士会連合会が「マイスター」の称号を認定している。このようにして、専門知識や技能を習得し、かつ日々その水準を向上させる努力を継続することが肝要である。そして、業務の遂行にあたっては、独創的・創造的な仕事するクリエーター、または作曲の世界で例えるならば、優れたアレンジャーを目指すことである。そして、業界を代表するような優れたスペシャリストが多い企業こそ、「社格」も評価されるのである。

我々ビジネスマンは、アマチュアではなくプロである。NHKのテレビ番組「プロフェッショナル」には、これまで各界の第一人者二九〇名近くが出演されているが、印象に残っている職人を記すと、カリスマ的な存在と評価される左官・挾土《はさど》秀平さんである。挾土さんは、芸術的と評価される壁を仕上げる一流の職人であるが、自他共に認める「臆病者」と言う。常に現場では臆病者に徹する。何度も原料を作り直して試し、自分自身に「大丈夫か」と問いかけるそうである。それは、「自信過剰になれば、必ず落とし穴に落ちる」という、強い思いがあるからである。一方、臆病者に徹するということは、常に不安を抱えていることで、感覚が研ぎ澄まされ、良い仕事ができる、と語っていた。プロフェッショナルなどと評価される方は、自分自身の技術や技能を「完成の域に達した」と捉える人ではなく、常に、「上を見て努力を続けていく人」のように思えてならない。職種は異なっても見習うことが大きい。

最後に付言しておくと、個々人の専門知識や技能と、その結集体である企業としての総合的な技術力（企画力、販売力、技術開発力、生産技術力、情報管理力など）をもって、他社を凌駕する優れた製品やサービスを提供し、顧客や社会に貢献することは、企業としてはもとより、企業集団にとっての「誇り」である。そのことは素晴らしいことである。しかし、老婆心ながら記しておくと、全ての経営機能において現状の知識や技術水準に甘んじ、不断の努力を怠ると、その誇りが「驕りや慢心」に繋がることを認識しておかなければならない。驕りや慢心が企業業績にもたらす結果は容易に予測できるだろう。

5　自らを高めるための日常的な心得 ――好奇心をもつこと――

前項では、自らを高める目標をどう設定するかについて明らかにしたので、次のテーマとしては、自分が担当する専門分野の専門知識や技能、ノウハウ、一般教養といった文化学、様々な経験を現在よりも幅広く、さらに高度化するためにはどうすればよいか、日常的な心得を考えてみたい。

自らを高めるための心得として、「日頃から勉強しなさい」の一言で、片付くのであれば、我々は子をもつ親として何ら苦労はなかったはずである。そこで、日頃からどのような姿勢や心得をもてば、様々な知識や技能を「自ら積極的・自主的に学ぼうとする心＝学び心」が生まれるのであろうか、を考えてみたい。説明を要するまでもなく、各分野の未知の知識や技術・技能、ノウハウなどを学ぶ（知る・覚える・実践できる）には、①「他人のもっている知識、実践している技術・技能・ノウハウなどをじかに、さらに著書から『見て（読んで）』学ぶ、」②「企業が用意するＯＪＴやＯＦＦ・ＪＴ、外部セミナーなどにより先輩・上司・専門家から『聞いて』学ぶ」、③「知見した定説や仮設に基づいて自分で『やってみて』学ぶ」などの方法がある。これらの方法は誰にも分かることだが、受動的に学ぶか、能動的・積極的、意欲的に学ぶかは、学ぶ側の姿勢が問われる問題である。

そこで私の結論を急げば、自ら学ぼうとする心や意欲、すなわち向上心は、「何事にも興味や関心をもつこと」から生まれるのではないかと考えるものである。つまり、自分が知らない知識や技術・技能、ノウハウなどに関心と興味をもつことである。ある未知の知識や現象に対して、「どういうことか、なぜこうなるのか」という意味や仕組みなどの理論に疑問と興味をもつことである。これを「好奇心」と言う。つまり、好奇心とは、未知なるものへの関心と興味のことであって、自らを高めるための「エンジン」のようなものである。しかし、エンジンは、所詮は動力であるから、その動力を使って我々の頭という装置を回転させ、実際に様々な知識や技能を習得する努力は必要である。そして、苦労は伴ったにしても、その努力によって得られる自分にとっての知見が、さらにエンジンを高速回転させるという好循環を生み出すことは、私の乏しい経験則からも明らかである。

若い社員諸君のために、自らを高めるための原動力となる、「知的好奇心」を醸成するために、ビジネス人生やプライベートライフを歩む上で心がけてほしい基本的な姿勢を、別な観点から、深慮に乏しい思いつきではあるが、三点ほど述べておきたい。

第一に、「他人《ひと》には、愛情をもって接する」ことである。これは、職場集団だけに限らず、お客様や取引業者、あるいは一市民としても、周りの人には愛情をもって接する、関心をもつということである。このことは、コミュニケーションの基本であり、豊かな人間関係を構築する上で不可欠である。この愛情の反対の立場や態度（極端には憎しみ、差別など）で、他人に接するほど不幸なことはない。ノーベル平和賞を受賞したマザー・テレサは、「愛情の反対は憎しみではありません。無関心です。」の名言を残している。つまり、人間にとって、愛情や思いやりに欠ける態度、無関心で無視されるほど不幸なことはない、という意味ではないだろうか。無関心からは真のコミュニケーションや思い遣りの心は生まれないし、幅広い人脈も相互に信頼できる人間関係も創造することはできない。ビジネス界では、社内外で様々な人柄の人と接しなければならない宿命がある。好ましくないと思われる人に対しても無視することなく、虚心坦懐な姿勢で向き合ってほしい。それが人間としての度量というものである。余談として追記すると、新約聖書（「ローマの信徒への手紙」一三章八節）では、「隣人愛」を「互いに愛し合うことの他は、だれに対しても借りがあってはなりません。」としている。キリスト教は周りの人を好きになる、愛する「隣人愛」を、人間の実際の姿である自分中心の生き方の正反対を示す姿として捉えている。さらに付言すると、現代の日本人は物質的には豊かな生活を享受していて幸せであることに違いはないが、「他人を思い遣る心情」とその実践なくして、人間としての真の豊かさはない、と心すべきだろう。

第二に、「仕事には情熱をもって取り組んでほしい」ということである。ビジネスの立場での「情熱」とは、現状よりもっと生産性の高い仕事のやり方を貪欲なまでに追求する、どのような困難な課題に対しても必ず解決するという、強い意欲と行動をもって立ち向かうことである。つまり、情熱とは簡単には諦めないこと、苦労を惜しまず苦心惨憺することである。個人的な見解ではあるが、仕事に情熱をもてない人には、自らの仕事に誇りと責任をもてるはずがないと考えるものである。端的な例として、情熱の反対の態度を示せば、無気力である。「無気力」とは、怠惰であり、やる気に欠ける状態であるから、積極性や挑戦意欲、知見を広めようとする好奇心も生まれないので、能力向上も各種改善も進展せず、生産性の向上が望めない。最も困るのは、無気力な状態は職場全体の士気に影響して迷惑なことと、最悪の場合、職場の亀鑑《きかん》である「基本動作」を忘れて労働災害や仕事に不具合を発生させることに繋がることである。

第三に、「新しい発見や知見にはときめき・感動をもつ」ことである。「ときめき」とは、見たり、聞いたり、自分で調べたり、経験したりして得られた自分にとっての新しい知識・技能（＝知見）や発見には、心から感動し、大いに「ときめき＝喜び」をもつということである。新しい知識を得たときの「ときめき」は、次なる知的好奇心への昂揚を助長する。そして、ビジネスマンとして、人間としての自信になり、誇りに繋がると確信する。「ときめき」の反対の態度を示せば、「無感動」である。無感動な態度は、知的好奇心のさらなるレベルアップに繋がらない。私は、勤務先の入社式後の新入社員研修で、出勤する最寄りの駅から会社まで歩く途上で、「珍しい物、不思議な物に遭遇して、その本質を知見することや公園の植物の美しい花を観て『ときめき』を感じて、心が豊饒になるのであれば、遅刻しても構わない」というような話を新入社員にしたことがある。私が言いたかったことは、一般的に美しいものや珍しいもの、面白いもの、不思議なものなどに興味をもてないとしたら、それらの新しい発見による知見の広がりや心の豊かさを得る機会を自ら放棄していることではないだろうか、ということである。例えば、美しいものを観て心が豊饒になるということは、書家で詩人の相田みつをさんの作品「美しいものをみて美しいと思える、あなたの心が美しい」と同じことである。換言すれば、人間の幸せなどというものは、このような些細なことにときめくことや感動すること、さらには新しい知識を習得すること、様々な経験を積むことによる「喜びや自信と誇り」といったものの累積にあるのではないかと考えている。つまり、人生の幸福などというものは、遠い将来に求めるだけではなく、今歩んでいる人生のすぐそばにもある。

以上のことから結論を示せば、繰り返すと若い諸君に日常において心がけてもらいたいことは、「他人には愛情」、「仕事には情熱」、「知見にはときめき」をもつことである。この反対の態度である無関心、無気力、無感動といった「三無主義」は、自らを高め躍進させ、心を豊かにしようとする、知的好奇心を醸成する基本的な要件を阻害するからである。このことを、何かで読んだ記憶のある言葉で換言すれば、文学的ではあるが、他人と接するときは、「暖かい春の心をもって」、仕事には、「熱く燃える夏の心をもって」、物事を考えるときや学ぶときは、「澄んだ青空のような秋の心をもって」、そして、自分に対しては、「寒さ厳しい冬の心をもって」向き合い、自分を磨いてほしいと切望している。

最後に老婆心ながら付言すると、前述した三つのキーワードをもって行動することは、結果として、ビジネス世界や社会生活のなかで、豊かな人間関係を形成することができること、様々な知識・技能などが習得できて仕事の幅が広がること、物事をみる視野、世界観が広がること、さらには自らのもつ知識や技能などを駆使して、新しい価値を生み出す力（＝付加価値力）が大きくなることに繋がる。それはまた、人間としての「徳」や「品格」、「品位」を高めることにも繋がると思う。そして、ビジネスマンとしても、人間としても尊敬に値する「見識を備えた人」として評価されよう。つまり、見識ある人とは、「物事の本質を見通す、優れた判断力、またそれに基づくしっかりした考えを示す識見を備えた人物」のことで、日本のリーダーや政治家はもとより、企業のトップ集団に至っては無論のこと、職場集団のリーダーにも必要な要件なのである。

6　日々何を考え本職を全うするか――イノベーションこそ自らを高める――

本論の最後にやや具体的に、我々ビジネスマンが自らの能力を高め、その能力を仕事に活かすには、日頃からどのような思考が求められるかについて考えてみたい。今日の日本の企業は、国際競争力が低下するなかで、各企業ばかりではなく、第一次産業の農業や漁業においても、後継者不足の問題だけではなく、技術革新（＝イノベーション）の進展がないと淘汰される時代である。ここでは、簡単にイノベーションの概念を述べ、その展開における発想の在り方を整理して、以って成果に結びつける一助になれば幸いとする。

余談として、数量経済学として代表的な近代経済学者を挙げるとすれば、「雇用・利子および貨幣の一般理論」を唱え、「公共投資による有効需要の創出理論」で、投資が投資を呼ぶ乗数効果理論によって、一九二九年の世界恐慌以来、経済政策（例・米国のニューディール政策）の基礎を作り、二〇世紀で最大の影響をもたらしたと言われた経済学者、ジョン・メーナード・ケインズである。もう一人は、キチン循環（在庫変動・約三年周期）、ジュグラー循環（設備投資・約一〇年周期）、クズネッツ循環（住宅や商工業施設の建て替え建設需要・約二〇年周期）、コンドラチェフチェフ循環（鉄道、通信、自動車、今日ではＩＴなどの技術革新・約五〇年周期）という「景気循環論（景気周期説）」を唱えた、ヨーゼフ・シュンペーターである。

本題である、「イノベーション」は、一九三七年にハーバード大学のシュンペーター教授が『経済発展の理論』で唱えた、端的に述べれば「企業者の行う不断のイノベーションが経済を変動させる」という理論で、その後の経済発展を指向する中心的な理論になった。日本では、一九五八年の「経済白書」で、この言語を「技術革新」と訳されたことから、一般にイノベーションは技術革新と認識されるに至った。

シュンペーター教授の「イノベーション」の概念は、狭義に捉えるのではなく、今日の企業活動で言えば、「技術開発による新製品の創造」はもとより、「新しい生産方式の導入」、「新しい販売方法の導入」、「原料、半製品などの新しい供給源の獲得」、「新しい組織の導入」、「社内制度の改革」としている。私はさらに「情報処理システムの刷新」や各企業で行われている「ＩＳＯを中心としたＱＭＳやＱＭＥ活動、改善提案、ＱＣＣなどの自主活動」なども体質改善を指向する観点に立てば、広範に亘るイノベーションとして捉えていいと思う。

それでは具体的に、ビジネスマンが不断のイノベーションに取り組むことによって、企業の経営目標を達成させるための「経営方針や戦略」を実践し、広義の各種改善で成果を上げるためには、日常においてどのような発想や思考に心がけたらよいかを考えてみたい。

（1） 困難な目標・課題の壁を破るには「知恵」を出すこと

私が若い頃、課題解決に悩んでいるとき、上司から「もっと知恵を出せ、知恵を絞れ」と指導を受けたことがある。「知識を出せ、知識を絞れ」とは言われなかった。つまり、知識と知恵は異なるのである。換言すれば、イノベーションに必要なことは、我々が保有する知識や技能を「知恵」に転換して具体的に実践することである。「知恵」本来の意味は、辞典によれば「物事の道筋を立て、計画し、正しく処理する能力」のことである。例えば、「経営方針（目標）」（通常は社長方針）を事業部や部門で展開する場合、「オウム返し」のようなスローガンでは、数値目標やそのための課題解決の方策を推進できないであろう。邪推になるが、文系出身、理系出身でさえも、定性的感覚に優れたビジネスマンは多く存在するが、実践部門の方針や戦略方策は、抽象的・叙述的であってはならず、定量的感覚に裏打ちされた幾何学的思考による具体性が求められるのである。

つまり、知恵とは、各種改革・改善に当てはめると、物事（＝改革・改善の目標）を設定し、道筋（＝課題解決のための方法）を熟慮（ここで知識・技能・ノウハウが必要）し、計画（＝誰が担当し、いつまでに完了させるか）、正しく処理する（＝その進捗をチェックし、その結果に対応したアクションを起こす）というサイクルを確実に回すことである。そして、「知恵」のなかで、最も重要な道筋（＝より効果的な成果を生み出すための方法・方策）を見つけるためには、以下に示す発想や思考パターンの転換が必要である。

（2） 再生的《コピー》思考から脱却すること

これは、これまでの方法やルールなど、現有の知識・技能やノウハウ、経験などを踏襲するといった、マンネリ化を排除することである。我々は、先輩・上司から指導を受けた方法を継承しようとする。無論のこと、これが基本であることは否定するものではない。しかし、技術や設備などが日進月歩の今日では、その方法が唯一絶対正しいとは限らない。イノベーションは、「改革は歴史を否定することだ」、とか「創造は破壊だ」という諺《ことわざ》があるとおり、現状維持の発想では前進しない。

例えば、在庫の肥大化に悩み、ジャスト・イン・タイムを指向したトヨタ生産方式は、「在庫削減」の基本とされる「発注ロットや発注点の見直し」などといったセオリー的な様々な方策を徹底するというこれまでの発想から、「在庫をもたない＝生産日程計画に合わせて納品してもらう」という画期的な発想に転換したことによって生まれたのではないだろうか。つまり、メーカーの場合は、現状よりも「顧客満足を充足する優れた高品質の製品」を、「もっと安全に、より楽に、より簡単に、より短時間で、より安く」を徹底して追求するビューティフルな発想のないイノベーションは成果を生み出さない。

（3） 大胆な発想に立って思考する

これは、これまでの常識では考えられないような、大胆な発想で課題解決にあたることである。今年の正月明け、ＳＴＡＰ細胞を作ることに成功したニュースが日本ばかりではなく、恐らく世界中を驚嘆させた。その後、残念なことに、科学誌「ネイチャー」発表論文の写真や実験の方法等に不正と捏造があったとして、いまだに真実の結論が出ていないので、本題の例としてはふさわしくない。しかし、ノーベル生理学・医学賞を受賞された、京都大学中山伸弥教授の「iPS細胞」に対して、マウスの細胞を弱酸性の溶液に浸し、刺激を与えるだけの簡単な方法で、あらゆる細胞に分化できる万能細胞STAPを作るという発想は、これまで国内・世界学会では考えられない、研究の歴史と研究者に対する冒涜であると批判される理論であり、その理論にあえて挑んだ研究であった。現時点では、STAPの存在そのものの真実が問われてはいるが、大胆な発想の在り方としては面白いと思う。

このような恐らくは、架空の話になるような例は兎も角、実践論に戻すと、企業で実施される「コストダウン」の例を挙げれば、目標を設定する場合、実現性のある三～五％にすると、その方策としては「仕入れ業者」に対する値引き要請か指値購買、査定購買といった方策の発想に止まってしまう。これを大胆に一〇～二〇％に設定すると、業者開拓や新規機械設備の導入、海外調達、工場の海外移転などのような、発想や方策が大胆にならないと達成できないだろう。

（4）　創造的・独創的な思考に徹すること

これは、現有の技術や技能、理論、方法などを高度化するか、新機軸と呼べるような発想をすることである。現有製品の改良による機能アップや全く新しく他社にないオリジナルな製品を創造することである。これには、やはり前述した再生思考からの脱却や常識では考えられない大胆な発想が最も求められよう。特に大事な、「創造」について付記すると、新しい物質（素材や商品など）や新しい理論・システム（法則や仕組みなど）の「創造」や「創作」の源泉となるのは「想像力」である。そして「想像力」とは、辞書によれば「あるものを心に思い浮かべる能力」

になるのだろうが、この場合は、「自分のなかにある様々な専門知識や技能・ノウハウなど、経験則を掘り起こし、有形・無形のイメージを引き起こして、一定の方向や結論を導き出す」ことではないかと考えるものである。

実話で例を挙げると、新製品開発の進展が遅れている専門分野で優秀なエンジニアに、激励のつもりで「雪が溶けたら何になる」という質問をしたことがある。それに対して、「水になるのが当たり前じゃないですか。元素記号はH_2Oですよ」と答え、水素のHと酸素のOでHOではなく、なぜH_2Oになるかを長々と説明してくれ、実に模範解答であった。しかし、私が求めていたことは、エンジニアを愚弄するつもりなど微塵もなく、そのような常識的な理論では、問題は解決できないのではないか、ということである。今年の二月に関東地方にも雪が降り、二年生の孫娘と庭で遊んだ折、同じ質問をしてみた。すると、彼女は「山の雪が溶けると、沢山の花が咲く『春』になるよ」と答えたのである。七歳の彼女にだって「雪が溶けたら水になる」ことは分かっていると思うが、子供はこのようなユニークな発想をするのである。私は技術のことは疎く専門外のことで恐縮するが、新しい「金のなる木」を創造するような場合には、科学的な通説や現有の常識的な固定観念にとらわれず、柔軟で創造的な独創的な発想に立つことが必要ではないだろうか。これは、勤務先の全社員が一堂に会した研修会で、一橋大学イノベーション研究センターの米倉誠一郎教授を講師としてお招きした講演会での話である。頭の体操と思われたが、米倉先生の受講者に対する質問のなかで、単純化すると、「アメリカの主要都市五〇箇所それぞれに、物量を抜きに想定して、一日で荷物を届けるには最も少なく、何機の輸送機が必要か」というような質問があった。単純に即答すると、各都市（五〇都市）が当該都市を除く他の四九の都市に向け、専用機を準備すると、五〇×四九で二四五〇機になる、若しくは五〇の都市で一機用意して他の都市を旋回して、荷物を他の都市へ届け、自都市への荷物を回収してくるとすれば、五〇機になると考えがちである。いずれも間違いではないが、先生が期待した最小輸送機の正解は四九機である。例えば、アメリカ大陸の中央に位置する、コロラド州の州都であるデンバー（主要都市とすると）空港に集配の基地を設け、往路で他の四九の都市から運ばれる荷物を受け入れ、復路では四九の都市への荷物を自らの都市へもち帰れば、デンバーでは輸送機は必要ない。他の地区都市で必要な四九機が正解と言うわけである。

最後に創造的で独創的な思考の例として、よく知られている歴史的な逸話を挙げておきたい。それは、天下の豊臣秀吉が水を入れた金の鉢と梅花の枝を用意させ、千利休に「生けてみろ」と命じた時のことである。鉢は底が低く大きいので枝は立たない。そこで、利休はすぐに枝を逆さにもち、さらりと扱《しご》いた。すると、落ちた花や蕾が水面に浮いたさまが大変風流であった。「困らせようと思っても、困らぬやつじゃ」と秀吉は上機嫌だったと言う話である。この逸話は芸術的な話としてだけではなく、ビジネスの世界で、素材や技術を新製品や新規事業に、どう生かすかを考える場合の発想法として参考にできると思う。

（５）　徹底した情報収集とそれを有効に活用すること

これは、自社の保有する技術や技能では解決できない場合は、優れた企業やシンクタンク、研究機関、学会などから、課題解決に役立つ情報や技術を収集して活用することである。よく行われている産学共同開発がその例である。説明するまでもなく、今日は情報社会と呼ばれ、国内外を問わない情報機関をうまく利用すれば、経営効率の面では有効である。

一方、文献を参考にする際の留意点を老婆心ながら追記すると、自然科学に関する文献には、学会の定説や通説と言われる理論や考え方があり、これらの著書を勉強若しくは業務に活かすために読むことは、大切なツールになる。そして、ビジネスに活かすために重要なことは、その学説や通説を参考に、仮説を立ててみることである。この場合は、学者のように石橋を叩くような手堅さや失敗を恐れて臆病になることではなく、前衛的な芸術家のように、爆発的奔放さというか、自分の直感や想像力だけでも構わないから、大胆な仮説を立てるようでないと、イノベーションには繋がらないだろう。つまり、最も大切なことは、定説や通説だからと言って、何も謙虚に受け止めるのではなく、その説が真に優れているものかを疑うくらいの気持ちをもって検討してみることが肝要である。謙虚な態度は生活面では美徳だが、ビジネスの世界においては定説や通説に対して、傲慢とか謙虚という態度で物を考えることは美徳と関係のないことで、自ら新しい「説」を創造するくらいの気持ちで文献を参考にすることを薦める。

本論は、人生のなかで最も長い「ビジネス人生の在り方」について、私の四五年間の経験と自らの反省に立って述べたが、確信をもって言えることは、夢だけで空腹を満たすことはできず、我々の人生が豊かであるために、経済的な生活基盤を保障するには、勤務する企業の事業構造を安定させることが、絶対的な条件である。そして、それを実現するためには、ビジネスマン一人ひとりが、技術や技能、知識等のレベルアップを図り、それを仕事に活かして生産性を飛躍的に高め、企業の競争力を強化して、継続企業を実現する以外にないと言うことである。これは善悪やイデオロギーの問題ではなく、資本主義・自由主義経済社会の「現実であり、事実」だから断言しているのである。だからといって私は、愛社精神はもってほしいと思うが、兎にも角にも「会社のために頑張れ」などと述べるものではなく、「自分の豊かな人生を構築する」ことを基本において、「自らを研く」ために奮闘してほしいと願っているのである。

そして、最後に敢えて繰り返すが、我々の人生の命題は「いろは歌」で示されているように、一回しかない人生（諸行無常）を、「寂滅為楽」に到達するために、どう生きるかにある。これまで述べてきたように、人間として、ビジネスマンとしての豊かな人生を構築する上で求められる、様々な要件を高めるための自助努力は、継続することが最も重要である。社会や組織の世界では、そのなかで働く我々ビジネスマンにとって、業務や人事の面で、時折だが運・不運は存在することがある。つまり、実力が具わったと評価されるも、時の運不運があり、自分の思いどおりにならないもどかしさのような、隔靴掻痒《かっかそうよう》の感に陥ることは、多くのビジネスマンが体験することである。しかし、人生の志を簡単に放棄してはいけない。生来から具わった宿命を変えることは容易なことではないにしても、運命は個々人の不断の努力を継続することによって、良い方向に変えることは不可能ではない。このことは、フランスの哲学者、作家であるジャン＝ポール・サルトルが記した「実存は本質を超える」の如くである。この名言は、「人間には、あらかじめ決まった本質や性格はない。日々の努力を通して自分を造っていかなければならない。今の在り方を否定し、目指すべき本当の在り方を目指さなければならない」と言うことだろう。また、スイスの哲学者・カール・ヒルティに「人生には段階がある。しかも価値ある人生は平坦ではない」という言葉がある。若い諸君には、一歩一歩自己改革して自らを高めるための努力を継続してほしいと願っている。

　この世の中で、天才などと言われる人は特殊な分野に属する人のことで、多くは存在しない。しかし、アメリカの経済学者・コロンビア大学ビジネススクール院長であった、グレン・ハバードは、「天才とは、努力を継続できる人のことを言う」と述べている。私は、天才を目指すことなど考えたこともないし、若い諸君に薦めるものではないが、自らを高めるための努力を継続することは尊いことだと確信している。そして、努力の継続は、「学びたいことを学ぶこと」を容易にしてくれるだろう。しかし、心すべきことは、人間としてビジネスマンとして必要な「学ぶべきことを学ぶこと」は容易なことではなく、強い意志と忍耐が必要であることで、私の乏しい経験則から分かることである。つまり、「学びたいこと」と「学ぶべきこと」とは異なるのである。

　さらに付言すれば、私の認識としては、ビジネスマンにとっての教養は、学者や専門家のそれとは異なる。つまり、様々な知識を「知ること」と「分かること」は異なると言うことである。このことを論語に求めて例えると、「学びて思わざれば即ち罔《くら》し、思いて学ばざるは即ち殆《あやう》し」の一節のとおりである。私はこの一節を、「人の話を聞くことや書物を読んで知識を得ることは、『知ること』とである。そして、知り得た豊富な知識を、実際の人生や仕事に当てはめ、深く考え行動することが大切なことで、それによって、単なる知識が真に生きた知識になる、すなわち『分かること』になる。」と解釈している。同じことを繰り返して恐縮するが、中国は明時代の思想家・王陽明の理念に「格物《かくぶつ》致知《ちち》」とあり、「よく知ること、そしてその意味を体得すること」の意味だが、朱子学では「物の道理を窮め、知的判断力を高めること」と解され、それが一致して「知行合一」になるとしている。その大意は「知ることは誰にでもできることだが、それを実行に移すことは考え通りにはいかぬ」と言うことである。簡単な話、我々は、「傘を差して自転車に乗ること」が法的に禁止され、「電車で老人や妊婦に席を譲ること」が常識やマナー、道徳の問題と知ってはいても、実行することは簡単なことではない。この教えは心しておきたいことである。

最後に、自己啓発の方法としての書物を読む、所謂読書をする場合に注意すべきことを老婆心ながら述べておきたい。まず、読書の効用であるが、一般的には、「情報を得ること」、そして「その情報に基づいて知識を得る（＝知見する）こと」、さらに意識してほしいことは「考え方を学ぶこと」、「書き方を学ぶこと」であるが、説明は要しないであろう。次に重要なことは書物を選択する場合は、ハウツーものではなく、良書と呼ばれる「原論」を選択することは論をまたない。そして、俗に言う「乱読」ではなく「精読」するのが望ましい。例えば、小説や評論にしても、著者が表現する言葉をどのような意味合いで使っているのかを、批判的、分析的に眺めてみるとよい。その言葉のもつ意味がストレートな意味なのか、皮肉なのか、婉曲表現としているのかなど、それぞれを考えながら読まないと、単なる字面をなぞるだけの読書になって、後で何も残らないような気がする。つまり、読書は「行間を読む」、そうした眼光紙背に徹することで、自分の言葉や論として使うことができるようになる。これは、ビジネスにも通じることで、簡単ではないが心掛けてほしいと思う。

本章で述べてきたことは、承知・認識しているベテランの社員皆さんは兎も角として、若い社員諸君にとっては、ビジネスマンとしての確固たる人生観・人生哲学を構築し、常に自己を革新する、そして自己を完全燃焼させる、人間としてビジネスマンとして「一流の人物になる」ことを目指すための、細やかなヒントになるとすれば、私の幸いとするところである。

以上に示した記録は、二〇一四年四月一一日、勤務先の子会社（熊本県山鹿市）の社員食堂で、一時間半に亘って実施された社内講演会、「ビジネス人生をどう生きるか」をテーマとして話した内容を文章化したものである。無論のこと、話したいことを暗記できる齢ではないので、レジメを用意した。そして、話の途中に絶句することを不安に思って、思いつくまま原稿を書いてみたが、論文形式に推敲したわけではなく、理路整然とした講演にならなかったことは否めない。そして、私は、可もなく多分不可もなく、面白くもなく、可笑しくもない話を終えた後になって、不遜なテーマを選定してしまったことに、忸怩たる思いの一方で自己嫌悪を覚えて反省した。そして、話が広範に及んだにも拘わらず、A４一枚箇条書きのレジメしか配布しなかったこともあり、横道に逸れたことや大事なことを端折ってしまったこと、さらに生来の話し下手で、咳唾珠を成すような瀟洒な話ができず、私が企図とした対象である若い社員諸君への応援歌としては、うまく伝わらず記憶に残らなかったのではないかと思われた。そこで、その懸念を解消したいとする意思を強くした。本章は講義録を纏めたもので論文ではなく、横道に逸れたさほど必要としない余談としての話もそのままに、若干の解説と経験による知見、さらには時間の都合でカットした挿話を幾つか加筆した。本論の意義の有無は兎も角として、四五年間の長きにわたりお世話になった、勤務先やグループ各会社集団に対する感謝の念を込め、わがビジネス人生の後始末として、記録に留めておきたいと思ったのである。

この講演会の発端は、私が勤務先の取締役時代に、同子会社の代表取締役社長を兼務していた時期があり、かつ現在は非常勤顧問の任を拝命していることから、その感謝と御礼として、若い社員諸君を中心に、何らかの役に立てばという想いでお願いしたことである。当日の夕方には、前年度事業計画の達成慰労会という社員一同が会する機会があったが、その前に長い時間をとって講演会を開催して頂いた、現・飯山文也社長、志賀弘会長には衷心より感謝の念を表すものである。

二〇一四年四月

Ⅲ章　老齢ビジネスマンのひとり言

金庫番について ——経理屋の役割——

勤務先では、入社時から三〇代前半まで経理部門に所属していた。さらに、役員を拝命してから四年ほど経理部門の責任者を経験したことがある。特に、責任者になってから、公の団体の会合に出席する機会も増え、他社のトップの方と名刺を交換すると、金利が高い時代であったこともあってのことだろうか、「金庫番は大変ですね」などと声を掛けられた経験があった。つまり、日本を代表するような企業の経理屋は兎も角としても、勤務先のような中堅規模企業の経理屋を「金庫番」などと呼ぶのである。古くは、店主から金庫を任せられる、絶対的な信頼のある「番頭」のような意味合いが込められているのかもしれない。

このように考えると、「金庫番」は経理屋にとって、敬称とは言わないまでも「軽称」ではないと思ってもよいのではないか。「金庫番」の所以は、企業の運転資金を管理運用していることによると思われるが、企業にとって資金は血液であり、その循環を良くするためには、人間と同じで新しい血液が必要である。企業にとっては、新しい血液こそが利益である。従って、帳簿面では黒字であっても、血液が濁り新しい血液が枯渇すると、倒産の危機に直面する。具体的には、資金という血液が枯渇すると、黒字であっても支払手形が決済できない、社員に給与が払えないという問題が発生する。この場合に直面した金庫番は、通常は、役員会の決済を経て、金融機関から資金を調達しようとする。一方で金融機関は、その企業の財務内容や事業の収益構造、将来性など多岐に亘る体質を分析し、返済能力を審査することによって融資を決定する。金融機関も企業であるから、リスク管理上危ない企業には融資しないのは当然である。余談ながら、銀行は「晴れた日（優良企業）には傘を貸すが、雨の日（危ない企業）には傘を貸さない」と、皮肉を言われる所以でもある。いずれの場合でも、「金庫番」には、低コストの資金調達を可能にする交渉能力が問われる。

企業の資金を血液に例えたが、企業が生み出す新しい血液は、経理部門自体や「金庫番」が創造することはできない。それでは、経理部門や金庫番の役割は何か。私のビジネス人生で、担当業務としては最も長い経験があるので、経理屋の方にとっては常識とは思うものの、その役割は総務部門や人事部門などの間接部門に共通すると考えるので、記しておきたいと思ったのである。

経理部門の基本的な役割は、端的に経営機能からみると、財務会計と管理会計を適正に処理することである。組織的には、大企業の場合には財務部と経理部として独立していて、その役割を牽制している場合がある。商社でもメーカーであっても、企業活動における経済的な行為の情報が、数値を伴って最終的に集まるところが経理部門である。

経理部門は、全経営機能から集まった情報を計数として加工し、貸借対照表や損益計算書などに代表される、財務諸表・所謂決算書（月次、四半期、半期、年度）として集約する。財務会計は、その集約された資産のうち、特に現預金や売掛金、受取手形、投資等を健全性と安定性を以って管理すること、一方で支払い債務としての買掛金や支払手形、未払い金等を、資金を伴って決済・管理する業務である。

管理会計とは、経理部門に集約された情報を適法に区分・加工して、最終的には財務諸表として、取締会や株主総会に提示する業務である。さらに、管理会計は、全社的な営業成績や財政状態を集約するだけではなく、これらの情報を営業部門別（部門や支店など）や工場部門毎に、把握する経理システムを構築して運用し、その情報を役員会や関係部門に提供し、部門長に自部門の実態を認識してもらうことである。

これらの業務遂行にあたっては、専門的な知識として、基礎的な簿記の知識はもとより、商法や各種税法、手形法、支払遅延防止法、不正取引防止法など多岐にわたる法律を熟知していなければならないことは論をまたない。特に忘れがちなことは「会計七原則」を遵守しなければならないことである。正確性の原則や健全性の原則はもとより、株主を保護する前提に立てば、実務上で最も重要で遵守すべきと考えることは会計処理の方法を重要な理由なしに変更しないとする、ドイツ会計学の重鎮シュマーレンバッハが唱えた「継続性の原則」と、「保守主義の原則」である。「保守」の反対を「革新」とすれば、今日の産業界そのものが革新しないと生き残れない状況下にあるので、この保守的な考えは時代に反すると思われる懸念があるので、その狙いを追記しておきたい。

会計処理にあたっての「保守主義の原則」とは、「従来のやり方を頑なまでに守る」というものではなく、将来を予測するなかで、リスクに備えて慎重な判断に基づく会計処理を行うことを、ステークホルダーが要請する原則である。今日の企業は、成熟社会にあって、簡単に拡大成長を継続することが困難の市場環境にあり、競争力を高めることが最大の課題である。従って、ゴーイングコンサーン（継続企業）を実現し、利害関係者の負託に応えるためには、「企業の成績や財政状態などを厳密に計算することよりも、将来のリスクに備えて、利益を控えめに計算し、企業の体力を温存する会計処理に心がける」ということである。つまり、社会的に認められている保守的な会計処理は、企業の財務的な健全性を高め、事業を継続させていくために必要とされるものであって、過度な保守主義に走り、利益を隠匿することや利益積立金を積み立てるなど、株主や社員に対する利益還元を阻害するような不法行為は、断じてあってはならない。世間でしばしば発生する脱税行為や粉飾決算などの事件は、経理部門の長が自己判断で行うこととは考えにくく、仮にトップの命令があったとしても、経理部門が防波堤になり、不法行為を未然に防ぐことが、結果として企業を救うことになる。このような観点に立てば、経理屋のトップは、「保守主義の原則」を遵守し貫くことを、業務遂行上の哲学にすることが望ましいと考えるものである。

これまで、簡単に経理部門の役割を述べたが、これはこれとして大事な仕事であることは論をまたない。しかし、私はこれらの業務を真面目に遂行したところで、経理部門としては付加価値を創造したとは考えない立場をとっている。経理部門が集約する財務諸表を分析して、役に立つ情報を関係部門に発信することによって、全社的、かつ各部門が抱える問題を明らかにし、解決に結びつけるという、「兵站《へいたん》の役割」を果たしてこそ、はじめて経理部門が付加価値を創造することができる、と考えるのである。

兵站とは、軍事用語で、第一線で戦闘している部隊に、弾丸や食糧を届ける役割のことである。つまり、例えばメーカーで言えば、事業部別・部門別の貸借対照表や損益計算書を専門知識によって分析して、それぞれの部門が抱える問題点や解決方法を、経営の意思決定機関である取締役会や第一線で活動する営業部門、製造部門、技術開発部門に対して発信することである。これは、総務や人事部門についても言えることである。総務や人事部門の役割は、結果による労務管理だけではない。総務や人事部門には、社内に働く全ての従業者に関する情報が集約される。社員の出勤状況や人事評定による社員の働き具合と能力レベル、健康状態などを分析し、活力ある職場づくりや生産性向上に資する政策やシステム（制度）を提言、実施することで、付加価値を創造することができるのである。

ここで、経理部門として財務諸表をどのような観点から分析すれば、兵站の役割を果たせる情報を発信できるかを概括的に記しておきたい。それは、単に経理部門の知識としてだけではなく、それぞれの経営機能を担当する役員や部門長が、その経営指標を見て、何が問題であるかを理解し、それを解決するには具体的にどのような施策を打てばよいかを考えるのに必要な知識でもある。なぜなら、役員はもとより部門長は部門をマネジメントする責任者であり、経営効率を高めるための第一線に位置するからである。

まず、経営者にとって最も重視している経営指標は、財務状態の健全性・安定性である。これは、企業の財務体質が健全かどうか、すなわち運転資金の源泉に安定性があるかどうかを判断する材料になる。具体的な指標としては、短期的な支払い能力を示す、当座比率や中・長期的な資金の安定性を示す流動比率、財務の長期的なバランスの健全性を示す自己資本比率などがある。無論のこと、運転資金の運用には、短期的な資金繰り表や中・長期的には「キャシュフロー計算書」を作成して管理することは必要である。次に企業の収益性を分析する指標としては、売上高営業利益・経常利益率や最も重要視される総資本経常利益率（ＲＯＡ＝Return On Assets）、株主資本経常利益率が代表的である。さらに収益性の危機管理としては、常に損益分岐点を分析して、売上高対損益分岐点比率が示す余裕率を把握することが必須である。次に経営効率を示す指標としては、総資本回転率や細分化する、売掛債権回転率や各種在庫回転率などがある。

経理屋の兵站の役割は、これらの経営指標を全社や事業部・部門別に把握し、時系列に並べてみることで異常値を発見すること、同時に世間の優良企業の水準と比較して劣っている指標を把握することである。さらに、異常な指標は、勘定科目毎に異常値を発見し、その原因を細部に分析することによって問題を明らかにして、基本的な解決方向を経営トップ層と問題や課題のある部門に発信して、後方支援することである。それが、経理部門としての付加価値を創造することなのである。その観点から考えると、総務部門や経理部門は、経営トップの側近の役割を果たしていると認識してよいと思う。従って、トップの補佐役としての経営管理スタッフは、経営政策に精通する見識を磨き、さらには違法行為の未然防止を図るなど「企業の良心」であらなければならない。つまり、率先して善管注意義務（法律用語で、善良な管理者としての注意義務の意）を遂行し、他の模範とならなければならない。

ところで、今年も新入社員を迎えて、「金庫番」で思い起こしたので、最後に本論の短い結論として、若いビジネスマンへの助言を記しておきたい。それは、若いビジネスマンには、ぜひ「金庫番」になってほしい、と言うことである。我々は、幸いなことに頭という名の「金庫」をもっている。この金庫は、手提げ金庫ほどの大きさしかないが、便利なことに容量が大きく幾らでも入る。そして、幾ら使っても減ることがなく、新しい預金はこれまで貯めたお金と相乗効果よろしく、大きな利殖を生み出してくれる。つまり、この金庫は単に保管機能のみならず、思考機能を有しているのである。若い諸君には、グローバルな視点を忘れることなく、頭という金庫に、ビジネスで必要とされる新しい血液である専門知識や幅広い一般知識、さらには文化学といった教養、ビジネスの様々な経験で得られたノウハウ、多くの人との出会いによる友人や人脈などといった財産を貯畜してほしい。これができるのは若さの特権でもある。私のような年齢に達すると、貯蓄率と運用による利殖率は極端に低下するどころか、頭の金庫として機能しなくなる。そして、若い諸君には、その貯蓄財産を自由で大胆な発想と創造性を以って、ときとして細心の心遣いをもって運用し、大いに利殖（組織への貢献度）を増やしてほしいと願っているのである。

二〇一三年四月

ハンサムウーマン ——誇り高き会津女性——

今年の春頃から、「ハンサムウーマン」という言葉を耳にしていたが、私は最初詳しい意味が分からなかった。ハンサムとは、通常では眉目秀麗《びもくしゅうれい》な男性のことであり、今日では別な名称として「若者語」で「イケメン」などと言われたりもする。そして、ウーマンを直訳すれば、女性・夫人のことだから、この二つの言語を合わせもつ「ハンサムウーマン」とは、私のイメージでは、「男性のように逞しく、立派な人生観をもって強く生きている女性」を連想した。そして、このような女性は、具体的に現在はもとより歴史上の人物で、誰が当てはまるのだろうと考えていたのである。それが判明したので記しておきたい。

今年のNHK大河ドラマは、脚本・山本むつみ他による「八重の桜」で、現在終盤を迎えている。昨年の六月に制作発表が行われた際、二年前の三月一一日に東日本大震災が発生したことを受け、NHKでは復興を支援する内容にすべきではないか、という意見があがったことを受け、とくに原発事故での多くの人が会津に避難していることもあり、かつ観光客激減という風評被害が予想以上に顕著であったことから、方針を転換して福島県会津出身で、同志社を創設した新島襄の妻となった山本八重の生涯を描いた作品にした、と報じられた。

私は会津の生まれではあるが、高校を卒業する一八歳までしか生活していないので、郷土史を勉強する機会も少なく、正直なところ山本八重が会津戦争で戦ったことは知らず、皇族以外の平民女性として、初めて叙勲（日露戦争時、大阪陸軍予備病院の看護婦として従軍、その功績で勲六等宝冠章）された女性であることほどの知見しかなかった。

余談になるが、私の少年時代の会津で、戊辰戦争で知られている女性は、江戸常詰勘定役の中野平内の娘の中野竹子（ドラマでは女優・黒木メイサ）である。容姿端麗、男勝りの文武に秀でる品行方正な女性で、一五歳までには経書や史書を修め、詩文や和歌をたしなむ一方で薙刀の名手であった。大政奉還後は、生まれて初めて会津に入り、婦女隊を指揮したが、野戦では銃弾を受けて重傷、妹・優子《まさこ》の介錯により戦死、首級は農民の手により、会津坂下町の法界寺に埋葬され、今日でも線香の煙の途絶えることはない。さらに、女性では会津藩筆頭家老で留守役の西郷頼母（ドラマでは俳優・西田敏行）の妻・千恵子が、敗戦を知るや一族二一名と共に屋敷内において、自害の道を選んだことは、我々年代の会津人で知らない者はいないのでないかと思う。

閑話休題。「ハンサムウーマン」とは、どうやら「八重の桜」の主人公、女優・綾瀬はるかが演じる山本八重の敬称であることが判明した。ＮＨＫオンラインによる「八重の桜」のあらすじを極々簡単に記すと、「男勝りに育った少女は、会津鶴ヶ城に男と立てこもり、スペンサー銃をもって戦った。後に『幕末のジャンヌダルク』と呼ばれた山本八重は『不義には生きない、会津の頑固女』であるとする。さらに、維新後は実兄山本覚馬（京都府顧問役、ドラマでは俳優西島秀俊）を頼って上洛、アメリカ帰りの新島襄の妻となり、同志社の創設を助ける。男尊女卑の世情のなか、時代をリードする『ハンサムウーマン』を貫き通す。このドラマは、会津武士道の魂を守り抜き、生涯自分の可能性に挑み続け、すべての人の幸福を願った山本八重と、その仲間たちの愛と希望の作品」としている。つまり、ドラマを欠かすことなく観てきて感じた「ハンサムウーマン」

の概念は、「生き方において、行動や態度が凛々しい女性で、自立した女性」のことのようである。そして、新島八重を「ハンサムウーマン」と公に位置づけたのはNHKである。それでは、NHKが新島八重をハンサムウーマンと敬称した根拠は何か。NHKによると、二〇〇九年四月に放送した番組「歴史秘話ヒストリア」がきっかけである、としている。

八重の夫となる新島襄は、脱国して一八六五年（慶応元年）七月に、上海経由（米船・ワイルド・ローヴァー号）でボストンに到着する。船主のハーディ夫妻の援助を受け、最終的には名門アマースト大学を卒業し、日本人初の学士の学位を取得する。一八七二年（明治五年）には、アメリカ訪問中の岩倉使節団に合い、木戸孝允の目にとまり、通訳として、ニューヨークやヨーロッパのフランス、スイス、ドイツ、さらにロシアなど渡り、使節団の報告書を編集した。帰国後、山本八重と結婚した新島は、「アメリカの母」と慕うハーディ夫人に、妻・八重の写真と手紙を添えて、結婚を報告したが、手紙のなかに、新島八重が「ハンサムウーマン」と呼ばれる理由が記されていたのである。

新島はハーディ夫人に宛てた手紙のなかで、八重のことを日本語にすると、「もちろん、彼女は美しくはありません。しかし、私は知っています。彼女は美しい行いをすることを」と記しているのである。この手紙の英文は、英語の熟語「Handsome is as Handsome does」の流用だとされ、日本語訳では「行いが立派な人が立派な人である」になるが、手紙をこれまでは「彼女は美しい行動をする人」と訳されていた部分を前述の「歴史秘話ヒストリア」が、「彼女は生き方がハンサムなのです」訳したという経緯があることが分かった。しかも、その番組のサブタイトルは、「明治悪妻伝説・初代ハンサムウーマン・新島八重の生涯」として新島八重を取り上げたのである。

もう大河ドラマは終盤に入ったが、ハンサムウーマン・新島八重の生涯を簡単に追ってみたい。八重は一八四五年（弘化二年）に、会津藩の砲術師範の山本権八・佐久の子として生まれた。親の制することも聞かず、兄・覚馬にスペンサー銃の手ほどきを受けて腕を上げた。藩校日新館の教授・川崎尚之助と結婚、一八六五年（慶応四年・明治元年）に会津戦争が始まると、断髪・男装して鶴ヶ城籠城戦に加わり、自らスペンサー銃をもって参戦した。夫とは、籠城戦前に離婚する。ちなみに、敗戦によって鶴ヶ城に別れを告げるに際して、「明日の夜はいづこの誰か眺むらん馴れし大城《おおき》に残す月影」の一首を残している。

敗戦後は、暫く米沢で暮らしていたが、実兄である京都府の顧問となっていた山本覚馬を頼って京都に住み移る。そこに出入りしていたアメリカン・ボード（北米の海外伝道組織）の準宣教師・新島襄と知り合い、一八七六年（明治九年）に結婚する。新島は、同志社の創設に奔走していたが、一八七五年（明治八年）に同志社大学の前身である同志社英学校を、翌年には同志社女学校（現・同志社女子大学）を創設、彼女はそれを助け、その運営に助言を与えていた。アメリカ流のレディファーストが身についていた新島と男勝りの性格だった八重は、似合いのカップルであったと言われている。しかし、車にも夫より先に乗る姿を見た、当時の同志社の学生であった、徳富蘇峰（明治から昭和にかけたジャーナリスト、思想家、歴史家で現・東京新聞の前身である国民新聞を主宰）は、彼女にあたかも魑魅魍魎《ちみもうりょう》の如く「鵺《ぬえ》」（トラツグミの異名＝頭は猿、胴体は狸、尾は蛇、手足は虎のような伝説上の妖力をもった怪獣）の渾名《あだな》をつけ、世間も悪妻と評していたと言う。同志社時代の写真が残されており、大胆不敵なイメージは感じるものの、そのふくよかな顔立ちからは渾名の「鵺」はあたらないと思う。

新島は、一八九〇年（明治二三年）に心臓病で急逝したが、彼のよき理解者であった奈良県吉野の山林事業家土倉庄三郎に、自分なき後の学校のことと八重の生活のことについて協力を求めて逝ったとされる。新島の死後の八重は、襄の門人たちとは性格が合わず、同志社とは疎遠になる。しかし、臨終に立ち会った徳富蘇峰は同志社時代のことを詫び、「今後は貴女を先生の形見として取り扱いますから、貴方もその心持を以って私と付き合ってください」と述べ、八重が亡くなるまでそれを実践したと言われている。

襄の死後の八重は、明治二三年に日本赤十字社の社員になり、一八九四年（明治二七年）の日清戦争では、広島の陸軍予備病院で、篤志看護婦として従軍、四〇人の看護婦の取締役として、怪我人の看護だけではなく、看護婦の地位向上に尽力し、その功績で一八九六年（明治二九年）に勲七等宝冠章を、さらに日露戦争時には大阪の陸軍予備病院の篤志看護婦として従軍、その功績で勲六等宝冠章が授与された。さらに、一九二八年（昭和三年）、昭和天皇の即位大礼の際には銀杯を下賜された。その四年後八六歳で没し、葬儀は徳富蘇峰の協力により、「同志社社葬」として執り行われ、四千人の参列者があったと言うことである。

このように、新島八重の生涯は、信濃高遠藩主、出羽山形藩主を経て会津藩初代藩主となった三代将軍家光の異母弟である保科正之が定めた「将軍家へ忠誠を尽くす」という家訓の下に、松平容保や家老らの「勝ち目のない戦」を承知で、籠城した会津戦争に巻き込まれ、京都では夫に尽くし、さらには看護婦として奔走する波乱に満ちた生涯であったが、最後まで会津魂を貫き、生涯自分の可能性に挑戦し続けた、正しくハンサムウーマンと呼ばれるに相応しい女性であった。

大河ドラマ「八重の桜」は、多分欠かすことなく観たと思う。ゴルフなどで帰宅の遅かった際には、翌週にBS再放送で観た。ドラマでは新島八重の他にも、沢山の女性が登場した。そのなかには、会津敗戦後において、八重と同等に活躍した、所謂「ハンサムウーマン」が存在していたと思われる。個人的な見解として二名の女性を挙げたい。

会津の地元、特に会津若松市に隣接する、私が高校時代を過ごした喜多方市では、「瓜生岩子」が有名である。会津戦争の一カ月に及ぶ籠城戦では、城内は無論のこと、城下に倒れている負傷者を敵味方の区別なく手当てをして、救援活動を続けた瓜生岩子は、敵方からも高く評価され、地元では小学生でも知らない者はいない。彼女は、会津敗戦後の一八七二年（明治五年）、貧民救済事業の実態を学ぶために上京し、旧佐倉藩の救養会所を視察、帰郷後は喜多方の長福寺を借り受け、行路病者や貧困者、孤児を私財で世話する。一八九一年（明治二四年）には、窮民貧児のための救済機関として、救養会所の全国設置を求めて、第一回帝国会議に女性として初めて請願書を提出、これと前後して東京市養育院に招かれ、幼童世話掛長職に就いた。同年一二月には、育児会設立のため帰郷を促されて、若松、喜多方、坂下に育児会を設置、翌年には福島瓜生会を設立し、近代社会福祉の礎を築いた。明治二九年に女性では初めての藍綬褒章を受章し、日本のナイチンゲールと謳われたが、翌年過労により福島瓜生会事務所で死去。享年六八であった。

もう一人の女性は、会津戦争の敗戦によって、北の不毛の地である斗南に強制移住させられた山川家の山川さき（後に咲子に改名）である。彼女の実兄は、少年白虎隊の経験をもち、藩校日新館の秀才であった山川健次郎（米国留学後に東京・京都帝国大学総長、九州帝国大学初代総長、日本初の理学博士、男爵）である。彼女も幼い頃から才女と言われ、一一歳で官費による日本初の女性留学生として政府から認められ、岩倉使節団に随行して渡米し、一〇年間アメリカで生活する。横浜港から出港する際、母えんは、「娘のことは一度捨てた（捨）と思って帰国を待つ（松）」との心境から「捨松」と改名させた。

捨松は、ヴァッサー大学に入学、サムライのムスメであることからスティマツと学生から慕われ、端麗な美しさと知性で、学生会の学年会会長に指名される。また、優秀な頭脳をもった学生だけが入会を許されるシェークスピア研究会に入会する。卒業式では、卒業生総代の一人として選ばれる。卒業論文は、地元新聞にも掲載されるほどの出来だった。留学一一年目に入った一八八二年（明治一五年）に帰国、日本赤十字に興味をもっていた。当時の参議陸軍卿・伯爵の大山巌は、妻・沢子が出産後に死去して独身であった。アメリカ帰りの捨松は、欧米風の社交術を学んでおり、大変な人気者で当時の鹿鳴館の華と謳われる。一八八三年（明治一六年）に捨松は大山巌と後妻として結婚、愛国婦人会理事、赤十字篤志看護会理事などを歴任、近代日本におけるチャリティ企画やボランティア活動の草分け的存在と言われている。夫が内大臣在任中に死去した三年後の一九一九年（大正八年）、スペイン風邪で死去、五八歳であった。

閑話休題し、ドラマの地元である会津若松市の動向を追記しておきたい。大河ドラマが進行するなかで、会津若松市では「八重の桜」プロジェクト協議会を発足した。その目的のひとつが、八重のように強く生きる会津の人々に触れ、会津の「おもてなしの心」を感じ取って頂ける「ハンサムウーマンプロジェクト」の立ち上げである。具体的には、八重の心を受け継ぎ、強く生き続ける女性たちを「ハンサムウーマン」として当該協議会が認定している。彼女たちは、「これだけは他人に誇れる」というハンサムポイントをもっており、八重や会津の伝統・文化など豊富な話題を街角で観光客に案内してくれる、と言うことである。認定されたハンサムウーマンは、それぞれ自営の仕事や企業に勤務している人もいるので、仕事上会えない場合もある、とのことである。

ドラマ「八重の桜」も三カ月を経過した四月に入った頃、勤務先で電気新聞を読んでいたら、「ひと　読者」覧に「会津伝統の世界に新風を吹き込む」と題して、会津漆器「工房鈴蘭」の店長・鈴木あゆみさんについての記事が掲載されていて、頭の固い私は「女性が漆器職人になる時代になったのか」と驚嘆し、興味深く読んだ。彼女は、社会人アスリートとして自分を燃焼してきた人生から、勤務先事情による廃部によって行き場を失い、ご尊父さんの職業である、会津漆器職人に挑戦する決意を固め、専門的訓練を経て、新しい作品の創造に挑戦しているのである。

会津漆器は、一六世紀の豊臣時代の会津領主である、蒲生氏郷が、近江の国から木地師と塗師を招聘し、その基礎を作ったとされている。約四〇〇年の歴史と伝統を継承しながらも、価値観の多様化した現代のユーザーが求める工芸品を創造する漆器職人に挑戦することは、悩み抜いたうえでの、想像を絶する勇気と決意を要したことは、他人の私でも容易に想像することができる。

工房鈴蘭の漆器職人兼会津若松市七日町に構える店舗の店長である鈴木さんは、電気新聞記者のインタビューに対して、お店の商品は「漆器は、生地づくり、上塗り、絵付けの三工程に大別されるが、習得した技術は殆ど使わず、『吹付け』と言って、スプレーで塗りを施す新しい技術がメーンです」と語っている。三年間、試行錯誤してガラスに塗りを施し、ピンクやラメ入りの器を商品化したのも、お客様の意見からヒントを得たと言う。私の認識では、有名な輪島漆器は金箔や貝殻を施した豪華なイメージで、お祝いごとに使う漆器という印象が強いのに対して、会津漆器は三段・四段重箱のような高価な商品もあるが、基本的には日常的に使うものである。とは言っても、漆器は高価で使った後の保管が扱いにくいというイメージが強い。これに対して、工房鈴蘭のコンセプトは、「誰もが気軽に手に取れる、普段使いの『可愛い漆器』造り」を目指すとしている。七月の中旬に法事で帰省した際、七日町のお店に立ち寄って、鈴木さんにお会いして商品を拝見したが、コンセプトのとおり、多岐にわたる可愛い商品が並んでおり、四〇〇年の伝統を継承した漆独特の色合いに「典雅な美」が見て取れ、土産として買い求めた「ぐい呑み」は満足できるものであった。拙宅での晩酌で日本酒の際には、私らと息子夫婦が愛用している。

会津に限らず、漆器業界は全体的に低迷していると言う。しかし、会津漆器は四〇〇年の歴史と伝統を継承しながら、日本独特の「漆の美と和の心」を失うことなく、世界に飛躍できるような商品の創造に取り組んでいる。正しく、鈴木あゆみさんは現代の「ハンサムウーマン」であり、会津若松市の「八重の桜」プロジェクト協議会から認定を受け、東奔西走し奮闘されている。

一方、企業においては、男女雇用機会均等法が施行されて以来久しいが、女子社員は単なる補助職という考え方は払拭され、メーカーや建設業界でさえも営業職や技術職、現業職において、第一線で活躍できる風土が確立されている。管理職にも登用する時代になった。それは、政財界だけではなく、官僚の世界でもキャリア女性の「次官」が誕生する時代である。それは、企業の人事戦略はもとより、女性自身がビジネス人生に生きがいを追求する意識改革が醸成されたからである。大いに自らの能力を高め、困難な仕事に挑戦してほしいものである。正しく、男子社員に劣ることのない多くのハンサムウーマンが出現することは、組織の活性化はもとより、企業の競争力強化と日本社会の発展に貢献することに間違いない。ちなみに、職場の第一線で活躍する、ハンサムウーマンのような女性を中国語では「女強人（ニウ・チャン・イェン）」と表現するらしい。実に頼もしい限りである。

二〇一三年一二月

なぜ恐竜は亡びたのか

恐竜はなぜ滅びたか。それは恐竜が巨大化したからである。恐竜は、その旺盛な食欲のあまり巨大化して、自らの身体を隅々まで管理できなくなった。地上を這う毒をもつ虫たちは、恐竜の足を齧《かじ》り始めた。恐竜が巨大さ故に何も感じないことをいいことに、虫たちは足の肉を少しずつ喰い登って行った。それでも恐竜にとっては痛くも痒くもないので気がつかなかった。そして、やがて気づいたときには、体内に毒が回り手遅れになっていたのである。これが恐竜の滅びた原因である。無論、これは科学的な根拠のない寓話である。

この寓話から得られる「経営の教訓」とは何か、それが本題である。そして、巨大恐竜とは大企業のことであり、「大企業病」が如何にして発症し、衰退若しくは滅亡するかを考えてみたい。この病気を「恐竜」に例えたが、この病状は虫歯に似ている。最初は痛みとなるが、ある程度放置してしまえば、さほどの痛みを感じなくなる。そして、そのまま放置を続けることで、いつの間にか取り返しがつかないことになる。つまり、言いたいことは、病が進行すればするほど、治療するには劇的な痛みを必要とする、と言うことである。

世間一般論として定義された大企業病とは、大企業で見られる非効率な企業体質のことである。具体的には、企業が巨大化して組織が大きくなると、経営者や経営幹部と一般社員との意思疎通が不十分になり、その極端な結果として、部門の担当業務以外はやらない、できないという役人に多い官僚主義、所属部門の立場に固執し他と協調しない、いわば狷介《けんかい》的な縄張り主義、他部門に無関心若しくは排他的になる傾向であるセクショナリズムの横行、平穏無事に済みさえすればよいとする消極的な態度を示す「事なかれ主義」などが蔓延し、組織活動が沈滞化する。このことは、組織が巨大化することで、「自分のことを見失う」、「巨大さが故に、些細なことはどうでもよい」というように、大きくなり過ぎた恐竜のように、放っておくと命取りになる、という赤信号が点滅しているのである。また、歴史的にみた日本の大企業は、分社化やアウトソーシング、グループ会社間の人事交流などが流行し、余剰資金は比較的多いとされるが、取引が親子間ということもあり、売上に見越した利益の創出を追従するまでには至らず、資金が枯渇してくる企業が多いことも事実で、大企業病の遠因とも言われている。

それでは、このような大企業病といわれる病状はどのようにして発現するのであろうか。まず、経営者や社員、所謂従業者の意識として自戒しなければならないことは、大企業としての強みが、「傲り」に繋がるということである。昨今、日本を代表する大企業であっても、そこに勤めているだけで、その地位が確保され定年まで雇用が確保されている、という時代ではなくなった。何千人規模のリストラが行われている。しかし、それでもその「会社名」のプライドだけを頼りにしている社員がいるのも事実である。このような社員は、自分だけはリストラの対象外であるという意識が強く、自らの能力や貢献度を客観的に評価していない場合が多い。仮に、「何かミスを起こしても会社が何とかしてくれる」とか「自分一人がダラダラしても、組織に影響はない」、「こんなに頑張ったのだからもっと評価されてよいはずだ」というようなマインドが、悪いウイルスになり、健康な社員まで感染させる。酒場で隣席の愚痴として耳にしたことだが、大企業を早期退職し、現在就活中でなかなか思うような職につけないある人は、自分の学歴やこれまで勤めていた「大企業名」のプライドと実績を口にしていた。その人は自分の能力と貢献度を客観視できないのではないか、ある分野でスペシャリストとしての実力があるのであれば再就職ができるはずだし、第一早期退職時に会社が止めたはずである、と私は感じてしまうのである。このような認識ができない社員が大勢いるとすれば、大企業病は確実に社内に広まる。体力がある会社は、こういったタイプの社員の治療をしないため、大きな業績貢献が得られないばかりではなく、社員が社内ニート化する傾向が強まり、企業体質が蝕まれていくのではないか。

無論、「傲り」は社員だけではない。仮に経営者に大企業の傲りがあるとすれば、さらなる「企業の巨大化と利潤追求」を目指し、巨大な資金量にものを言わせて、異業種に手を出すこと（買収）や、投機的な証券投資に走ることがある。バブル時代は一時的に大儲けもしたが、ステークホルダーに迷惑をかけた巨大な欠損を計上するに至ったのである。また、大企業であっても、コーポレートガバナンス（企業統治）を確立し、実践が徹底されないと、株主利益の還元を重視するあまり、粉飾決算や脱税などの不法行為が発覚する場合がある。さらに、顧客満足を無視した欠陥商品の販売、賞味期限や産地偽装、最も劣悪なのは社員に対する、無給残業や売上・利益のノルマを課すことによる労働強化など、違法行為に繋がるような行為が新聞を賑している。これらは、企業の旧態依然とした体質の問題で、経営者が見知らぬふりをしたとすれば、自身の企業倫理なき怠慢であろう。

次に取り上げたい大企業病のウイルスとしては、「過去の栄光に頼る病魔」がある。つまり、会社としての歴史や過去の栄光（市場占拠率や顧客満足度など）にすがりつく姿勢である。商品が陳腐化しても「まだまだ市場で稼げる」とか、過去の成功事例や今のやり方で問題は起こっていない、とする過去の実績に固執し過ぎると、新しい商品やシステム、戦略などを取り入れようとしない文化、風習が生まれ始める。よくあることだが、大企業病にかかった幹部に、これまでの実績や経験、自信からかは分からないが、「俺の方法しか認めない」という考え方をもっている場合がある。この幹部は過去の栄光にすがっているだけで、部下や会社の成長の目を摘むようなことに繋がる。経営判断には慎重さは必要だが、熟慮しないで部下の意見を否定するのは問題であって、こういった幹部ほど上司や経営者の命令には従順で、上の立場の人の方針や命令に問題があったとしても諫言できない社員であることが多い。

余談になるが、上司とて全てにパーフェクトなわけではなく、千慮一失《せんりょいっしつ》することがある。上司の命令であっても、明らかに社是や経営理念に反すると思われる場合は、命令に阿諛追従《あゆついしょう》することなく、自信と勇気を以って諷諫《ふうかん》するのではなく直諫を以って諫言すべきである。つまり、「逆命利君……命に逆らいて君を利する､之を忠と謂う」を貫くことである。これは、中国古典の『説苑』からきているが、住友グループの中興の祖として崇められている広瀬宰平氏の座右の銘とされるもので、「主君の命令であっても、主君の利益にならなければ、敢えてその命令に逆らってこそ、真の忠義と言うものである。」という意味である。これに対して、「君主が、部下の諫言に逆らって人に勝つことを好み、国家のことを考えないで、軽率な行動で自信たっぷりで言う場合は、その国は滅びるであろう」と韓非子は記している。

大企業病のウイルスになり得る遠因とその排除策として、次に「成果の評価を曖昧にしない」ということを述べる。企業が巨大化すると、社員一人ひとりの成果が判別しにくくなるのが一般的である。しかし、成果の公平な分配や社員を教育する上で、成果の評価は業務上の質や量、難易度などの面から、可能な限り定量的に評価し、本人にフィードバックすることが重要である。この成果の評価システムが曖昧だと、自己評価しない社員はいないと思われるので、定期昇給や賞与時期に、「あんなに頑張ったのに」という不満が生じることや士気に影響するのも問題だが、「自分一人で頑張ったところで」とか「さぼったところで業務や業績に支障はないし、給料やほどほどの賞与は貰える」といった勘違いが蔓延する。この段階になると、大企業病のウイルスが社内に蔓延していると言ってよい。現実に、日本を代表する大企業で、この病気にかかっていると思われる企業では、必ずある段階では巨大な損失を計上し、事業規模の縮小を余儀なくされている。

もうふた昔の話になるが、大企業病によくあるツリー状に配置された管理体制によるコミュニケーション不足に対応して、部長や課長といった役職名を取り払い、リーダーとかサブリーダーとかチーフなどの名称にすることや新入社員からベテラン社員までの全社員が「……さん、……君」で呼び合う斜め上の思想を導入した企業が話題になったことがある。人間関係や風通しのよい会社づくりの一環であろうが、長続きしたという話は伝わってこない。これは、日本における、先輩後輩の間の礼儀作法を重視した歴史や風土環境には合わなかった施策である。部長は部長としての、課長は課長としてのプライドを逆なでしてしまったのだろう。むしろコミュニケーション不足は、上層部の意識改革が先決であろう。

次に大企業病と考えられる病状として、結果責任に鈍感な子会社や親会社の社員、それも幹部がいることが挙げられる。それは感染していると判断して間違いないだろう。子会社に「困ったら親会社が仕事や資金を回してくれるだろう」と考える経営者はいないとは思うが、親会社の持ち株比率の問題ではなく、一企業としての業績責任はもつべきであり、それができないのであれば進退問題である。世間では、大企業病が叫ばれた際、多くのぶらさがり子会社を整理した歴史がある。

これは親会社においても同様である。大企業の場合、単一市場ではなく、複数の事業部門を擁しているので、すべての部門が黒字であるとは限らず、赤字部門を撤退する場合がある。この場合、部門長は市場環境が悪化しているのだから、「他の部門がカバーしてくれるだろう」では済まされない。部門の結果責任を認識し、「黒字化」するためには、何が必要かを考え、手を拱《こまね》いてはならない。つまり、部門としての損益分岐点を常に把握し、赤字の原因が売上不足によるものなのか、利益率低下によるものか、固定費が肥大化したことによるものか、さらに売り上げ不足は、商品が陳腐化しているためか、競合による市場占拠率の低下によるものなのか、広告媒体によるものなのかなど原因を掘り下げれば、必ず原因は見つかるはずである。それに手を打つことが結果責任である。同時に、最低でも企業集団に迷惑をかけない、最悪でも「収支トントン」になる収益・利益・費用構造の体質改善を実現することが結果責任であろう。

日本の労働基準法では、欧米と異なって解雇制限があり、この病気が組織の肥大化によるものであったとしても、社員を簡単に解雇できない特有の事情がある。引き続きその任にあるのであれば「何としても赤字は出さない」という強い意志と対応策を立案し、それを徹底することで捲《けん》土重来《どちょうらい》を期することが、結果責任を負うと言うものである。

最後に、大企業病にかかった経験があり、脱出をはかったトヨタの例を簡単に記しておきたい。

トヨタといえば、今日では日本が誇るというよりは世界を席巻する自動車メーカーである。しかし、そのトヨタだが創業以来「完璧な会社」として継続してきたわけではない。コンサルタント唐土新市郎氏の『トヨタの反省力』（泰文堂）によれば、世界のトヨタとて、何も特別な会社ではなく、普通の大企業と同じ特徴をもっていると言うのである。他の企業と異なることは、トヨタは失敗を反省し、それをカバーするスピードが速いことで、そこがエクセレントカンパニーと言われる所以であろう。「トヨタ生産方式」は誰もが知見しているので、参考までに別な事例を挙げておきたい。

一九九〇年前半、トヨタは組織の肥大化とともに硬直化が進み、「石橋を叩いても渡らない」という大企業病に陥ったとされる。社員は上司の方ばかり向き、意思決定が遅いという風土が蔓延していた。国内シェアは四割を割り込み、新興国を中心とした海外進出もライバルメーカーの後塵を拝していた。前述した著書『トヨタの反省力』によると、その打開策を打ったのは、一九九五年に社長に就任した奥田碩氏（後の日経連会長、国際協力銀行総裁等を歴任）である。当時、トヨタでは二一世紀に向けて、一九九九年末の発表を目標に、ハイブリットカーの開発が進められていたが、就任したばかりの奥田社長は発売を前倒しし、それも「二年以内に完成せよ」と命じたのである。つまり、発売日を前倒しし、逆算して開発・製造にあたらせる。ゴールが決まった以上は「できない理由を考えている暇はない」、全組織が必死になった。そして、一九九七年に初代「プリウス」ハイブリットカーが発売されたのである。周知の如く、トヨタは三〇万人以上の社員を抱える巨大企業である。これだけの社員数のパワーは、「石橋を叩く慎重さでゆっくりやろう」、「一〇年以上赤字が続いても、クビにはならない」といったマイナス思考の社員意識から、「目標に向かって全組織が必死になる」という方向に転換した、このマンパワーの差が、偉業を達成させたのである。

一方、大企業病は大企業だけに発症する病気ではない。中堅企業やベンチャー企業においても油断がならない。所謂中小企業でも、特に成長途上にある会社は、大企業病にかかる社員や組織風土が蔓延しているからである。その理由は、「物を大切にしない」、「自分が頑張らなくても会社は利益を出している」という意識が生まれてくるからである。例えば、現業職場で、終業時に職場を掃除する際に、ゴミのなかに一本の「ビス」が落ちているのを認知しながら、平気でゴミとして処分する、というようであれば、その社員は大企業病のウイルスに感染していると言ってよい。それは、現業職場に限ったことではなく、すべての職場で、「些細なミスに目を瞑《つむ》る」ことや「この程度の不具合はお得意様も納得してくれる」と自分で判断してしまうことが、取り返しのつかない大きな問題に発展するのである。すなわち、例えとして「大山も蟻穴より崩る」の如く、ちょっとした油断がもとになって大きな災難を招くことがある、と言うことである。

特に、仕事上で発生する過ち（作業ミス）でありがちなことで問題なのは、経済的損失が微小の場合、「人間誰もがミスは犯すし失敗もするのだから、一概に責められない」として、注意をするだけで、その過ちやミスに対処しないで見逃し容認してしまうことである。ヒューマンエラーは起こり得ることだが、過ちはその原因と対策を立て改めることで教訓となる。論語に「過而不改　是謂過矣」とある。「過ちて改めざる　これを過ちと謂う」の如く、本当の過ちとは、過ちを知りながら、それを改めないことの意である。

大企業病にかかった企業や組織のなかに、どのような社員が多いか、その特徴を『どうやって社員が会社を変えたか』(日本経済新聞出版社・柴田昌治、金井壽宏著)で挙げている。簡単に項目だけを記しておく。まず、「視野が狭い」と言うことである。これは、自分の今の仕事にしか興味がない社員のことである。これでは、分業と協業がうまくいかず、大袈裟には生産性が半減する。次に「足りないものばかりが視野に入る」ことである。これは、問題解決する際、手がかりを見つけて何とかしようという姿勢が欠如している社員のことである。足りないものばかり考えていたら、解決しようとするパワーは生まれない。さらに、「飛躍した非連続的思考について行こうとしない」ことである。新しい理論やシステムの粗探しをして、現状を維持するために否定する社員、停滞と現状維持は衰退と同義語であることを知らない社員のことである。最後に「現場を知らず、ただ正論を唱える」ことである。現場から乖離した「誰もが否定できない正論」を振り回し続ける社員がいる。よく「現場主義」と言われるが、現場を理解した上での正論でないと、現場を無視した正論は実は正論ではない。組織を運営する幹部は、以上のような観点から部下の仕事ぶりを監督し、大企業病に感染する前に、対策を打つ必要がある。

これまで、大企業病の表面的な病状を述べてきたが、これらの要因の寄って来たる決定的な要因を、老婆心ながらミシガン大学のノエル・ティシーとコロンビア大学のメアリー・ディバナの創作寓話「茹で蛙」から追記しておきたい。この寓話は、「蛙を二匹採ってきて、水を入れた鍋に一匹の蛙を入れる。そして、その鍋を徐々に温める。温度の変化が徐々であるため、蛙は何の不安ももたずに、心地良く鍋のなかに蹲《うずくま》っている。蛙はいつでも逃げよう思えば逃げ出せるのに、温度が上がっても何の変化意識ももたず、やがて沸騰したお湯のなかで茹で上がり、最後は死んでしまう。……今度はもう一匹の蛙を、その沸騰したお湯のなかに入れる。すると、蛙は必死になって鍋から飛び出してしまう。その蛙は、大火傷をするが死なずにすむ。」というものである。つまり、前者は、環境の変化に気づかない蛙は死に至り、後者は、反射的に環境の変化を感知した蛙は生き残るのである。この実験的な寓話から得られる経営の教訓は、「経営をとりまく市場環境や企業内事情の変化に対して、大企業の驕りに陥り不断の革新努力を怠っているにも拘わらず、意識を変えずにそれまでの延長線上の思考や行動に終始するような、ぬるま湯にドップリとつかり、危機を危機として認識できないことが、最大の危機である」ことを示している。

それでは最後に、大企業病に有効なワクチンは何かである。結論を急げば、それは社員一人ひとりが、「自己改革」することである。どのような有能なトップであっても、社長や組織の責任者一人では、この病気から社員を守り、打ち勝つことはできないし、快癒させることは難しい。末端までの社員一人ひとりが「会社に甘える」ことなく、「与えられた仕事だけを現状のやり方で熟させる」だけではなく、「自分から仕事を取りに行き、自分でこなす」というフロンティアスピリットをもつ「自立した社員」として、如何にしたら「ムダ、ムラ、ムリ」をなくし、生産性を高めることができるか、そのためには何を「改革、改善」すればよいかを常に考え、仕事に取り組むことである。これこそ、個々人が取り組むべき「自己改革」と「イノベーション」であり、大企業病へのワクチンになるのである。

二〇一三年四月

青春讃歌

　勤務先では、入社式と夕方に行われる、役員や経営幹部が出席する新入社員の歓迎懇親会に声がかかり、出席させて頂いている。会社代表の一端を担っていた時代には、入社式後の研修会で「経営理念」の講義を担当していて、新入社員と直接的に接する機会があった。齢を増したせいもあるが、新入社員と懇談し接していると、彼らが実に爽やかで、清々しく、瑞々しく輝いていて、さらには個々人が懇親会で発表した、入社にあたっての決意を示した意欲満々のスピーチを聴いていると、勤務先集団の仲間として、さらには将来の後継者の一員として、何とも頼もしいと感じ入ると同時に、何か熱い青春のエネルギーが伝わってきて、応援歌を送りたい気持ちになる。

　一方、勤務時間を自由にさせてもらっている二年前から、渋谷の母校が主催する、一般市民を対象とした「オープンアンカレッジ講座」で、歴史と言語学の二科目を受講している。二時半から始まる講義に余裕をもって登校しているので、学生食堂やサロン、喫煙所、キャンパスのベンチなどを利用していることもあり、多くの学生と接する機会がある。四五年前にタイムスリップしたような、青春を謳歌している学生から「エネルギー」を貰っているような気分になる時がある。受講している学問の記憶力の低下は身に染みて感じるものの、精神的には若返ったような元気が出る効用だけでも満足である。

　ところで、現代の学生や若者は、「青春」をどのように捉えて、どう生きようとしているのだろうか。私が「青春」の概念を意識したのは学生時代ではなく、四〇歳代に入って間もない頃だと記憶しているが、当時のことを思い出して、整理しておきたいと思った。

長い余談になるが、「青春」の語源を中国の春秋戦国時代頃に発生した世界観、「五行説」から紐解いてみたい。五行説とは、「木」、「火」、「土」、「金」、「水」の五つの元素によって、自然現象や社会現象を解釈する思想である。「五行相生」は、木・火・土・金・水の順に、前者が後者を生み出すことで循環するという説である。木は火を生じ、火は土を生じ、土は金を生じ、金は水を生じ、水は木を生じるという関係にある、としている。すなわち、木は燃えて火になり、火は燃えた後に灰（土）を生じ、土が集まって山となった場所からは鉱物（金）が産出し、金は腐食して水に帰り、水は木を生長させるという具合に、この順に相手を強める影響があるとする説である。この逆とも言える「五行相剋」とは、「水」は「火」に勝（剋）ち、「火」は「金」に勝ち、「金」は「木」に勝ち、「木」は「水」に勝つという関係を言う。つまり、水は火を消し、火は金を溶かし、金でできた刃物は木を切り倒し、木は土を押しのけて生長し、土は水の流れを堰き止める、という具合に、この順に相手を弱める影響があるとする説である。

そして、この五行説を「季節」に当てはめると、「木」は樹木の生長する季節で「春」、「火」は光輝く炎が元になっているので「夏」、「金」は土のなかに光り輝く鉱物・金属を意味し、収穫の季節として「秋」、「水」は、泉から湧き出る水が元となって命の水を意味し「冬」、そして、「土」は、土から芽が出る様子を表し、四季それぞれの最後の約一八日（土用）、「季節の変わり目」を意味する。余談のついでに記すと、この「季節の変わり目」は、「季節を分ける」という意味に捉えると「節分」のことである。節分とは、年に四回の春、夏、秋、冬が始まる「前日」のことである。つまり、暦の上で立春、立夏、立秋、立冬の前日が節分である。例えば、今年の八月七日立秋の前日の六日は節分にあたり、恵方巻きを恵方を向いて食べると、縁起がよいとされている。関西方面の行事と思っていたが、近年ではコンビニで恵方巻きを販売するようになってから、全国に広がっている。

前置きが長過ぎたが、この五行説から、「青春」の語源を探ると簡単で、元素である「木」にちなんでおり、青春の「青」の字は「木の枝に芽吹いて、その葉が青々と勢い良く伸びる様子」を表して、季節的には「春」を意味して、「青春」の言葉が生まれたと言うわけである。これが転じて、日本の簡単な辞書で「青春」を引くと、「元気がよい若い時代」と出ている。

この語源からは、私が「青春」の概念を意識した四〇歳前後は、すでに若者ではなく中年の域に達していて、青春時代を生きていることにはならない。つまり、当時の私のような中年は「青春」から除外されるのが常識である。しかし、そのことに不満をもったので、自らにだけ通用する「青春の概念」を定め、「生涯青春」を胸に刻んで生きていきたいと思ったのである。私の定義する「青春」の概念は、「青春とは、何事にも恐れることのない自由な意志と行動を可能とし、「自らを高める」ために、様々なことに挑戦するエネルギーをもち続けている状態のことを言う。」としたのである。

つまり、私が勝手に創作した青春の概念を支えるものは、「知的好奇心」をもって、自らを高める生き方を追求することであり、これを失ったときは年齢に関係なく無気力な唯の老人と化してしまうに違いない。さらに、この概念の「自由な意志」とは、融通無碍《ゆうずうむげ》な独立不羈《どくりつふき》の意味をもつが、社会や組織のルールを無視した自由でないことは無論のことである。自由とは常に規律や義務を伴っている。このような自分自身にとっての「青春の概念」を創作したのは、二七、八年前、一般常識では青春時代を経過した当時の中年として、若者の特権でもある青春に対する負け惜しみではなく、アメリカの詩人・サミュエル・ウルマンの作品、「ＹＯＵＴＨ（＝青春）」に巡り合い衝撃を受けたからである。

一九八八年だったと思う。約七年間に亘って勤務した宇都宮事業所（主力工場）から、東京本社は総務部に転勤して間もない頃である。テーマの記憶は定かではないが、日比谷の第一生命本社の講堂を会場としたセミナーに参加し、セミナー後の立食パーティーで主催者スタッフの方と懇談した際に、「先の大戦後にこの界隈のビルが、連合国に接収され、第一生命会館に連合国最高司令官総司令部（ＧＨＱ）が置かれ、マッカーサー最高司令官の執務室（敗戦前までは社長室）があり、昭和天皇が訪問し初めて民間人（軍人ではあるが）との写真撮影に応じた部屋があった」ことに話題が及んだ。そして、スタッフの方から「現在も当時のままに維持されているのでご案内しますか」ということになり、パーティーを抜け出し個人的に見学させて頂く機会があった。後から考えると、それまでの人生観を変えるような幸運を極めるものであった。

記憶が薄れていて正確性を欠くが、執務室は五〇平方メートル・約一五坪ほどであるだろうか、「えっ」と思うほど狭隘で質素な部屋であった。そして、想像に反して驚嘆したことは、引出しがなく装飾のない執務用デスク（レストランで使うような長方形の頑健なテーブル）と古い革製のリクライニングのない質素な椅子、机の前には応接用の肘掛椅子二脚が置かれていただけである。また、マッカーサー司令官は、上程されるすべての案件を即決したと言われ、机上には今日のオフィスでは必需品である、未決済・決済を区分する書類箱もなかった。無論のこと執務室には応接セットもない。しかし、昭和天皇とは、この部屋で写真撮影をしているのである。別室で会談したのであろうと想像する。そして置物と言えば、執務机から正面の壁面に掛けてある、二枚の絵画とサミュエル・ウルマンの詩である「ＹＯＵＴＨ」の額縁である。絵画は、第一生命が社長室として使用していた当時から、英国人画家・オルドリッジの「アドリヤ海の漁船」と「千潮」であるが、ヨット好きだった司令官は、そのまま飾って撤去させず、ご本人の座右の銘である「ＹＯＵＴＨ」を掛けさせたのである。その一節を以下に記しておきたい。

YOUTH

Youth is not a time of life-it is a state of mind; it is a temper of the will, a quality of the imagination, a vigor of the emotions, a predominance of courage over timidity, of the appetite for adventure over love of ease.

マッカーサー元帥は、この詩をコーネル大学の友人から贈られ、座右の銘にして執務室に飾っていたとされる。しかし、作者のサミュエル・ウルマンは、当時のアメリカでは全くの無名の詩人であったと言う。後になって、この詩を見つけたのは岡田義夫氏（東京毛織のＯＢ）が有力とされ、感動し漢詩調に翻訳した。後にこの詩に巡り合った松下幸之助氏が、あるインタービューでこれを紹介して、雑誌に掲載されてから、一躍有名になったとされる。一昔以上前の話になるが、ロバート・ケネディーがエドワード・ケネディーへの弔辞にこの詩の一節を引用したのも有名な話として伝わっている。さらに、その後サミュエル・ウルマンが晩年を過ごしたアラバマ州バーニング市に家が見つかり、一九九三年にJASA（アラバマ日米協会）が、日米親善事業の一環として、その家を買い取り、「ウルマン記念館」として運営しているとのことである。その意味では、アメリカでは無名の詩人が日本で有名になって里帰りした、うれしい話なのである。以下に、最高司令官執務室を見学した際に頂いたパンフレットから、いまだに感動を覚え自らを鼓舞してくれる、作品の全文を記しておきたい。岡田義夫さんの耳朶を打つ名訳である。

「青春」

サミュエル・ウルマン（邦訳　岡田　義夫）

青春とは人生のある期間を言うのではなく、心の様相を言うのだ。
優れた創造力、逞しき意志、炎ゆる情熱、怯懦《きょうだ》を却ける勇猛心、安易を振り捨てる冒険心、
こういう精神を青春と言うのだ。
年を重ねるだけで人は老いない。理想を失う時に初めて老いがくる。
歳月は皮膚のしわを増すが、情熱を失う時に精神はしぼむ。
苦悩や、狐疑や不安、恐怖、失望、こういうものこそ恰《あたか》も長年月の如く人を老いさせ、
精気ある魂をも芥に帰せしめてしまう。
年は七〇であろうと一六であろうと、その胸中に抱き得るものは何か。
いわく
「驚異への愛慕心」、「空にきらめく星辰」、「その輝きにも似たる物事や思想に対する欽仰」、

「事に処する剛毅な挑戦」、「小児の如く求めてやまぬ探究心」、「人生への歓喜と興味」。

人は信念と共に若く、疑惑と共に老ゆる。

人は自信と共に若く、恐怖と共に老ゆる。

希望ある限り若く、失望と共に老い朽ちる。

大地より、神より、美と喜悦、勇気と壮大、そして偉大な霊感を受ける限り、人の若さは失われない。

これらの霊感が絶え、悲歎の白雪が人の心の奥までも蔽いつくし、
皮肉の厚氷がこれを固くとざすに至れば、この時にこそ人は全く老いて
神の憐みを乞うるほかはなくなる。


この詩に巡り合った四〇歳代の初めに、そして齢七〇を迎えようとしている私にとって救いになるのは、「青春の概念」を年齢には関係なく、肉体的な若さだけが、青春というのではなく、心の様相に求めていることである。優れた創造力、逞しい意志、燃えるような情熱、臆病な心や弱気を退ける勇猛心、果敢な冒険心をもち続けることこそ、青春そのものである、という捉え方に多く人が共鳴するのであろう。この作品から新入社員や若者に言いたいことは、ビジネスマンとして仕事に従事する場合、あるいは人間として自らを高めようとする場合の基本的な姿勢として、「新しい物や理論、システムの創造、既存のそれらの改良や改善などを生み出す創造力、志を簡単に諦めない強い意志、困難な仕事にも立ち向かう心堅石穿《しんけんせきせん》を極める情熱、弱気な怠け心を退ける勇猛心、妥協することやリスクを恐れない冒険心といった、精神力をもつことによって、

広大な思考と行動を可能にし、『自らを高め、企業や社会に貢献できるエネルギー』を享受できる」ということである。すなわち、学生生活を終え、社会人の仲間入りしたことで青春が終焉するのではない。この詩から受け止められる概念から、真に「青春を謳歌する」ということは、年齢には関係なく、これから将来に亘るビジネスや一市民としての人生を通して自らを高め、夢や目標を実現するための原動力・エネルギーを享受することなのである。

換言すれば、我々のような年齢層であっても、歳を重ねるだけで人は老いることはない。人間は、「自らを高め、目標を実現しようとする情熱や信念、自信をもつこと」で若さを失わず、逆に希望や情熱や理想を失うとき、若者であっても精神は老いるというわけである。時として街中や公共施設で、如何にも覇気がなく懈怠《けたい》した、老け込んだような若者を見かけることがあるが、それは若者が強くもてる特権（建設的な心の様相）を自ら放棄しているようなものである。私は、若者は若者らしく、心身ともに颯爽で生気は横溢であってほしいと思う。また逆に、軽挙妄動な若者を見かけるが、可愛げはあるものの戒めてほしい。

特に、我々のような年配者は、肉体的にも、知見する能力も若者に勝るものはない。しかし、いつまでも若者には負けないという、情熱や信念、気概をもち、心には所謂「青春のエネルギー」をもち続けて、何かに挑戦することが若さを保つ秘訣になると思っている。今年の晩秋には古稀を迎えるが、青春を謳歌する人生を歩んでいきたい。

二〇一五年五月

一隅閑話――ふさわしい夫人と悪女――

この章では、若いビジネスマンに何らかの役に立つ話を記したいとの思いで、雑文を編集したが、以下の話は何ら役に立つものではなく、興味ある方は閑話として読み流してもらいたい。先週、通勤電車の帰路で、作家・丸谷才一さんのエッセイ傑作選『腹を抱へる』（文春文庫）を読んでいたら、文芸界の巨匠（作家・開高健は丸谷さんをそのように呼んでいたと言う）丸谷さんが、「現代世界の重大問題をあっさりと指摘された」とする知見を吐露していたので紹介する。

それは、丸谷さんが作家・大庭みな子さんと閑談した際に、アメリカ生活の長い大庭さん曰く、「アメリカ大統領選挙は大統領ではなく、実は大統領夫人が選ばれるのだ」ということである。つまり、大統領選挙の時期になると、大統領夫人の品定めが行われ、全国的討議の結果、「大統領夫人として誰がふさわしいか」が決められ、その結果、付随的にあるいは自動的に彼女の亭主が大統領になる。それがアメリカ大統領選挙というものなのだ、と大庭さんは説明するのである。つまり、ケネディが大統領になれたのは、ジャクリーン夫人がトップレディとしてふさわしいと国民的合意が得られたからだと言うのである。丸谷さんが、「それでは、エリノア夫人が選ばれたお蔭でルーズベルトが、ロザリン夫人が認められたからカーターが大統領になれたのか」と問うと、大庭さんは「大体そうではないか」と言って否定しなかったと述べている。

そこで丸谷さんは、大庭説に基づいて、わが国の総理大臣を検証しているが、その例として、三木武夫が宰相になったのではなく、あれは三木睦子さんが総理大臣夫人としてふさわしかったので、彼女の夫以外の誰かを総理大臣にするわけにはいかなかったから、三木武夫が総理大臣になった。田中角栄首相の場合は、夫人が表（マスコミ）に出られない方だったので、理屈のつけ方が困難として除外しているが、佐藤栄作は、佐藤寛子さんが首相夫人たるべき人だったからで、その結果、佐藤栄作が首相になれたのだと納得している。

丸谷さんは文芸界の例も挙げている。作家・谷崎潤一郎は、二度離婚し（一度目の夫人を詩人・作家の佐藤春夫に譲る）、三度結婚している。余談になるが、三度目の奥さんになる松子さんは、大阪の綿布問屋の御曹司と一男一女をもうけたが、夫の素行が悪かった。芥川龍之介の大ファンだった松子は、来阪中の芥川と同行の谷崎と面会し、その後、谷崎と交流を重ねた。松子やその妹らと谷崎が交わした手紙二八八通が今年の一月に公開された。一部、新聞に掲載されたが、谷崎の松子に対する熱情は察するに余りある内容のものだった。このような経緯を経て、谷崎は松子と大恋愛の末、三度目の結婚に至るのである。そして、丸谷さんは、松子が文豪夫人としてふさわしかったので、結婚後に谷崎潤一郎は「文豪作家」と言われるようになった。それまでは、誰も谷崎を文豪だなんて言わなかった、としている。私には真実かどうかは分からない。このように、丸谷さんは大庭みな子説を検証しているが、丸谷さんは無論のこと、私もこの説を信じるわけではないにしても、面白い捉え方もあるものだと感心した。そこで、この例に倣って、歴史上の人物の夫人としてふさわしいと思われるも、夫が亡くなってからは「必ずしもふさわしくなかったのではないか、むしろ悪女ではないか」と思われ、栄華を極めた生活から、最後は悲惨で劇的な流鼠《りゅうざん》に値する如くの人生を閉じることになる夫人を思い出したので、余興の閑話として備忘録に記しておくことにしたい。

最初に頭に浮かんだのは「鸕野讃良皇女（うののさららのひめみこ）」である。父は、後に第三八代天智天皇に即位する中大兄皇子である。中大兄皇子は、父である舒明天皇の第二皇子であるが、藤原鎌足らと蘇我入鹿を打倒して、古代政治史上の一大改革といわれる「大化の改新」をやり遂げ、六四六年（文化二年）に首都を飛鳥から難波宮（現・大阪市中央区）に移し、飛鳥豪族を中心とした政治から天皇中心の政治へと移行した。

中大兄皇子のことは、漫画やアニメにもなっている記憶がある。しかし、即位した天智天皇は僅か三年で崩御すると、後継者争いが勃発する。天智天皇は、第一皇子の大友皇子を後継者（第三九代弘文天皇）としたため、天智天皇の弟である大海人皇子は吉野に隠遁し、側室となっていた讃良皇女もこれに従った。しかし、大海人皇子は、隠棲していた吉野から、領地である美濃へ居を移すことにした。伊賀、伊勢を通り美濃へ辿り着くまでには、かつての政治に不満をもつ豪族らを次々に味方につけ、圧倒的な兵力を手に入れ、弘文天皇との戦いが勃発する。これが「壬申の乱」である。つまり、大海人皇子の夫人である讃良皇女は、兄である弘文天皇を見捨て裏切るのである。この戦いは、琵琶湖の南に位置する瀬田での戦いで、天皇側が大敗し、弘文天皇に即位した大友皇子は二五歳の若さで自害する。

勝利した大海人皇子は、第四〇代天武天皇に即位する。しかし、病気がちであったため、皇后となった讃良皇女は、夫を補佐して非凡な政治の才を振い、天皇を中心とした律令国家建設に尽力する。つまり、大庭説の「天皇夫人としてふさわしい」と言えるではないだろうか。一方で、六八六年（朱鳥元年）に夫の天武天皇が崩ずると、側室でありながら即位式を挙げないまま実権を掌握した直後、天武天皇の正妻で讃良皇女の実姉・大田皇女の子、大津皇子を謀反の罪で処刑して、自らが第四一代持統天皇に即位する。そして、六六七年までに、姉の大田皇女は薨じ、大海人皇子（天武天皇）の正妻の地位を奪ったとされるのが通説になっていることも考え合わせると、決して「天皇夫人としてふさわしい人」ではなく、結構悪女なのではなかったかとも思う。しかし、皇后から天皇に即位する例は多く、舒明天皇の皇后の宝皇女は、夫の崩御後に第三五代皇極天皇、第三七代斉明天皇に即位している。

現憲法では、皇室典範第一条によって、皇位継承の順位が定まっているが、約一三〇〇年前の持統天皇と言えども、あまり悪女に評価することは不謹慎であり、戦前までだったら不敬罪に該当するので、「百人一首」冒頭一・二番の秀歌撰、天智天皇と皇女鸕野讃良皇女、後の持統天皇の和歌を掲げ、畏敬の念を表しておきたい。

百人一首　一番（後撰集　秋）第三八代　天智天皇

「秋の田のかりほの庵のとまをあらみ　わがころもでは露にぬれつつ」

原歌　（万葉集）

「秋田苅る仮盧を作りわが居れば衣手寒く露そ置きにける」

通釈

秋の田（畑）の片隅にある小屋で夜通し番をしていると、屋根を葺いた苫が、粗く編んであるので、夜露が滴り落ちて、私の袖を濡らしているよ。（注）天皇が田の収穫物の番をするはずがないので、これは農民の苦労を慮った歌と解釈され、実体験を詠んだのではない、とするのが通説である。

百人一首　二番（新古今集　夏）　第四一代　持統天皇

「春過ぎて夏来にけらし白妙の衣ほすてふ天の香具山」

原歌（万葉集）

「春過ぎて夏来るらし白栲の衣乾したり天の香具山」

通釈

春はいつの間にか過ぎて、夏になったという証に、天の香具山には冬物の白い衣が干してある。尊い香具山の言い伝えとおりの風景である。（大和三山の香具山は、天から降りてきたというういわれがある神聖な山）

次に日本の歴史上、「ふさわしい夫人」として思い起こすのは、明治維新まで続く武家政治を確立した鎌倉幕府の征夷大将軍・源頼朝の妻で、北条政子である。伊豆の豪族であった北条時政の長女として生まれた、いわば田舎娘である。頼朝は、父・義家は「平治の乱」で平清盛に敗れ殺されるが、清盛の継母である池禅尼に助けられ、伊豆に流される。平氏からすれば、ここで源氏のDNAを断ち切っておかなかったことが、二六年後の「壇ノ浦の戦い」で平氏の滅亡に繋がったのである。後白河天皇の第三皇子である以仁王《もちひとおう》の命旨「平氏を打て」が源氏に平氏打倒の挙兵を促し、「いいくに」で暗記した一一九二年（建久三年）、源頼朝が鎌倉幕府を創設した。鎌倉幕府は、政子にとって夫・頼朝とともにつくり上げた家であったと自負していたとおり、その内助の功は、征夷大将軍の夫人として「最もふさわしい人」の働きであって、北条家の支援なくして頼朝一人の力では、鎌倉幕府は成立を見なかったのではないだろうか。一〇年前には長男頼家が、幕府創設の年には次男実朝も生まれている。頼朝は幕府創設七年後に、戦いによるものではない落馬によって亡くなるが、政子は一七歳の頼家に二代将軍を継がせ、自らは髪を切って尼になるのである。俗に言う尼将軍の誕生である。この辺りから「ふさわしくない夫人」が見え隠れするのである。

一方で、頼朝の異母弟である牛若は、平治の乱で源氏が敗れた際、母・常盤と清盛の元に投降したため、幼少時を清盛の元で過ごし、清盛を父と思い清盛も牛若と好意的に接していた。後に清盛の命により、鞍馬寺に預けられ僧になるべく暮らしたが、自分の出生の秘密を知り、武士として生きることを志し、寺を抜け出して藤原秀衡を頼って奥州に向かうのである。その途上で元服して義経と名乗る。後には平家を倒す功労者になったが、戦後処理として頼朝は義経を要職に任用しないどころか弟として認めてくれなかったことから、兄頼朝に不満がつのっていくことは、歌舞伎や映画、ドラマで広く知られ、「判官贔屓」の由来になっている。この真の原因は、将軍の許しもなく官位（従五位下・大夫判官に昇進）を授かったことによる頼朝の怒りとするのが通説である。しかし、他方において、頼朝の考えというよりは、すでに長男・頼家が誕生しており、次期将軍を弟の義経ではなく、わが子にと念じる政子夫人の、実権を握る父・北条時政を介した差し金ではなかっただろうか。すでに幕府の実権は北条家と政子にあったとするのが通説である。

二代将軍の頼家は、幕府の有力武将、比企能員の娘若狭局を側室とし、二人の間には嫡男・一幡が生まれていた。そして、比企能員の伯母・比企尼は頼朝の乳母であった。そのため、頼家は何かと比企能員を頼りにしていたのである。側室若狭局が一幡を産んでからは、頼家は彼女を溺愛し、比企一族を重用して北条家を敬遠するようになり、北条家と比企一族の対立へと発展していった。北条時政と政子の親子は共謀し、頼朝と政子の二男である千幡（実朝）を次期将軍に立てようと画策したのである。それに対して、二代将軍頼家は家督を譲るとすれば、側室の子・一幡であり、比企一族と頼家は怒り共謀して北条打倒を図った。これが、「比企の乱」である。

先手を打ったのは北条家と政子側である。北条家の館は、鶴岡八幡宮の東に位置する現・宝戒寺にあり、そこから駆け込めば数分足らずの現・妙本寺の比企ケ谷にある比企の館に軍勢を送って火を放ち、全滅させた。六歳の一幡は炎の中に消え、母・若狭局も井戸に身を投げて自害した。

北条時政と政子は、一二〇三年（建仁三年）に頼朝の二男の源実朝を第三代将軍にして、頼家を出家させ、伊豆の修禅寺に閉じ込めるが、翌年北条時政が差し向けた刺客によって暗殺される。このことを政子が知らないはずがない。さらに、一二一九年（承久元年）、三代将軍の実朝は、右大臣就任の祝賀の式典を鶴岡八幡宮で執り行った帰り、社殿の石段下の大銀杏に隠れていた、比企の乱で難を逃れた頼家の残されていた子・公暁の「親の仇討ち」によって殺害されことになる。無論、公暁は捕らえられて打ち首に処される。これによって、頼朝と政子の子孫による後継が途絶えることになる。そのため、北条家と政子は、京都から藤原頼経を呼び寄せ、第四代将軍に据え、政子は尼将軍として鎌倉幕府の政治を動かすのである。

一二二一年（承久三年）になると、後鳥羽上皇が天皇の権力を取り戻そうとして、「鎌倉幕府を打て」と命令を出す。すでに、政子の弟である北条義時が執権職にあったが、尼将軍政子の、「頼朝公のご恩を忘れてはならない……」の名演説によって、有力武士は鎌倉幕府に忠誠を誓い、京都に攻め込む、所謂「承久の乱」である。この戦いは鎌倉幕府の勝利になるが、四年後の一二二五年、尼将軍政子は六九歳の生涯を閉じた。鎌倉寿福寺に政子、隣には実朝の墓がある。

政子の生涯は、鎌倉幕府の創立者・源頼朝夫人として、所謂鎌倉時代のトップレディとして、夫の死後は尼将軍などと呼ばれ、権勢欲の権化として評価される。しかし、実際は、愚直なほど愛情深い女性としての側面があり、かつその壮大な「やきもち」と嫉妬深い性格から、源氏三代の血みどろな家庭悲劇を引き起こす要因を作ってしまったと評価される。日本三大悪女と言った場合、北条政子の名は必ず挙がる。

最後に、日野富子を取り上げてみたい。一九九四年（平成六年）のＮＨＫ大河ドラマ「花の乱」は、室町時代中期の一四四九年（宝徳元年）に第八代将軍となった足利義政（同ドラマでは歌舞伎役者・一二代目市川團十郎）の夫人で、悪女とも評価される、日野富子（ドラマでは女優・三田佳子）の生涯と応仁の乱及びその前後の状況を描いた作品である。

足利義政は、父が暗殺、兄が病死したりして将軍になれたような人物で、政治には固執せず、趣味の「酒、女、歌、別荘造り」に精を出す生涯のように思える。一方、日野家は代々の将軍に正室を送り出して勢力を保持してきたような公家で、富子は一六歳で、義政に嫁いでいる。すでに、義政には若い側室が何人もいて、特に今参局（いままいりのつぼね・通称お今）という、女盛りの女性が「将軍の世話係り、母親代わり兼側室」という役割を務めていて、富子は当然のように女の戦いの場に投げ込まれたような立場であった。

将軍義政の唯一の仕事は、後継ぎを作ることだが、側室のお今に生まれるのは、女の子ばかりであった。一方の富子には、待望の男の子が誕生するが、虚弱で生後間もなく病死している。これを、「お今が呪いをかけた」として、お今は島流しにされるが、富子方の謀略と言われている。しかし、富子は夫・義政が従順だった側室のお今を追放しても、その後の人生が順風満帆とはいかなかった。

このような経緯から、義政は自分には男の子が授からないと考え、当時出家していた実弟の足利義視(正室として富子の妹が嫁いでいた)に次期将軍の座を与えようとした。義政三〇歳であったが、自分は自由に趣味の「山荘造り」に没頭したかったのではないかと考えられている。なかなか承諾しない実弟に「以後富子に男の子が授かっても将軍はお前だ」と、富子に無断で約束している。このような義政の思慮のなさ、軽率さが、やがて長期に亘る大争乱の火種になるのである。

皮肉なことに、間もなく富子に男の子が生まれる。後の足利義尚である。当然の成り行きとして、富子は自分の子に次期将軍を継がせたいと考え、四職（律令制で、左京職、右京職、大膳職、修理職の総称のことで、長官に任じられているのは、山名、一色、京極、赤松の四家である）にあたる山名家の山名宗全を後見人につけた。いわば義政派の足利義視、細川勝元勢力と富子派の足利義尚、山名宗全勢力は、当初軍事衝突はなかったものの、細川家と同じく三管領のひとつである畠山家の畠山政長と従兄の畠山義就の家督争いに端を発して、次期将軍の後継問題もからみ、ついに天下分け目の様相を呈しきた。東西の総大将は山名宗全と細川勝元である。一四六七年(応仁元年）から一四七七年（文明九年）までの一〇年間にわたり、京都市中を焼け野原にする「応仁の乱」が続くのである。この乱で、京都は御所を除いた民家はもとより古寺院の殆どを失い、国家的文化的な損失は甚大であった。この戦いを前にして、将軍の実弟・足利義視は都落ちしている。

ところで、応仁の乱は、東西に分かれた戦いであったが、無政府状態のなかにあって、昨日の敵は今の友、敵の敵は味方と言うように目まぐるしく、例えば西軍総大将の山名宗全の息子・山名是豊は東軍に所属し、さらに途中からはトップの将軍家まで入れ替わるというような始末である。結局このことが、乱を長期化させることになり、山名宗全が自害をしようとして家臣に止められるくらいに、厭戦気分が高まったとされる。そして、乱の終結は、細川勝元、山名宗全の病死という結果で終わり、勝元の息子・細川政元、宗全の孫・山名政豊によって和議が結ばれ、一四七三年（文明五年）には、義政の命により、第九代将軍に足利義尚が就任したのである。

富子の唯一の息子である足利義尚は、将軍職につき乱が終わっているにも関わらず、自ら軍を率いて、幕府の命令に従わない六角高頼を攻めるとして、富子の制止も聞かず出陣した。しかし、長引く戦いのなかで病にかかり、二五歳の若さで生涯を閉じるのである。大事な一人息子の死は、義政と富子の心を寄り添わせ、悲しみを共にしたが同居することはなく、義政は東山山荘（後の銀閣寺）に帰り、山荘の観音堂に銀箔を貼るという目標に燃えていた。

しかし、一方で義政は息子の後を引き継ぎ、政務の場に復帰することを決意するが、富子には反対され、自身も中風に倒れ、政務を執ることが困難になったため、美濃に亡命していた実弟義視と和睦し、嫡男の義材を自らの養子に迎えることで、第一〇代将軍に指名して後事を託したのである。そして、一四九〇年（延徳二年）に、念願の銀閣の完成を待たずして死去するに至った。享年五五であった。

兄夫婦に翻弄された人生を歩んできた義視は、富子に対して「御所から出ていけ」と命令するが、その後も将軍後継問題が絶えなかった。義視が早く亡くなった上、将軍の義材がまだ命令に従わない六角高頼を自ら征伐するとして、戦いに挑み勝利するが、その遠征中に細川政元の陰謀で、一四九五年（明応三年）に義材より一回りも若い清晃（後の足利義高）が第一一代将軍に祭り上げられた。哀れな義材は、またも敗者となって越中に逃げ込んだのである。富子は夫・義政の東山山荘でひっそりと暮らしたいと思うものの、遠い縁戚の将軍義高の命令は、それを許さず富子五七歳で亡くなっている。晩年をどこで暮らしていたのか、かつての将軍義政の正室でありながら、分かっていないと言われる。

日野富子、親は「娘がゼニに不自由しないように、つけた名前が富子」と言われているが、通説では「地位や権力、使えるものはフルに使って金儲けに走った」とされ、「富子＝悪女」のイメージがついて回る。特に、節操のない金儲けは、応仁の乱では東軍についたが、「敵も味方もお構いなしに、金と米を貸しまくり、巨万の富を築いた」とされている。しかし、自分自身は浪費家ではなく、逆に金の力を知り抜いていたのではないか。夫の義政が、将軍として「毎日のように酒宴、別荘造り」に精を出せたのは、正室富子の財テクのお蔭ではないだろうか。三代将軍足利義満は、鹿苑寺（金閣寺・世界遺産）を残したが、義政はたびたび鹿苑寺を参詣し、金閣に上がったことが記録に残されていると言う。そして、優柔不断の政治家ではあったが、文化人として趣味を追求した義政の造営は、鹿苑寺の舎利殿（金閣）を模して造営した楼閣である、観音殿を含めた寺院全体を慈照寺（銀閣寺・世界遺産）として後世に残してくれた。付言すれば、この慈照寺銀閣は、東山文化を代表する建築であるが、建築はもとより、能、茶道、華道、庭園、連歌など多様な芸術が開花した時代の象徴でもある。そして、貴族的・華麗的な金閣寺に代表される足利義満の北山文化に対して、幽玄、わび・さびに通じる美意識の世界を生んだとされている。

閑話の締め括りとして、丸谷才一さんの閑話に戻すと、なかなか社長になれない、所謂「万年専務」の例を取り上げ、「俺は甲斐性のない駄目な男だ」などと、寂しがる必要はなく、結局ウチの女房は「専務夫人と言う器でしかなかった、社長夫人としてはふさわしくなかった」、そういう女性と結婚したのが「俺の運勢の分かれ道だった」と思えばよいと丸谷さんは慰めている。さらに、丸谷さんは、この場合、「専務夫人程度の女性にしか巡り合えなかったのは、あなたの器がその程度だからだ」という、ぐるぐる廻る論法が成立するとしている。それも不満とするのであれば、善後策があって、今の結婚を中止して、「社長夫人足り得る器の女性と敢然と再婚すること」である、としている。既述した文豪・谷崎潤一郎は、この例にあたるのだろうか。

閑話ついでに、二〇〇九年九月、自民党に代わり、五四年ぶりの歴史的政権交代となった、民主党の歴代総理大臣は、大庭説による奥様方が「首相夫人としてふさわしい」から、その結果として総理大臣になれたのであろうか。もし、真実だとするならば、問題が山積する政治・経済・社会に少しは変革をもたらしたのではないかと思う。現実的には、党首として立候補した時点で、大庭説に反して恐らくはスローガン倒れになるだろうと杞憂したことが現実になったと言うことである。

初代総理は、外交や国防、貿易など国益に関することまで、自らの政治信条なのか「友愛精神」を以って話し合いで解決できるとしたことは驚きであった。愛のない政治家は論外にしても、軽々しく連発すべきではない。そもそも、友愛とか博愛精神という崇高な理念の持ち主を日本人でイメージすれば、例えば先の世界大戦中にユダヤ系難民に対して、ビザを発給して約六千人の命を救った、当時の日本外交官であった杉原千畝さんのような人物が、その名にふさわしいと万人が認めるだろう。また、無責任な言動として「最低でも県外へ」と言っては、橋本政権が米国と合意した条件を前提に、自民党と沖縄県と合意していた、危険極まりない普天間米軍基地の「辺野古移設」を白紙の如くにしてしまった。さらに、何の裏付けもなく、国連で二酸化炭素二五％削減を宣言しても、国内はもとより世界の識者から嘲笑されるに過ぎなかった。やはり一国の総理大臣をして、毎月ご母堂から一千万円以上のお小遣いを貰える（生前相続か贈与だが）、「宇宙人・坊っちゃん宰相」は「大庭説」以前の問題で、選んだ民主党と支持した多くの机上論識者の見識が疑われるのであった。

交代した第二代総理大臣は、福島原発事故においては、自らの専門知識を自負していたが、非常事態のなかで、爆発した三号機へ自衛隊ヘリによる放水が続いた際、「放水は今日が限度である」とする統合幕僚長の決断によって中止した。これなどは、防衛相や首相が直接決断し命令を下さず、官僚の部下が忖度して決断したものであり、現場に丸投げした責任回避の事例であろう。民間においては、どのような重大事案であっても、トップが決断命令しない企業は存在しない。仮にこれが理不尽な有事の場合、幕僚長が「国防の戦いは、もう限界です」と決断したら、政府がそれに従う命令を出すと考えると空恐ろしくなる。一方、原発の爆発後に現場に首相自らが乗り込んだのはよしとしても、所詮は素人の知識で指示したことから、現場を大混乱に導いた。さらに、外交は丸で駄目としか言いようがなかった。国際会議の際に、中国の国家主席・胡錦濤と会談するテレビ映像を観ていたら相手の顔を直視せず、「メモを見て」日本の対中国外交の考え方を述べていたが、当時発生した中国船の「尖閣諸島領域への侵入と船舶への突撃破損」などに対して遺憾表明すらせず、一国の宰相を任せられるものではなかった。そして、「民主党の外交で、日本の信頼を失墜させた」という印象だけが残った。二代目は所詮、市民運動家の域を脱しない宰相で、奥様も総理夫人としては必ずしも「大庭説」に合致した人ではなかったのではないだろうか。さらに、総理を退任してからは、地元選挙区では再選できず、比例区で救われてサラリーマン議員と化したが、自民党政権の政策反対デモに参加して普通の市民運動家に戻った。このように、国民から期待されて民主党が選んだ二人の総理大臣は、失礼ながら大庭説を無視したばかりではなく、ご本人自身が世界観や国家観、政治哲学、人格も含めて「一流の政治家」ではなかったと、評価されても致し方ないのではなかろうか。

次に交代した民主党三代目の総理は、松下政経塾出身の実直な所謂「好感のもてる人」のように映った。外遊の際にテレビ放映された首相夫人は、非常に控えめな方に映り、好感度からも総理夫人としてふさわしいと思われた。閣僚の経験不足と奢りなどによる失態がなければ、私はこれまでの政治を変えてくれるものと、密かに期待し応援していたのである。しかし、三代目は、その真面目さや正直さと、さらに誠に品位のない閣僚や党三役が少なからず存在したので、それが命取りになった。最後となった自民党党首・安倍さんとの「党首討論」において、安倍さんが「解散」を迫ったのに対して、「国会議員や議員報酬を大幅に削減する、消費増税と社会保障の一体改革、選挙制度の改革……に自民党が賛成するのであれば、解散する」と言い切ってしまった。安倍さんの引っ掛けに乗ってしまった、悪く言えば「短気は損気」と言うところである。三代目のもうひとつの失敗と思われる政治決定は、「個人所有の尖閣諸島を国家が購入したこと」で、日中関係を険悪なまでに冷え込ませる結果になったことである。むしろ石原知事が都で購入することを宣言し、十数億円の寄付が集まったのであるから、国以外の自治体に任せた方が得策であったと思う。恐らく、購入者がいずれになっても中国が文句を言わない筈はないだろうが、国と自治体ではその度合いが違ったのではないかと邪推する。このような訳で、三代目も国民からの信頼を失ってしまった。そして、民主党政権崩壊の決定的な要因は、総選挙のマニフェストが実現不可能であることの政策矛盾であることは明確だが、このようにして国民の信頼を失って自滅し、期待に応えられなかったのである。

その後は、自民党圧勝により、安倍さんは所謂アベノミクスと言われる経済政策や積極的平和外交に精を出していて、現在のところ内閣支持率も高い。しかし、「戦後レジームからの脱却」を掲げる安倍さんは、そのひとつである政治生命をかけて今後取り組むであろう、「安全保障関連法案」は拙速せず、国民感情と不安に顧慮した説明を十分過ぎるほど行い、慎重に取り組んでほしいと願っている。現時点ではまだ具体案は示されていないが、専門家の解釈として、憲法九条に抵触若しくは違反になる恐れがある内容になるのであれば、その賛否は兎も角として、国民の怨嗟の的にならないよう、手続きとしては、憲法に基づいて堂々と国民的な合意のもとに憲法改正を実現することが筋道ではないかと思う。いま、わが国を取り巻く国際情勢は、中国経済の台頭のみならず、同国の国際法を無視した海洋支配を狙った覇権主義が横行するなかで、今日に至っても「日中韓の政治的外交」が全く機能を失っており、このような状態をいつまでも放置しておくわけにはいかないであろう。いずれにしても、歴史に残るような宰相として今の政治体制が長期政権になるのであれば、今こそ安倍昭恵さんが「総理夫人」として、最もふさわしい人にならなければならない時でもある。

最後に付記すると、冒頭の「大庭説」や「丸谷説」から強引にビジネスマンとして学ぶことがあるとすれば、ひとつは、現在の伴侶を選んだのはお互いに「ふさわしい人」として合意の上だろうから、これからの人生を可能な限り平和に仲良く、添い遂げる決意は必要だろう。一方、ビジネス世界においては、企業組織から拝命している「ポジション」に対して、自分自身が最も「ふさわしい人」か、またその「役割」を果たしているかは、企業の代表や組織集団の評価を真摯に受け止めると同時に自己点検し、不断の努力を失うことなく、集団が求める期待に応えられるよう、更なる業績貢献の最大化に務めなければならない、と言うことに尽きるだろう。

二〇一四年五月

曲江 ――古稀を迎えて思う――

二〇代の後半の頃、先代の社長にお声を掛けて頂き、勤務先から程近い「みやこ鮨」でご馳走になり、所謂文化学のご指導を頂いた。当時の芦澤新二社長は五代目で、東京青年会議所の理事長や日本青年会議所の副会頭、品川ロータリークラブの会長などの公職に就かれ、また『伊勢物語』に関する写本や版木、歌留多、掛け軸などの収集家として著名であられた。

みやこ鮨には、カウンターの通路壁面に、木製の額が掛けてあり、そこには中国は盛唐の詩人・杜甫の「絶句」が彫られていた。そして、それを目にされた社長から「君たちのなかに、これを通釈できる者はいるか」ということになり、同席した若手社員の数人が挑戦したが、ご満足は頂けなかった。少なくとも私は教養のなさを恥じた。社長は、日中が国交を正常化する以前から、青年会議所の会員を中心とした民間外交に参加され、当時の周恩来首相や中華青年連合会の幹部とも親交があり、中国の歴史や美術などに造詣が深かったのである。その際に、社長は正確に訓読されて通釈されたが、正確に憶えきれなかったので、次の休日に茅ヶ崎の図書館で調べて、当時から始めた「備忘録ノート」に記している。以来、杜甫や李白や陶淵明などの詩に興味だけはもつようになったのである。

余談であるが、「絶句」というと、一般的には話や演説の途中で言葉に詰まることである。また、役者が台詞を忘れて閊《つか》えることを言う。あるいは「感情が高ぶって絶句する」などと表現する。

一方で絶句とは、漢詩の近体詩の一種で、「起・承・転・結」の四句からなる定型詩のことである。一句が五字からなるのを五絶句、一句が七字からなるのを七絶句と言われている。

特に、「起承転結」は、第一句で詩意を言い起こし、第二句の承でそれを受け、第三句の転句で素材に転じて発展させ、第四句の結句で全体を結ぶと言う流れである。五絶句の漢詩で、中学時代に教わった盛唐の代表的な詩人・孟浩然の作品である「春暁」は、「春眠不覚暁　処処聞啼鳥　夜来風雨声　花落知多少」とある。また、同時期に学んだ、李白の詩「静夜思」は、「牀前看月光　疑是望地上霜　擧頭望山月　低頭思故郷」とあり、今でも諳んじることができるが、杜甫の作品は記憶がなかった。一方、勤務先では、論文や企画書を立案して経営に提案したこと、逆に企画書を評価して決済する立場を経験したこともあった。これらは、一般的には序論・本論・結論と展開されるが、近体詩の「起承転結」は、物事の順序や文章の構成を考えるときに、最も重要な手法であるにも拘わらず、私自身は苦手というよりは才がなく、文章に活かすことができないでいる。

「絶句」　杜甫

江碧鳥逾白　江は碧にして　鳥は逾《いよいよ》白く
山青花欲燃　山は青くして　花は燃えんと欲す
今春看又過　今春　看す《みすみ》　また過ぐ
何日是帰年　何れの日か　是れ帰る年ぞ

この詩は、杜甫が戦争を逃れて成都に居住していた時代に詠んだ詩とされる。戦争が終わっても、その残務処理の影響から、なかなか故郷に帰ることができない、杜甫の心境を綴ったものとされている。改めて通釈すると、「河の水は青々としていて、そこに飛び交う鳥はますます白く見える。山は深い緑に染まっていて、花は燃え出さんばかりに赤々としている。今年の春もみるみる過ぎ去ろうとしている。一体、いつになったら故郷に帰れる日がくるのだろうか。」というような具合である。この詩は典型的な五絶句であり、「碧、白、青、赤」の色彩が見事に対比された自然の美しさ、杜甫の望郷への念はもとより、曲江にも劣らない、生まれ故郷の名勝であろう山河を空想できるのである。

この歳になって杜甫の漢詩を思い起こしたのは、二カ月前に会津の中学時代の同級会の案内が届いていて、一一月九日の日曜日に「古稀のお祝い」をやろうという提案で、古稀の由来が杜甫の漢詩にあるからである。私の正確な年齢は、その前日の八日に六九歳に達するので数え齢で祝う祭事としては、タイミングがよかったので喜んで参加することにしたのである。同級会の集合場所は、会津の喜多方と東京の中間に位置する東北新幹線は那須塩原で下車する、那須塩原温泉の「ホテルエピナール那須」であった。

そこで、古稀のお祝いの由来になっている、杜甫の詩「曲江《きょっこう》」を思い起こしたので、記しておきたい。中国は盛唐の詩人・杜甫（七一二年~七七〇年）の詩題になっている「曲江」は、中国の長安（現在の西安）の東南地方にある池の名前である。現在では、景勝の地で長安随一の行楽地である。古稀は、その「曲江」の一節に、「人生七十古來稀」とあり、通釈すると、「七〇年生きる人は稀である」に由来し、中国ではもとより、日本でも古来、長寿のお祝いとされ、数え年で催事を行う。以下に全文を記しておく。

「曲江」　杜甫

朝回日日典春衣　朝より回《かえ》りて日々春衣《しゅんい》を典《てん》し、
毎日江頭盡醉歸　毎日江頭《こうとう》に酔ひを尽くして帰る。
酒債尋常行處有　酒債は尋常、行く処にあり。
人生七十古來稀　人生七十古来稀なり。
穿花蛺蝶深深見　花を穿《うが》つ蛺蝶《けふてふ》は深々《しんしん》として見え、
點水蜻蜓款款飛　水に点ずる蜻蜓《せいてい》は款款《くわんくわん》として飛ぶ。
傳語風光共流轉　傳語《でんご》す風光、共に流転して、
暫時相賞莫相違　暫時相《あひ》賞して相違《あいたが》ふこと莫《なか》れと。

通釈すると、「朝廷の務めから戻ってくると、毎日のように春着を質に入れ、いつも曲江（池）のほとりの飲み処で泥酔して帰るのである。酒代の借金は普通のことで、行く先々にある。この人生、七〇歳を数えるまで長生きすることは滅多にないのだから、今のうちにせいぜい楽しんでおきたいのだ。池のほとりには、花の間を縫って飛びながら蜜を吸うアゲハチョウが奥の方に見え、池の水面に軽く尾を叩いているトンボはゆるやかに飛んでいる。私は自然に対して言づてしたい。『そなたも私と共に流れていくのだから、ほんの暫くの間でもいいから、お互いに愛であっ

て、背くことのないようにしようではないか』と迎えて思う。」というような塩梅である。

杜甫は、七〇の齢になっても宮使いの身にあり、激務ではないにしても必要とされている。そして、務めを終えた帰りには、質素な肴で好きな酒を呑み、自然の風景を愛でて溶け込み、人生の楽園を楽しんでいる。蓄財に余裕はないように思われるが、花鳥風月の風流さを感じる心を失ってはいない。林住期に位置する、古稀を迎えようとする我々にとっては、羨望する生き方に思う。同級会の音頭をとってくれた、温和で篤実な級友は、六五歳の定年を迎えて都内の住まいを整理して、生まれ故郷に新居を構えた。これは、逼塞や中国の故事でいう、「蓴羹鱸膾《じゅんこうろかい》」本来の由来とは異なると思われるが、一般的な意味合いとしての「故郷を思う念の切なる」リタイヤ後のUターンであろう。渓流釣りや山菜、茸狩り三昧の環境は、手の届くすぐそばにある。そして広い庭の菜園などを楽しむ日常生活を語ってくれた。それは理想的な林住期と思われるものの、私には俗世から離れて自らの志や趣味の世界を貫こうとする、謂わば孤高を持するような決断はできない。仮にUターンを考えた場合、何ひとつ家事のできない私は家人の同伴を必要とするが、恐らくは同意するはずがなく、かつ私自身が隣家の孫娘の成長を直に見たいとする欲望が強く、それにも増して、田舎での単調な日常生活の過ごし方に、恐らく一カ月も耐えられる自信がなく、私には到底真似のできない相談である。

ところで、これまでの人生を振り返りながら、これからの人生を考えるとき、インド哲学（ヒンズー教）によるところの、「人間としての理想的な生き方は四つの段階からなる」とする「四住期」について、『マヌの法典』（田辺繁子訳・岩波文庫）を参考にしながら整理しておきたい。

ヒンズー教によるプルシャールタ（人生の目的）には、カーマ、アルタ、ダルマがある、としている。カーマは愛欲や性欲のことで、これは欲情にまかせて愛欲を追求するのではなく、「人間らしく性愛を享受する方法を身につけなさい」と言うことである。またアルタとは、実利と訳されているが、目標を定めてそれを実現するためになされる、全ての営みのことで、名誉欲や金銭欲という世俗的な欲望を実現するための方策のことである。いわば如何なる仕事を通して実現するかと言うことである。さらに、ダルマとは、義務と訳されており、個々人に課せられた生き方の基準を示すものである。それは、人間の理想的な一生には、四つの段階（四住期）からなっている、としているのである。宗教的な教えは別に置いといて、我々の今日的な人生の歩みに引きつけて、簡単に記しておきたい。

第一の段階は「学生期」である。これは、訓練と教育の期間のことである。ヒンズー教では、知識とヨーガ（身体と精神の鍛錬法）が最も重要視される宗教的な努めとみなされる。日本で置き換えれば、義務教育の始まる六歳から二〇歳前後の期間に相当し、次の段階に進む、人間としての基礎的な精神や知識を習得する期間である。

第二の段階は「家住期」である。一家の主人として、社会で積極的に活動する期間のことである。具体的には、就職して仕事に就き労働の対価として賃金を稼ぎ、結婚して家庭をもって子供を育て上げ、ある程度の蓄財を実現する期間と言えよう。これは、職に就いてから一般には定年を迎える六五歳頃までの期間である。ある意味では、他の三つの段階がすべてこの期間に依存していると言っても過言ではなく、人生の四住期の中心とみなされる。ヒンズー教では、この世俗的な家住期の成功だけでは、十分とみなされてはいない。

第三の段階は「林住期」である。「マヌ法典」では、家を出て森林に移り住む生活に移行せよと託宣しているが、一般的には定年を迎えた後の時期で、それまでにやり残したことや体験してみたいことに取り組むことができる、自らの人生に対する収穫期として捉えることができる。つまり、あらゆる束縛から解放されて自由となり、自分の存在意義に満ち溢れた完成の境地である解脱の思想である。仏教で言えば、涅槃すなわち悟りを開くのと同様に、輪廻（生ある者が迷妄に満ちた生死を絶え間なく繰り返すこと）再生の輪からの脱出と捉えられている。

第四の段階は「遊行期」である。これは、前段階である林住期で世俗的な人生を緩めて、隠者としての生活を送ることであり、いわば職業人としてリタイヤすることを意味し、悠々自適の生活が送れれば理想的である。そして、この時期になると人生の終わりをより良くするために準備を考える、所謂「終活」を視野に入れなければならない。ヒンズー教では、理想的な人間は、徐々に世俗の生活から隠退し、解脱に思いをいたすべきものとされている。

私個人としては、還暦を迎えた折、たまたま稚拙な備忘録エッセー集Ⅱ『忙中自ずから閑あり』を上梓した時期で、そのあとがきに「林住期」に入る心境を吐露したが、その後の八年間の今日まで、ビジネス人生である「家住期」が続くことになってしまった。個人的には、企業集団から賞讃されるような功績は残せなかったが、様々な経験と業務を通して学んだ「学生期」と「家住期」でもあったことを振り返ると幸運であり、幸せなビジネス人生を送れることができたことに感謝しなければならない。これは、社内外を問わない数多くの周りの方々に支えられ、背中を押されるような「そよ風（ご指導ご鞭撻）に凭れて（支えられて）」辿り着き今日があると、衷心より感謝の念を認識するものである。

勤務先では、今年の六月末の株主総会を以って、九期一八年間に亘る役員を退任し、身軽な身分で常勤させて頂いている。私の「家住期」は、一九六九年に入社して以来、社員として、ある時期からは部門を預かる幹部として、経営の一端を担う役員として、会社を代表する者として勤め、四五年間を積み上げてきた。経営の舵取りを共有してきた役員の方々はもとより、社員諸君特に経営幹部諸君は、私にとっては、経営会議などによって摘出される経営課題に対しては、共に自己研鑽に励み、かつ懸命に業務に取り組んで、会社の体質改善に汗を流し、苦楽を共有してきた同志であり戦友である。そして、私のビジネス人生を支えてくださった皆さんと共に、今年で創業一〇七年の歴史の一端を構築できたことは、私の喜びであり、誇りとするところであり、一方《ひとかた》ならぬお世話を頂いたことに、改めて心からの御礼と感謝の気持ちを申し上げたい。

古稀を迎えようとしている私は、年齢的には第四段階の「遊行期」になるのだろうが、ヒンズー教の教えである輪廻再生からの解脱や仏教の涅槃の境地を模索できるような、人間には到達できていない。それは生涯無理な相談である。ただ、古稀という人生の大きな節目を迎えたのだから、可能な限り好奇心を失うことなく、これまでのビジネス人生では、ときとして捨てきれなかった我を捨て、自分に正直に、世に逆らうことなく、悠々閑々とした、静かにゆったりとした人生でありたい。一人間として、一市民として、何らかの形で社会に貢献でき、余り過ぎる余暇は杜甫の「曲江」に観るように、花鳥風月に感動し、愛でることができるような人生でありたい。これからの人生がいつまで続くかは分からない。ある詩人は、「人生の価値は、人生の長さや富の大きさではない」と記している。これからの私の人生が、社会にとって、そしてこれまでお付き合いさせて頂いた方々にとって、家族にとって、幾何《いくばく》かの存在意義があるとすれば、この上ない幸せである。ビジネス人生リタイヤ後の理想的な生き方としては、興味ある問題を考える期間として、作家・藤沢周平の時代小説『三屋清左衛門残日録』の主人公・清左衛門をして言わしめた、「日残リテ昏ルルニ未ダ遠シ」の如く、美意延年でありたいものである。要は最近の流行言葉でいうところのスタイリッシュ・エイジリング（格好良く老いる）をどう実現していくかである。

二〇一四年一一月

21世紀の資本 ――トマ・ピケティ――

フランスの若き経済学者であるトマ・ピケティ氏の著書『21世紀の資本』は、二年前にフランス語で公刊され、翌年四月に英訳として発売されると大ヒットして、アメリカでは半年で五〇万部の大ベストセラーとなった。さらに、多くの国の言語で翻訳された。今年の一月現在では、世界一〇数カ国で累計一〇〇万部を突破したと報じられた。

日本では、このような世界的なベストセラーの著書の版権を取得したのは、大手出版会社ではなく、「みすず書房」である。山形浩生、守岡桜、森本正史の三氏による翻訳で昨年の一二月に発刊され、二カ月を経た一月末で一三万部を記録した。現在では、ピケティ氏が一月末に来日し、講演会（朝日ホール、日仏会館、東大）が開かれたことも助長して、さらに売れているだろう。私自身、高価であることは兎も角、七三〇ページと分厚くて読了できるか自信がなかったが、著者の来日とマスコミによる話題性もあって、買い求めたのである。但し、殆どが統計による分析でもあり精読したとは言いがたい。

一方、今年の一月二七日、ピケティ氏の著書『トマ・ピケティの新・資本論』が、翻訳者・村井章子さんによって、日経BP社から発売された。この著書も四一〇ページを超える分厚い本である。「新・資本論」となれば、七〇年安保闘争時代を経験した我々年代は、当時の左翼学生が心酔した、カール・マルクスの『資本論（Das Kapital)』を想起する。約一五〇年前に著わした論文とピケティ氏の、恐らくは統計学の手法によって経済モデルの妥当性を実証分析する学問である数量経済学としての『新・資本論』の比較に興味があり、内容も確認することなく、通勤帰りにJR品川駅なかの書店で買い求めてしまった。ここでの本題は『21世紀の資本』だが、経済学を齧った者として興味を抱いたので、最初にこの『新・資本論』を簡単に片付けておきたい。

我々の年代にとって、「資本論」とはマルクスである。生前に書き上げた最終編をマルクスの死後にフリードリヒ・エンゲルスが著書として（二巻・三巻を）完成させた『資本論・全三巻』は、ドイツ古典哲学のヘーゲルの弁証法を批判的に継承しながら、それまでの経済学を真っ向から批判的に再編成して、資本主義における生産方式、剰余価値の生成過程、資本の運動諸法則を明らかにした。極々簡単に、その論旨を述べれば、「資本主義社会では、資本家は利潤の極大を目指して生産を行い、資本の蓄積に力を注ぐ。そして、資本の蓄積は、資本の有機的構成（端的には機械設備など）を高度化し、可変資本（端的には労働力・労働者）を相対的に減少させ、資本に対する過剰な労働人口を累進的に生み出し、所謂産業予備軍と呼ばれる失業者を発生させる。そのことによって、労働力の相対的・絶対的窮乏化は、労働者の消費量に対する消費財購入量を相対的に減少させることから、生産財は過剰となり、拡大生産の存在は不可能となって、恐慌は必然的に発生する。そして、その挙句は生産財の販路を拡大するために、戦争が起こる」という理論である。

余談になるが、私の年代では、学生時代が「七〇年安保改正」や「ベトナム戦争」の時期にあり、マルクス主義に心酔した若者は、「革マル派」に代表されるように、「反戦運動」や「安保闘争」、「大学自治会の運営を巡る闘争や授業料値上げ反対運動」などで大学封鎖を行った。海外を股にかけた旅客機乗っ取り事件や「あさま山荘事件」も発生したが、それは純粋な学生運動とは異質なもので、テロ組織によるものであることは論をまたない。

　このマルクス理論は、全てが間違いというものではないとは思う。しかし、その後の資本主義社会では、技術革新や生産性向上の追求によって高度成長を続け、国家はもとより国民生活も豊かになった。例外的には、未成熟な独裁者による政治や宗教上の内紛を除けば、この理論を起因とした戦争は、先の第二次世界大戦後七〇年間に亘り皆無である。その意味では、幸いなことに、マルクス資本論の結論である、労働力の絶対的窮乏化を起因とした戦争は発生しなかった。但し、国家観や国民の間では格差社会が存在し、これが是正されず拡大傾向を示すと、内乱や富裕国への「テロ」勃発の危険性は考えられる。

　ここでマルクスの資本論を検証すると、中国やソ連、東ドイツなどは、マルクスの一八四七年の「共産党宣言（共産主義の目的と見解を示した最初の綱領的文書）」の内容を国是としたが、ソ連や東西ドイツ統合に代表されるように、ユートピアを目指した共産主義は崩壊した。そして、資本主義経済の基本である、市場原理を導入している。但し、先進諸国の世界市場への進出競争を、武器をもたない戦争とするならば、その妥当性はあるのかもしれない。とは言っても共産主義を党是とする日本共産党や社民党も、自由主義経済における市場原理までは否定していない。さらに特異なことは、マルクス主義は放棄したと思われるが、共産党の名のもとに、人権や言論、参政権などを認めない、一党独裁の政治体制の国家は少なからず存在している。

　一方、ピケティ氏の『新・資本論』は、本文を読んでみると、フランスの日刊全国紙である「リベラシオン」に、二〇〇四年九月から二〇一二年一月まで、約七年間毎月連載した八三本の時評をまとめたものである。社会科学者としてのピケティ氏が、日々世界を理解して分析し、世間の議論に一石を投じた試みは評価されようが、経済は動いており、目次でタイトルを見ただけでも陳腐化した時評もあり、推奨するほどの書籍ではないと思う。また、私のように、この書籍のタイトルだけで、マルクスの資本論と結びつけると、期待を失うかもしれない。

ピケティ氏がこの著書で表した八三本の時評で、全面を日本について記しているのは、二〇一一年四月五日付けのもので、「日本――民間は金持ちで政府は借金まみれ」のタイトルで、日本の財政状況の異常性を発信している。誰もが認識していることだが、要約して記しておく。

まず、政府債務を論じるとき注目すべきことは、個人資産は常に一国の負債（政府＋民間）を大幅に上回っていることだが、家計部門の固定資産と金融資産の合計（負債差し引き後）は、概ねＧＤＰの五～六〇〇％で問題はない。政府の債務は、ＧＤＰの二〇〇％を上回る債務を抱えているが、同時にＧＤＰ相当の非金融資産（国有地・公共用資産）と同等の金融資産（国営・公営企業の持ち分、郵便や公的金融機関の資産等）を所有しているので、資産と負債は、ほぼ釣り合っている。ピケティ氏の発信する異常性は、日本の政府部門の資産ポジションは、ここ数年ややマイナスになっていることである。しかも、政府は所有資産をすべて売るということはできない。そして、結びとして、「日本は民間部門が金持ちで政府部門は借金まみれという不均衡は、東日本大震災の前から顕著だった。この不均衡を解消するためには、民間部門（ＧＤＰに占める割合は三割程度、七割は個人所得）に重く課税する以外にない。論理的には、今回の大震災は、一九九〇年から続いているこの現象を一段と加速させるだろう。そして、日本をヨーロッパに、つまりは債務危機に近づけることになるだろう。」としている。

そして、『新・資本論』、二〇一三年九月二四日付時評のタイトル、「経済成長はヨーロッパを救えるか？」で展開しているように、「資本収益率（r）＞経済成長率（g）」は、アメリカはもとより、ヨーロッパでも、わが日本においても、主に減少する人口要因に起因する成長率の低下により、所得に比して富の重みが、歴史上において、これまでになく高まっていることへの指摘で、本論の主題である書籍『21世紀の資本』の論旨と一貫している。

さて、本論に戻そう。『21世紀の資本』は、約七三〇ページの大論文であるが、大半が統計学を駆使した経済モデルの妥当性を実証分析しているもので、結論である「『資本収益率（r）＞経済成長率（g）』になったとき、資本主義は自動的に、恣意的で持続不可能な格差を生み出す」という論述は、全体の四割弱の三〇〇ページほどである。

また余談になって恐縮だが、資本収益率は財務指標では、株主資本利益率や自己資本利益率と同義語であると言ってもよい。株主資本利益率（ＲＯＥ＝Return On Equity）は、発行済株式数に対しての、企業の自己資本（株主資本）に対する当期純利益の割合である。欧米では古くから、日本においても株主構成に機関投資家が増加し、これらの投資家に「投下した資本に対して、企業がどれだけの利益を計上しているか」という点が重視されることを背景に、近年では最も重要視される財務指標になっている。さらに、ＢＰＳ（一株当たりの純資産）やＥＰＳ（一株当たりの純利益）は、将来的な企業利益率上昇や利益の分配である高配当の期待から、株価上昇に繋がる企業の将来価値を表す指標として、株主の関心は非常に高い。このことは、企業トップとしても、株式配当などと共に、株主に対する経営責任として、相当に気を使う指標なのである。無論のことであるが、財務の健全性や安全性（流動比率や自己資本率など）、営業成績を表す損益計算書との関連では、総資本利益率や各種回転率、リスク管理上のＢＥＰ（損益分岐点）における余裕率、費用構造における硬直化割合などに神経を使い、改善策を経営方針に織り込むことは当然である。

本論に戻すと、ユートピアを求める共産主義においては、国営企業集団が生み出した富は、懸命に努力した者、あまり努力をしなかった者にも平等に分配される。ここには競争原理が働かない。一方、資本主義経済の特徴は、市場の競争原理によって創造した富は、企業としての努力、労使関係が成熟期に入った時期以降は個人としての努力に応じて公平に分配されることを基本としているので、企業間格差や個人格差、所謂、「格差社会」が起きる。このことは、古来分かっていることであり、為政者は「累進課税」などの税制で「富の再配分」を行ってきたのである。それなのになぜ、この本が世界的なベストセラーになるのか。恐らくは不思議に思った人も多かろう。私もその一人なのである。

本書の論旨を要約してみたい。この論旨の出発点は、資本収益率（ｒ）と経済成長率（ｇ）との関係式である。資本収益率を構成するのは、利益、配当、利息などのように、投下資本に対する収入、つまり見返りである。一方、経済成長率は給与所得などによって求められる。学問上の正確な経済成長率の概念は、国内総生産（Gross Domestic Product）のことで、ストックに対するフローを表す指標であり、経済を総合的に把握する統計である国民経済計算のなかの一指標で、このＧＤＰの伸び率が経済成長率である。

ピケティ氏は、過去と未来予測（二〇〇〇年以上）のデータを分析し、資本収益率は、年平均で五％程度であるのに対して、経済成長率は一％から二％の範囲で収まっていることを突き止めたのである。この事実を以って、経済的不平等が増していく基本的な力は、r＞gという不等式にまとめることができる、とした。このことは、資産によって得られる富の方が、労働によって得られる富よりも速く蓄積されやすいため、資産金額でみた場合に、上位一〇％、一％といった位置にいる人の方が、裕福になりやすく、結果として格差は拡大する、と結論づけた。すなわち、資本収益とは、資本家・投資家のもの、つまり一部のトップ層のものである。したがって、資本収益率（r）のほうがGDP成長率（g）より大きくなるほど、トップ層（大資産家・大投資家）はより豊かになり、ボトム層はより貧しくなる、という図式なのである。これが、「格差拡大」なのである。無論のこと、若き起業家の企業にみるスーパースター的存在の経営者が台頭し、労働所得においても一部、大手企業トップ層に匹敵する場合も存在する。

ピケティ氏のこの理論に対して、かつて、アメリカの経済学者・統計学者のサイモン・スミス・クズネッツは、資本主義の初期段階では、所得格差が拡大するが、やがて経済成長によって資本主義が成熟すると、所得格差は縮小する、という理論を唱えた。クズネッツは、第一次大戦以降の所得税の時系列データ（統計データとしては、ピケティ氏と比べると極めて短期間）を分析して、所得格差のレベルが一旦は上がるが、経済成長とともに下がる、「逆U字曲線」を証明した。その理論によって、一九七一年にノーベル経済学賞を受賞している。

その四三年後の昨年、ピケティ氏は、より幅広く、長い時系列のデータを地道に並べてみたことで、ノーベル経済学賞を受賞したクズネッツの理論を覆してしまった。これが、『21世紀の資本』の最も面白く、画期的なところである。そして、格差拡大の要因となっている、r＞gは数学による計算から導き出されたのではない。集めたデータは、二〇カ国、取り上げたタイムスパンは、古代ゼロ年からの推移と二一〇〇年までの予測に及び、それらのデータが示す「歴史的事実」によって証明したのである。

そして、現状のままで推移すると、解決できない「格差の拡大」に対して、ピケティ氏の最善の是正策は、「累進性の強い税率こそが格差縮小の鍵である」としたのである。これだけであれば、目新しい解決策ではない。わが国の税制は累進性を採用している。ピケティ氏が追加して述べていることは、「そのため（累進性強化）に、国際協調のもと、すべての国で課税強化策を採用すべきだ。」と言うことである。これが、七三〇ページにおよぶ大著書の結論である。ひと言で言えば、「より多く稼ぐ者と、より多く資産をもつ（相続）者から、より多くの税をとり、社会に再配分すべきだ。」と言うことである。

付言すると、ピケティ氏は、この結論を思いつきや社会正義、倫理観などから出したのではなく、既述した歴史的データに答えを求めた。歴史的にみると、資産家の財力が削がれて格差が縮小した、第一次、第二次大戦後期の欧米では、累進性の強い課税制度が採られていたことに注目する。（戦後期の欧米の所得・相続最高税率は七〇〜八〇％）常に「r＞g」であったものが、この時期は、その反対の現象が見てとれる、としているのである。

本書を読み終えて感じることは、日本においても格差の問題が叫ばれてから久しいが、本書は、驚嘆するような革新的な、税率の高い資産家が納得できるような解決策を提供しているわけではない。確かに格差の問題は、教育格差や就業形態格差、ひいては企業間（業績による賃金・賞与・退職金や企業年金など）格差などを要因として、生涯所得の格差に拡大する傾向にある。わが国では今年から、相続税が大幅に増税される改正が行われた。ピケティ氏の唱える「r＞g」を改善することは不可能なのであるから、累進性の強い課税制度に改正することはやむを得ないことであろう。理論的には、大幅なインフレ政策を断行し、国家の財政赤字を相対的に縮小させると同時に、資産家や投資家の財産価値を大幅に低下させることも、格差是正の効果は考えられるが、現実的ではない。

近い将来には、マイナンバー制の導入による年金管理や公正な納税、消費税を含めた各種の税制の抜本的な見直しが行われるであろう。増税は国民負担が強まるばかりで、政府の懐が温かくなるだけ、という印象は払拭できない。増税分を所得の低い者に直接支給されるわけではないので、格差是正の実感は得られないだろう。最後に記しておくが、最終的な格差是正の理念が、「弱者救済」にあるとすれば、累進課税の強化だけが、ひとつだけの絶対的な答えではなく、私たち国民がどのような社会を選ぶかという視点をもてば、政府にも率先した「小さな政府」を指向する姿勢と早期実行が不可欠であり、合わせて国民にも義務としてやるべきことはある。本来はそれがスタート地点である。

二〇一五年五月

一隅閑話 ――テイカカズラについて――

読み物を精読する気になれないような、怠惰な休日には目的もなく美術全集の一冊を眺めながら過ごすか、花図鑑としてネットの「フラワーライブラリー」を眺めることがある。この花図鑑は、花の写真はもとより、花占いや花言葉、誕生花が掲載してあって、植物や花に興味のある人にとっては、暇つぶしとして好都合な情報サイトである。そして、花の名前が分からない場合は、花の色、咲く季節（開花月）、属している科から検索できる。先日、無造作に六月の花を覗いていたら、偶然にも珍しい「筒型の花筒の先が五裂していて、裂片は片方に攀《よ》じれているスクリュー型の白い花」に目が止まった。花の名前はキョウチクトウ科のテイカカズラ（定家葛）である。この植物の名前は、伝聞を書き留めた物語や能の演題として、多くの人に知られている。私はテイカカズラの由来である、藤原定家が式子内親王を慕うあまり、内親王の墓に蔦となって絡みつく話は知見していたが、その花は実観したことがなく、写真にしても初めてである。そして、歌人として歴史に残る二人の相思相愛ながらも悲恋に終わった、考えようにはチョット怖い話を思い起こした。

そこでこの閑話では、古の和歌でも百人一首の「恋歌」から、恋物語を取り上げたいと思う。後述する恋歌は、二人の歌人の切ない恋心が推測でき、和歌の好きな方にはお馴染みの恋歌として今日まで伝えられている。能の世界では演題「定家」として演じられているが、上級観客向けの曲で謡も型も美しく、演じる側も相当の覚悟が必要と言われている。まず、百人一首と、選ばれた二首から、恋仲にあったとされる藤原定家と式子内親王の作品を解釈した上で、テイカカズラの由来となった悲恋物語を記しておきたい。

ご承知のように、「小倉百人一首」は平安時代末期から鎌倉時代初期にかけて活動した、公家・権中納言定家こと藤原定家が選んだ秀歌撰である。これは、鎌倉時代の御家人で歌人でもあった宇都宮蓮生が、京都嵯峨野に建築した別荘「小倉山荘」の襖の装飾のため、藤原定家に色紙の作成を依頼したことに由来する。蓮生の依頼に対して定家は、百人の歌人の優れた和歌を色紙にしたためた。それが後に、百人一首は「歌がるた」として広く用いられ、百人一首と言えば、「小倉百人一首」を指すまでになった。そして、今日では百人一首の歌がるたを用いた、競技歌留多として全国大会もあり、正月の遊びとしては、「坊主めくり」や「散らし取り」などで楽しまれている。

藤原定家（一一六二年〜一二四一年）は、歌人・藤原俊成の子である。父に和歌を学び、精進を重ねて、後鳥羽院の命によって編纂された勅撰和歌集である『新古今和歌集』に撰者として源通具、藤原有家、家隆、雅経と共に携わった一人である。定家の日記には『明月記』がある。当時は大歌人で、古典文学の研究者としても偉くて、明治維新以前の日本では、一番尊敬される文学者である、と評する現代の評論家さえ存在する。そこで余談になるが、定家を崇拝する学者は、例えば「後鳥羽院の和歌は旦那芸で、定家の歌こそ芸術だ」と評し、さらには「後鳥院は、定家の和歌の芸術性の高さとその才能に嫉妬、妬んで閉門蟄居した」と院の和歌を貶《おとし》めるような評価さえある。私には両者の和歌の芸術性の差異が分からないのでどうでもよいことだが、宮廷と貴族では思想も生活様式も違うのであって、詩としての和歌に違いがあっても当然のことで、何も比較検討してその優劣をつけることはないのではなかろうか。

本論に戻すと、権中納言定家は、「百人一首」の八九番目に、式子内親王の恋歌を選んでいる。式子内親王（一一四九年～一二〇一年）は、後白河天皇の第三皇女。賀茂神社に斎院として一一五九年から一〇年間にわたり奉仕し、後に出家した。和歌は藤原俊成に師事し、俊成の子、定家と深い交流があった。『新古今和歌集』にも選ばれている歌は、「玉の緒よ絶えなば絶えねながらへば忍ぶることの弱りもぞする」である。「玉の緒」は、宝玉を通している紐で、命が続くことを意味する。それが「絶えなば絶えね」とあるので、わが命に絶えてしまえと命令することを意味することから、通釈すると、「わが命の流れよ、切れるのなら、いっそいまきれてしまえ。この先長く生きたとして、私にはまるで自信がないのです。忍ぶ力が弱まりはしないか、秘めたるこの恋が露呈してしまうのではないかと」という具合である。有体には、「長く生きれば恋が露呈してしまうかもしれないから、いっそわが命よ、今を盛りに、絶えてしまえ」と言うのである。激流のような恋歌である。

一方の藤原定家自身の恋歌は、「百人一首」の九七番目に据えている。その歌は、『新勅撰集』にある「来ぬ人をまつほの浦の夕なぎに焼くや藻塩の身もこがれつつ」である。歌枕になっている松帆の浦は、淡路島の最北端にあり、夕凪とあるので無風状態で、海辺には、塩を採取する方法である藻塩を焼く匂いが満ちている。通釈すれば「来ない人を待って焦がれる松帆の浦は、夕日差す凪である。浜には藻塩を焼く匂いが立ちこめている。焼け焦げるほど恋する、わが身である」という具合である。この歌は、「万葉集」にある長歌「～淡路島　松帆の浦に　朝凪に　玉

藻刈りつつ　夕凪に　藻塩焼きつつ　海少女　ありとは聞けど　見に行かむ」を本歌としている。

これは、男が女を恋う歌だったが、定家は女の身になり代わって、この歌を詠んだとされている。

まず、定家と内親王の出会いであるが、一一八一年（治承五年）正月に、初めて三条第に内親王を訪ね、以後折々に内親王のもとへ伺候したと言われ、内親王家では家司のような仕事を行っていたのではないかとも言われているが、詳細ははっきりしていない。研究者の間では、定家の日記である『明月記』には、しばしば内親王に関する記事が登場し、特に内親王が薨去（『明月記』には建仁二年正月廿五日とある）された前月には、その詳細な病状が頻繁な見舞の記録と共に記されていながら、薨去については、一年後の命日まで一切触れていないという思わせぶりな書き方がされていると言う。これらのことから、二人の関係が相当に深いものであったと推定されている。


鎌倉時代前期の公卿で、従一位太政大臣であった西園寺実氏が定家自身から聞いた内容を語った話として、内親王の『新古今和歌集』巻第一四恋歌にある、「生きてよも明日まで人もつらからじ此の夕暮れをとはばとはへかし」は、百首歌として発表される以前に、定家に送ったものだと記している。（後深草院御記）通釈すれば、「よもや生きておられようか、明日まで。私の命は尽きてしまうだろうから、あの人も明日までは辛くあたらないだろう。私を訪ねるなら今日の夕暮れに来てほしい」という具合で、自分の病状を知っている内親王の定家に対する思いが込められている。こうした下地があって、やがて定家と内親王は、密かな恋愛関係にあったとする説が公然化し、そこから「定家葛」に関する伝承や室町時代の猿楽師の金春禅竹《こんぱるぜんちく》の代表作である能の謡曲「定家」等の文芸作品が生まれたのである。

この恋愛説には、醜い容貌の定家からの求愛を内親王が冷たくあしらったとする説（『謡曲拾葉抄』）、相思相愛だったが後鳥羽院に仲を裂かれた（『源氏大綱』）、定家の父の藤原俊成も二人の仲を知っていたが、内親王は後白河法皇の姫であり、息子の定家は摂関家の嫡流からも遠い貴族に過ぎず、二人の身分には大きな差があったことから憂慮していたとする説などがあり、いずれも後代の見聞を書きとめたもので、史実としての文献上の根拠のないものである。一五世紀半ばから語り伝えられている式子内親王の墓は、京都は上京区般舟院陵山域内の石塔と五輪の塔で、「定家葛の墓」と呼ばれている。

式子内親王は、意外なことに歌人として歌壇活動の記録が極めて少なく、現存する作品は四〇〇首に満たないと言われ、その三分の一以上が『千載和歌集』以降の勅撰集に入集されている。その作品には「恋」に分類される多くの歌がある。その全ての作品が、内親王が慕う藤原定家を対象としたものか、虚構の世界として詠んだのかどうかは、史実として不明である。しかし、定家への「恋文」として捉えた方が悲恋物語としては相応しいのではないだろうか。それらの作品には、激しくも思いどおりにならない恋心、その切なさが愛おしく感じられるが、私が選んだ四首を記しておきたい。

「夢にても見ゆらむものを嘆きつつうちぬる宵の袖の気色は」（新古今和歌集）

通釈すると、「夢であの人にも見えているだろう。嘆きながら寝る今宵の涙に濡れた私の袖のありさまを」という具合である。相手を思えば、相手の夢に現れると伝わる、古い信仰に基づくもので、「今宵私はあの人を強く思ってお慕いしているのだから、あの人の夢に、今頃私の姿が見えているだろう」と推し量っている恋歌である。また、枕の置き方によって夢見をコントロールできると伝わる俗信があり、和歌に使われる。

「逢うことをけふ松の枝の手向草いくよしほるる袖とかは知る」（新古今和歌集）

通釈すると、「初めての逢瀬（恋愛関係の男女が人目をしのんで逢うこと）を今日松（待つ）ことになりましたが、これまで幾夜涙に濡れて弱ってしまった袖か、あなたはご存じないでしょう」というような意味合いに理解できる。

「待ち出でてもいかに眺めむ忘るなといひしばかりの有明の空」（続後拾遺和歌集）

通釈すると、「待ちわびた挙句に月が出たら、どのような思いで眺めるのであろうか。忘れてくれるなとあの人が言ったばかりに、月の出を待ち続け、とうとう一夜を明かしてしまった有明の空を」と解釈でき、恋に苦悶する息遣いを伝えているかのようである。

「恋ひ恋ひてそなたに靡《なび》く煙あらばいひし契りのはてと眺めよ」（新後撰和歌集）

通釈すると、「あなたを恋し恋した挙句、あなたの住まいの方へ靡く煙があれば、私と言い交わした約束の果てと眺めてください」という具合である。この靡く煙とは、逢うという約束、その約束を破られた仕返しの煙であるから、火葬の煙があなたの元へ逢いに行くと言うのである。深い愛の執念を感じる。

一方、藤原定家の恋歌を新古今和歌集（一三三六番）から見つけたので記しておくと、「白妙の袖の別れに露落ちて身にしむ色の秋風ぞ吹く」がある。通釈すると、しろたえ（梶の木などの皮の繊維で織った白い布）の袖を分かつ暁の別れに露が落ち、涙も落ちて身に染みる色の秋風が吹くだろう、という具合である。この歌は、定家が女性の立場に変身してその心理を歌ったとされるものとされる。契りを交わした暁の別れに思うことは、やがて男は女性に「恋心を失う」ことを予感して、涙が袖に零れ落ちる有り様と身に染みるほど寂しい秋風が露を吹き落とす庭の情景を想像できる、何とも切ない歌である。

親王の恋歌に戻すと、日本近代詩の父と称される萩原朔太郎は、式子内親王の恋歌を「彼女の歌の特色は、上に才気溌剌たる理知を研いて、下に火のような情熱を燃焼させ、あらゆる技巧の巧緻を盡《つく》して、内に盛りあがる詩情を包んでゐることである。」(『戀愛名歌集』新潮文庫)と評している。このように、親王は華やかな詩才に恵まれ、栄華を極めた宮廷生活を経験するも、一方では身分の差があるが故に結ばれぬ悲恋と晩年の病弱による悲運とも言える五二歳の生涯であった。ちなみに、定家は当時としては長命の七九歳の人生を全うしている。

最後に、植物の蔦が和称「テイカカズラ」となった由来を、式子内親王と藤原定家の悲恋物語に材を取った能の「定家」から伊奈山明子、栗谷明生の現代語訳を参考にして、骨格が壊れないように、備忘録であるから可能な限り短く、その粗筋を孫娘たちに記し残しておきたい。

——能「定家」から——

神無月の頃です。北国の僧が一度は都を見てみたいと思い立ち、京の都にやってきました。折しも時雨の頃、千本の辺り(昔、この通りは船岡山の西の麓に埋葬地があって、死者が運ばれる恐怖の道だったとされる)まで来ると、夕暮れどき空模様が怪しくなって、ついに雨が降り出したので、僧と従者は近くにあった建物で雨を凌ぐことにしました。暫くすると、どこからともなく、数珠をもった女が現れました。建物に掲げられていた「時雨の亭」の由来を尋ねると、女は「それは昔、藤原の定家という貴族が建てたものです。洛中でもここは昔から寂しいところで、時雨の頃は趣深い場所で、定家の卿はここに居を構えて毎年歌を詠んでいました。お坊様が立ち寄られたのも何かのご縁でしょう。今は亡き定家の卿の菩提を弔ってください」と願いました。僧は、この話に興味を惹かれ、「時雨の亭」と定家の卿について、さらに詳しく話をしてもらいました。

女の話によると、定家の卿の歌に「偽りのなき世なりけり神無月誰がまことより時雨初めけん」があり、歌の詞書きに「私の家にて」とあるので、この「時雨の亭」という名の由来は、この歌に由来するかもしれないと言う。そして女は「この世には、嘘偽りは多くありますが、時雨の時期になれば時雨が降る、これに偽りはない。定家の卿は、すでに亡き人であるものの、ここで風雅を楽しんだ昔と同じように時雨は降っているのでしょう」と語り、今日は供養するために行くところがあると言って、僧を案内しました。連れてこられた場所には、蔦葛が絡みついている石塔があり、年月の経ったお墓のようです。

僧が「どなたが眠っているか」を尋ねると、女は「これは、式子内親王のお墓です。この石塔に絡みついている草は、『定家葛』です。式子内親王は、もともとは賀茂の斎院を務められた方です。暫くして、その任を退かれると、藤原の定家の卿と秘められた恋をし、契りを結ばれたのです。しかし、その後内親王が亡くなられ、定家の卿は思いの深さゆえに執心が葛となり、お墓に這い纏っているのです。そのため、内親王も定家の卿も成仏できず苦しんでいます。どうか、お坊様、お経を読んで弔ってください」と乞い、さらに、「定家の卿と内親王の恋は秘めたものでした。と言うのも、後白河法皇の姫と歌を詠む才能があるにすぎない貴族では、身分に大きな差があり、絶え忍ばなければならない恋の辛さに二人の心はやがて弱ってゆきました。その秘めた恋も人の知ることとなり、離れ離れにならざるを得なくなったのです。定家の卿が『君葛城の峰の雲』と詠んだのは、手の届かぬ存在の例えなのでしょう。その思いが定家葛となり、お墓から離れることなく、乱れた髪のように這い纏っているのかもしれません。」と言いました。ここまで話すと、女は僧にどうかこの妄執を断ち切ってほしいと願い、「自分こそが式子内親王である」と言い残して姿を消しました。

この出来事を不思議に思った僧は、近くに住んでいる都の人にこの辺りの話を聞いてみました。都の者の話は、僧が不思議な女から聞いた話と同じものでした。さらに、定家の卿が亡くなると、内親王の墓には蔦葛が覆い隠すほどに纏うようになり、近くの者たちが、それを取り除きますと一夜のうちにまた元通りになってしまったのです。役人に相談しますと、それは定家の卿の執心であり、取り除くようなことをすれば祟りを起こすといわれたそうです。その話を聞いた僧は、「あの『時雨の亭』に立ち寄ると、女が現れて同じような話をして、自分は式子内親王だといい、姿が見えなくなった」と話すと、都の者たちは、「それは間違いなく、式子内親王が妄執にとらわれた亡霊の姿になって、お坊様に助けを求めたのでしょう。どうか、ありがたい読経をなさって、お二人の執念をお弔いになってください」と言うのでした。僧はその言葉に、さきほどの女は式子内親王の亡霊であると確信し、弔いすることを約束しました。

僧が、人の世の儚さを思い読経を始めると、僧へ語りかける式子内親王の声が聞こえてきました。「夢なのでしょうか。あなたの読経の声を頼りにやってきました。思い出しますが、定家の卿も私の住まいへと闇に紛れて忍びつつ通ってきたものです。しかし、通い合った心も紅葉が散るように薄れてしまいました。無常にも私の住まいも荒れ野になってしまいましたが、それにも増して私の墓は定家の妄執の葛が這い、私は成仏もできず苦しいのです」と僧に訴えました。
僧は、「この教えによって救われない草木はありません。定家の執心によって苦しめる葛を払いのけ、どうか成仏なさいませ」と叫び、法華経の薬草喩品の一節「仏平等説　如一味雨　随衆生性　所受不同」を唱えました。するとどうでしょう。仏の慈悲は雨のように万物に与えられ、「草木国土　悉皆成仏」という言葉どおり、すべての衆生は成仏がかなうのでしょう。やがて纏わりついていた葛と涙とがほろほろと落ち、解け広がり、そこに内親王が現れました。苦しみから逃れた内親王は、弱い足取りながら、お礼にと宮中で華やかに過ごした有り様を懐かしむように舞いました。そして、「夢の覚めないうち、姿を隠しましょう」と言い、内親王の姿は墓の影へと消えて行きました。見れば、また元の通りに、定家葛が内親王の墓に這い纏ってゆきます。僧のお経によって、内親王は成仏がかなったのでしょうか。そこは、時雨の露に濡れた寂しい荒れ野が残るばかりでした。（終）
ついでながら最後に、テイカカズラは、「誕生花」には指定されていないが、花言葉は「依存、栄誉、優雅、優美な女性」とあり、内親王のイメージを彷彿させる。事典では花の香りは香料となるジャスミンのようだ、としているが、葉や茎を傷つけると白い乳液が出て、有毒である。伝説にあるように、この花を無闇に扱うと定家の卿の執心が祟りを起こす、ということだろうか。よくできた伝承であるが怖い話でもある。

二〇一五年六月

京都へ行こう――京都を訪ねた外国人――

本タイトルの前に「そうだ」を入れると、ＪＲ東海のキャッチコピーのようになるので、些かバツが悪い。しかし、テレビコマーシャルで、京都や奈良寺院の桜や青葉、紅葉のなかを著名な女優さんが散歩している風景が流れた後に、日本を代表するクリエイティブディレクター佐々木宏さんの「そうだ京都、行こう」の名コピーが映し出されると、旅情を注がれるのは私だけではないだろう。特に、私は桜の季節や紅葉の時期を迎える二カ月前辺りから、堪らなく京都や奈良といった古都に旅をしたい欲求に駆られ、家人に「京都に行こう」と誘い、旅行社に手配をさせるのである。

今日では、京都観光の四割が外国人である、と新聞が報じている。海外の方々が日本の都市に興味があり、日本の歴史や文化に関心が高まることは結構なことである。これは、京都に限ったことではない。七〜八年前に、プライベートで「札幌雪まつり」を観に行ったとき、宿泊ホテルのチェックアウトで、フロントに降りて行ったロビーでは、中国語（台湾か中国人なのかは区別がつかない）が飛び交い大変な混雑ぶりであった。また、冬季の長野県白馬村では、長野冬季五輪の会場となった、国内最大規模の八方尾根スキー場には、夏季にあたるオーストラリアからのスキー客が五割近くを占めるという盛況ぶりである。特に、近年では中国はもとより、ＡＳＥＡＮ諸国の発展途上国の経済発展がめざましく、富裕層が増えたことによる「爆買い」の現象だけではなく、主要都市に観光客が増える傾向にあり、政府が掲げる「海外観光客二千万人」の目標もいずれは実現できるだろう。

私は、京都の古寺を幾度となく巡礼しても飽きることはない、京都大好き人間である。一方で、京都が外国人観光客に関心をもたれたのはいつ頃からだろうか、ということに興味をもった矢先、毎日新聞を読んでいたら、私の関心を満たしてくれた。毎日新聞のコラム「余録」七月九日の紹介によると、京都に初めて大勢の外国人が訪れたのは、明治新政府発足から五年経過した、一八七二年（明治五年）三月から五月に開催された「第一回京都博覧会」であった、としている。よく調べてみると、前年の明治四年に「京都博覧会」は開かれていて、評判が良かったので、翌年大々的に開催する運びになったのである。

一八六九年（明治二年）に、都が東京に移ると、京都の人口が急激に減少し、産業が衰退の一途を辿ることになり、そこで京都復興の手段として考えられたのが博覧会の開催とされている。当時の宣伝ビラに興味があり、ネットで調べてみたら、「西洋諸国に博覧会として、新発明の機械、古代の器物等を普《あまね》く諸人に見せ、智識を聞かせ、新機器を造り、専売の利を得さしむる良法に倣ひ、一会を張らんと、御庁に奉願、和漢古器を書院に陳列し、広く貴覧に供せんことを思う」とあり、相当な自信と意気込みが感じられる。会場を西本願寺、知恩院、建仁寺の書院として、好評につき三〇日間延長している。正確性は兎も角、主催者側は、入場者三万六千人としている。

この第一回京都博覧会では、各地開港場の外国人に対して、京都に入る「特別の入京許可」を交付し、京都においては、英語で護衛と書かれた袖章と赤いベストを着けた警官が付き添ったとされる。ちなみに、京都の旅館の宿賃は四円で、外国人にとっては極めて安く、宿主は不慣れで、客の言う通りにする低姿勢だったと、「余禄」では記している。

その頃に京都を訪れたフランス人の談話として、「京都は整然とした、もの悲しい、死に瀕した木造のベルサイユ（京都御所のことと思われる）である」と感想を述べている。石の文化をもつ西洋諸国の人々にとって、木造の御所や寺院は、そのように映ったのであろう。そのようななかで、明治中期に京都を訪れた著名な外国人を記しておきたい。

我々の年代で幼い頃から馴染みのある外国人作家は、『ジャングル・ブック』（西村孝次訳・角川書店）や『少年キムの冒険』（亀山竜樹訳・山中冬児絵）の著者として知られている、英国の作家、児童文学者、詩人であるジョセフ・ラドヤード・キプリングである。一八八九年（明治二二年）、キプリングは、生まれ故郷である英国領インドのムンバイを離れ、ラングーン、シンガポール、香港、日本を経てアメリカに渡り、アメリカの国内旅行をした上でイギリスに到着する。キプリング二三歳の時であるが、日本では京都を旅行している。イギリス永住後も再来日して京都を訪ね、「日本分析」の資料を遺したことでも知られている。残念ながら、その資料が書籍となって翻訳されているのか知らない。

余談ながら記しておくと、キプリングが残した言葉に、「東は東、西は西」は余りにも有名である。これは、正確には「Oh, East is East and West is West, and never the twain shall Meet」であり、「おお　東は東、西は西、そして両者は決してまみえることはないだろう」となるが、この詩には続きがあって、「神の偉大な審判の関に天地が並んで立つまでは」とあり、さらに「しかし、東もなければ西もない。国境も種類も、素性もない」、「二人の強い男が面と向かって立つときは、たとえ両者が地球の両端から来たとしても」となる。キプリングは、一九〇七年に四一歳でノーベル文学賞を受賞。文学賞としては最年少記録である。

閑話休題。話を戻すと、明治の中期にあって、キプリングは知人から「京都に行く外国人はいない」と京都旅行の価値を否定されながらも決行し、京都を旅行した印象を一言、「そこに住む人々の、何という美しさ」と記している。このセリフのような言葉は、シェクスピアの言葉を引用したとされるものであるが、我々日本人にとって、日本の歴史や文化、伝統に誇りがもてるものである。キプリングは、古い神社仏閣以外にも恐らくは、日本人に関心があり、衣や食は貧しくは映ったであろうが、「京都の人々の礼儀正しさや親切さ、日本人の謙虚な態度、心からのおもてなし」がキプリングの心を捉えたのであろう。そうでなければ、再来日して再び京都旅行をすることはなかったのではないか。

明治の初期の一八七六年に日本を訪れた、もう一人の英国女性旅行作家・紀行作家を記しておきたい。と言うのも、最近読んだ『完訳日本奥地紀行』（一～四巻・東洋文庫）の著者、イザベラ・ルーシー・バードに圧倒されたからである。京都大学名誉教授・金坂清則さんが翻訳された、一巻四〇〇ページ以上の著書（二〇〇ページ以上が訳注で構成されている）で、明治初期の日本の風俗や風習、経済・産業など、総じて当時の歴史や文化が理解できる名著と思われる。一方で訳者の註釈を含めて完読するには、相当な忍耐を要する。

バードは明治一一年五月に横浜港に上陸し、同年の一二月に横浜から、離日するまでの丸七カ月間日本に滞在し、その日記を綴った旅行記は、一八八〇年にロンドンのジョン・マレー社から『日本の未踏の地——蝦夷の先住民および日光東照宮・伊勢神宮訪問を含む内地旅行の報告』として出版された。また、四度にわたり李朝鮮を訪問『朝鮮紀行』も出版している。彼女が「アジアの旅人」として名を残すきっかけとなった作品である。

この『日本奥地紀行』は、単なる旅行の印象を記したものではなく、日本の政治や経済の仕組み、宗教、天皇制、風俗、慣習など多岐に亘った、文化人類学者としての識見の書で、日本研究の報告書の意味合いをもつものである。第一巻では、出発地の東京、日光、会津、越後までを、第二巻では、新潟、山形、秋田、青森までを、第三巻では、北海道函館（アイヌの世界）を、第四巻では、東京、宇治、琵琶湖、京都、神戸や大阪、さらに京都、伊勢神宮、津経由京都について記している。特に東北の日光以北は道路事情が悪く、通訳兼従者として伊藤鶴吉を雇い、簡易式ベッドや衣類などを積んだ馬二頭と地域を限定した二人の人足による、険しい苦難の旅になっている。悪条件の山道、蚤や蚊、虻に悩まされた道中と非衛生的な旅籠屋だった。但し、日光では旧武家屋敷であった金谷邸（別名カナヤズ・ハウス。明治六年創業で、現存する日本最古のリゾートクラシックホテルの日光金谷ホテルの前身で現在も保存されている。金谷ホテルでは、漆塗りのお膳や加賀の九谷焼の陶磁器に盛られた鱒、卵、鶏料理のもてなしに大変満足している記述があり、その快適な宿屋と景色の美しさのあまり九日間滞在している。）に宿泊した最初の外国人であろう。この記述が出版後に外国人の知るところとなり、多くの大使館の別荘が建てられた。他の地区では調達できない食材としての肉（鶏を農家から買う）、その土地の暮らしぶりと外国人への対応（初めて見る外国人に興味津々な見物人が集まる）、風習、日本人の道徳観や精神から名山、風景などが記され、日本人と風景をよく観察しており、今日では人権上差別的な表現があるものの歴史的意義からそのまま翻訳されている。さらには、その土地の風景や歴史にも触れ、明治初期の日本を知る上では、貴重な書籍である。本文でのテーマは京都にあるので、イザベラ・バードの京都滞在を記しておきたい。

バードの日本旅行にあたっては、初代駐日英国公使ハリー・パーク氏が、日本政府に対して様々な便宜を図ってくれたとしている。京都滞在もパーク公使の計らいであろう、二週間の滞在は旅籠屋ではなく「二条さん屋敷＝同志社女学校の宿舎」を用意してくれ、世話係の女性と京都知事が差し向けた通訳案内人によって、京都を見聞している。特に、アメリカン・ミッションスクール（同志社女学校）とキョウト・カレッジ（同志社英学校）では、ＤＪ・デイヴィス神父の案内で授業内容や学生の様子などを細かく観察し、同志社の創立者・新島襄・八重夫妻から招かれた家庭的な様子などに多くのページを割いている。さらに、仏教に関しては、西本願寺、門徒宗の須弥壇、輪廻転生などに関心を示していること、さらに京都における工芸美術品を高く評価したことを書き残している。

バードは、紅葉を迎えた京都が織りなす風景の印象として、次のように記している。長くなるが、バードが絶句し今日も変わらない京都の風景と思われるので紹介しておきたい。「日本の詩歌(和歌）は、京都をほめたたえる。その京都を囲む山々は、森におおい尽くされた北日本のものとは違う。低くてやや起伏があり、森をなす所があるかと思えば、土色の地肌を見せる峰もある。また、楓が赤く紅葉したり、松が生えて黒っぽかったり、黄土色の岩肌が広がっていたりするために、景色には温かみと多様性がある。そして比叡山の雄大な頂きが、町の北側を壁のように画す山並み『北山』の上に聳えている。天気のよい日の日の出には、太陽は辺りをピンク色に染めて昇り、日の入りには紫と赤みがかったオレンジ色に染めて沈んでいく。そして山々はどう言えばいいのかわからない、いろんな色に染まっていく。大阪湾の先にあるもっと高い山並み（東山の将軍塚からも大阪湾の先の山は見えない。方向的には生駒山地の北側の可能性が高い）は青みを帯びた薄もやの奥にぼんやりと見える。この輝くばかりの時間が過ぎていってほしくないと思う。その後には雨や霧にしつこく見舞われて、景色がどんよりとしたものになってしまうからである。だれも同じ意見なので、とてもうれしい。京都はだれも好きな所である。」とある。

さらに、京都から伊勢神宮を経て京都に帰った、一一月一五日の記録として、「外国人の女性二人が、一部を除けばヨーロッパ人などめったに見かけないような地域を、一人の従者もつけないで、二〇〇マイル（三二〇キロ）近くにも及ぶ旅ができ、ただの一度も、強奪にも無礼な仕打ちにも不快な目にもあわなかったことは、この地域の治安がいかに良く平和であり、外国人がそれを享受できるかの証になる。私たちはそんな目にあわなかったどころか、至る所で丁重で親切なもてなしを受けたのだった。」と記している。

京都滞在中のバードは、庶民の「車中」の様子を見たいとして、汽車の三等（当時は下等）車に乗り、大阪・神戸方面に小旅行している。車中の印象として、乗客同志や若い乗客の、老人と盲人に対する素晴らしい気配り、自分たち外国人に対する礼儀正しさと振る舞いのすべてに、つくづく感心している。一方で、大阪駅に降り立って、三〇分も経たないうちに、バードは大阪の様子と京都が全く違っていることを実感している。駅前には何百人もの車夫がいて、乗客を捉まえようとする大声と、自分たちを冒涜するような様子に苛立ちを感じている。そして、大阪人や大阪の風景に対しての京都を「女性は美しく、帯もうっとりするものばかりで、その見事な衣装には、ハッとするような鮮やかな色がさりげなくしのばせてある。子供たちは、まるで絵のようである。至る所から音楽が聞こえてくる。立派な茶屋や歓楽地もたくさんある。その上、この街の周囲は日本における最も壮大な数々の寺院によって取り囲まれている。紫色を帯びた京都の山々の山腹にある、その立派な大建造物と庭は、この上なく美しい。」と絶賛している。

これまで、明治初期から中期にかけて京都を訪れた著名な二人の外国人を挙げたが、大正初期に奈良ホテルに宿泊し、今日でも宿帳にサインが残っている、数学者のバートランド・ラッセルや物理学者のアルベルト・アインシュタインは、京都にも立ち寄ったと思われる。しかし、手記を残していないため、京都をどのように捉えたかは分からない。京都観光の四割が外国人という今日、一二〇〇年以上の歴史があり、日本文化の中心であったことからすると、海外旅行者から人気のあることは、誠に結構なことである。それを裏付けるかのように、人気観光都市として、世界で最も影響力があるとされるアメリカ大手旅行雑誌「トラベル＋レジャー」が七日に発表した、二〇一五年の世界の人気観光都市ランキングで、京都市が昨年に続き二年連続で一位に選ばれたのである。

京都市の門川大作市長は八日、国土交通省で記者会見し、「多国語対応や景観改善に協力してくれた市民に感謝したい」と語り、日本各地の自治体と協力しながら、日本の魅力を高めていく考え方を示した。なお､世界でも有数の観光国と思われた､ＥＵと債務交渉で揉めているギリシャは、ベストテンに入ってはいない。日本においては、政府の当面の目標である海外観光客二千万人を早期に実現するためには、京都の人気ナンバーワンが継続できるように、さらにはイタリアの例（フィレンツェ・五位とローマ・六位）にあるように、二〇二〇年の東京五輪の開催に向けて、京都に続き「東京」のベストテン入りを目指して、「おもてなし」の方法とその徹底を模索することが課題である。

余談になるが、私は国家間で対立が発生していること、全ての交渉案件が円満に解決できないことは、それぞれの国が「国益」を重んじることから、やむを得ないと考えており、政治問題とりわけ外交問題と観光国としての受け入れ政策は別個に捉えるべきだと思う。例えば、侵略・植民地政策や慰安婦問題への謝罪や補償といった「歴史認識の問題」のように、それぞれの国には譲れない認識の相違と限界があり、このことは、「解決不能の不毛な過去の責任問題追求（外交やトップ会談）に明け暮れる態度」を、ドイツの社会学者・マックス・ウェーバーが「政治的な罪」とした如くに捉えて、途方もない歴史的な経過を待って過去の歴史を忘却させるか若しくは、両国に和解に向けた政治的英断ができる偉大な政治家の出現に期待するしかないのかもしれないと思う。そして、私の数少ない中国の友人たちは親日家であり、他方、日本への「爆買い」旅行者である彼らには、政治問題で報道されるような「頑なな反日感情」は感じられない。また、インターネット上で、中国人観光客（ツイッター）の感想を覗くと、経験談として「公共施設（トイレなど）や街が綺麗で塵がないこと、日本人の礼儀正しさ、親切心など」に触れていて、自国の現状を恥じるツイートが多く見られる。隣国に限らず、日本への旅行者が増えることは、日本人と優れた生活用品のみならず、日本文化を理解してもらえる最大のチャンスである。そして、それを促進できる国を挙げた「おもてなし」は、政府が目指す積極的平和外交の有効なひとつだろう。

このことは兎も角として、今秋の京都の三尾の栂尾山高山寺・槇尾山西明寺・高雄山神護寺の紅葉を楽しむためには、そろそろ「そうだ京都、行こう。」の準備として、旅行社からの案内に注視しておかなければならない。

二〇一五年七月

Ⅳ章　季節の思い出紀行

美術館巡りの備忘録

絵画は、自分で描くことに憧憬の念や心を動かされることはあっても、冷静に考えると写真も同様に、その才能どころかセンスさえもない。そのため、閑を有効に活かすための趣味としては、誠に結構なのだが、挑戦してみようとすることなどおぼつかない話である。何度も絵画教室や通信教育のパンフレットを取り寄せては無駄にしている。

そして、絵画を評価する知識も能力ももち合わせてはいない。それでも、絵画を鑑賞するのは好きで、美術館に限らず、レストランや高級カフェなどの壁面に掲げてある絵画を眺めながら一息つくことは、安らぎを増長してくれる。さらに、美術館を訪ねる際に遭遇する、美術館建屋そのものや庭園の美しさに、設計者の哲学やコンセプトを想像することがある。そして、館内に展示してある名画と評される作品を鑑賞していると、作品によっては心が落ち着くし、一方では感動と衝撃に心が昂揚することもある。山岳や田園などの風景画を鑑賞していると、自然の営みに畏怖と畏敬の念、さらには感謝を抱き、人間が自然とどのように共生していくかを思い起こすし、町に集う人々を描いた風景画には人々の暮しを、肖像画にはその人の人生の有り様などを想像して楽しむことができる。無論、作中の色彩にも関心と興味をもって鑑賞している。

このように、私の美術館巡りは、美術に関する造詣を充満するなどという、上品な趣味を指向する堅苦しいものではない。私の趣味とする、山歩きや寺院探訪の目的と同様に、ビジネスに追われて視野狭窄に陥りがちな目から鱗を落とし、頭には刺激と英気を与え、心には浩然の気を養うことができれば満足なのである。つまり、私にとっての絵画や彫刻などの美術鑑賞は、「専門的な知識や芸術性」といった、いわば美術分野に精通することを目的にしているのではなく、頭や心といった心身全体で感じることができれば満足なのである。

美術館には著名な画家たちの作品が展示してあるが、すべての作品に興味がある訳ではない。特定の画家や作風に熱中するというほどではない。お行儀の悪い話だが、豪華なお膳のなかで、自分の気持ちを満たす料理だけを「摘み食い」するような素人の鑑賞者である。従って、名画と称される作品の風景画や静物画、肖像画や自画像などには、ミーハー感覚で鑑賞するので、名画を実観した出会いの喜びに大抵は心を奪われ、心惹かれて興奮を味わうことになるが、何の感興もそそられない作品や嫌悪感を抱く作品もないわけではない。つまり、美術館に展示されている作品は、全て優れた作品に違いないのだろうが、私の未熟な鑑賞力では玉石混淆《ぎょくせきこんこう》の評価になる場合がある。

このようなことから、四〇代に入った頃から、在住する神奈川県内や都内美術館の常設展、マスコミで話題になった特別展の鑑賞を主目的として足を運んできた。また、滅多にはないことだが、都心の百貨店へ買い物に出かけついでに、さらには勤務日であっても、金融機関やお得意様訪問、セミナー参加などで外出した際は、時間に都合がつけば大手企業がメセナ事業として運営する美術館（サントリー・山種・出光・ブリヂストン・三菱一号館美術館など）や上野公園を散歩し国立・都立の美術館に立ち寄るということもある。そして休日には、新緑や紅葉を楽しむハイキングを兼ねて遠方の美術館（鎌倉や箱根、真鶴半島、熱海、三島など）に出掛けることもある。

さらには、泥酔した翌日の休日などは、『世界美術全集』（全二四巻・小学館）や『現代日本の美術』（全一四巻・集英社）の何冊かを書斎から引き出し、ベッドのなかで意味もなく眺めているが苦痛ではなく、怠惰で懈怠な状態から解放されるまで過ごすことがある。

特に、これまでのビジネス人生では、国内主要都市にはお得意様があり、かつ勤務先の支店や営業所があることから、お得意様へのご挨拶回りや社内業務打ち合わせで出張した場合は、所在地にある九州国立博物館（太宰府市）、静岡県立美術館（静岡市）、名古屋ボストン美術館、徳川美術館（名古屋市）、魯迅紀念（東北大）など、多くの美術館、博物館に足を運んだ。職権乱用の感は否めないが、午後四時以降は可能な限りフリータイムで単独行動をとれるように調整して、閉館間際まで鑑賞しているのである。要は忙中にあっても、強引に閑を創るようにしてきた。これは国内に限らず、半ば観光を目的とした業界の海外研修出張の場合でも、旅程に組み込まれた美術館の他、フリータイムには可能な限り当地の美術館巡りを楽しんできた。マドリードのプラド美術館、フィレンツエのウッフィツィ美術館、パリのオルセー美術館、ニューヨークのメトロポリタン美術館などである。

以下の備忘録は、一部に既刊「備忘録エッセー集Ⅱ」に掲載した何点かを、改めて推敲して加筆したものと近年の絵画鑑賞を含めて、風に凭れて気軽に足を運んだ美術館巡りのなかで、最も印象深く記憶に残っているのを記したものである。

鈍色のパリの空　ルーヴル美術館

私が初めてヨーロッパの旅に出たのは、一九九二年一月下旬から二月初旬にかけた一五日間という長期間であった。当時の厚生省や労働省の後援による、社団法人・社会経済国民会議主催の「ＥＣ労使関係調査団」（団長・慶応大学丸尾直美教授）に一企業から参加したもので、団員は三〇数名である。

調査団の目的は、欧州主要国の労働・経済・福祉関係庁や労働団体、何社かの大手企業を訪問し、高官や経営幹部による労使関係や福祉事情の説明を受けながら、ディスカッションするものであった。私個人は、当時はＥＣ統合が直前に迫っており、ブリュッセルのＥＣ本部とプラハの化粧品会社の調査のリポートを割り当てられたが、観光もあって思い出の多い旅を楽しむことができた。パリではルーヴル美術館を訪ねる機会に恵まれた。

二月五日、パリ中心部一区、セーヌ河の右岸に位置するルーヴル美術館は、先史時代から一九世紀までの様々な美術品三万五千点近くが展示されている、世界最大級の美術館であり、かつフランス王フィリップ二世が一二世紀に建設したルーヴル城（宮殿）が収容されている世界最大級の史跡のひとつである。そして、所蔵品を分類すると、「古代エジプト美術部門」、「古代オリエント美術部門」、「古代ギリシャ・エトルリア・ローマ美術部門」、「彫刻部門」、「工芸品部門」、「絵画部門」、「素描・版画部門」の七部門からなる。

約二時間半の自由行動ではあったが、館内を散歩するように、ただ眺めるだけでは恐らく、何も思い出として残らないと思った。そこで、『世界美術全集』で知見していた絵画と彫刻のなかで、ルーヴル美術館に行く機会があったら、「これだけは実物を観たい」と願望していた四点を捜し出して、じっくりと鑑賞することに決めて入館したのである。

最初に目に入ったのは、ルイ一八世の時代にルーヴル美術館に収蔵されたという、「ミロのヴィーナス」であった。この作品は、ギリシャ神話に出てくる、オリュンポス山頂に住まうと伝えられている一二神の一柱である、アプロディーテー（愛と美と性を司る女神）の像と考えられている。高さは二メートル強、材質は大理石である。上半身が裸体で、両腕は何らかの理由で折れた、というのではなく切断されたような切り口になっている。中学の美術の時間に巡り合い、その美しさに感動したことを憶えているが、それは写真集によるもので、実物の美しさはその比ではなく、正面からの像もさることながら、後ろから観た姿像にも「愛と美と性」の女神を感じ、年甲斐もなく興奮した。

作者は、紀元前一三〇年頃の彫刻家・アンティオキアのアレクサンドロスと考えられるとしているが、その生涯は殆ど分かっていないと言う。いずれにしても、ギリシャ・エーゲ海のデロス島（古代ギリシャの聖地）で発見され、様々な歴史的経緯を経て、トルコ政府からフランスが買い上げ、ルイ一八世に献上したが、最終的にはルーヴルに寄贈された。

後世になって、多くの芸術家や科学者が、欠けている両腕の部分を補った姿を復元しようとしたが、定説とされる復元の成功には至らなかった。俗説としては、中学の美術の時間で、左手に林檎をもっていたという話を聞いたことは憶えている。その他、印象に残っているのは、ギリシャのサモトラケ島で発掘された、紀元前のもので首の部分がなく羽根をもつ勝利の女神ニーケーの彫像で、これも美術全集でお馴染みだからである。

ガイドによれば、美術館面積約六万平方メートルに三万五千点が展示してある、と言うので、二時間半の限られた鑑賞時間を考えると、殆どの作品は眺めるだけの素通りである。絵画エリアへと急いだ。何としても「モナ・リザ（の微笑）」は実物を観たいと思っていた。この作品は、縦七七センチ、横五三センチと小さいので、見過ごしてしまうのではないかと細心の注意を払って移動したが、その懸念は杞憂であった。それは、この作品が、世界で最も知られていて、最も観られている絵画、最も高価な絵画、最も模写されている絵画、最も歌われている絵画、最もパロディ作品が造られた美術品と言われており、集客力があるのだろうか、大変な人垣ができていたエリアがあったからだった。恐らくそのためだろう、広い面積の壁面に、この作品が一枚だけ展示してあったのである。暫く人垣に並び作品の中央部まで進んで、幻ではなく現実の「モナ・リザ」に対面した。そして、そこには不思議なことに「世界最高の芸術作品」とか、「高価な価値ある作品」に出合った驚きとか幸福感とか、満足感というような感情はなく、ただ茫然とした説明のつかない自分が立っているだけであった。自分の人生に「モナ・リザ」を実観した歴史を残せた喜びを感じたのは、暫く後のことである。

モナ・リザは、レオナルド・ダ・ヴィンチの油彩画で、上半身のみが描かれている女性の肖像画である。美人画というものではなく、どの角度から観ても、謎めいたその微笑は鑑賞者を惹きつけて離さない。モデルは、イタリア・フレンッェの富裕な商人で、行政官も務めたフランチェスコ・デル・ジョコンドの妻、リザ・デル・ジョコンドだとされる。

専門家によれば、モナ・リザの秘密は、謎めいた微笑を浮かべる口元にあるのではなく、琥珀色の瞳のなかに隠されていると言う。それは、「瞳に文字が書き込まれていて、それがモナ・リザの正体を明らかにしている」とされるが、鑑賞者には見えるものではなかった。そして、兎に角にも、絵画の世界で最も有名なモナ・リザを実観できたことは、幸運を極めるもので、私にとっては微笑の謎や不思議さなど、全く気にする必要などないのである。

世界美術全集を眺めて記憶に残っていて、どうしても実物を観たかったのは、フランスの画家ドミニク・アングルの「グランド・オダリスク（横たわるオダリスク）」で、「ハーレムの女」を意味する作品である。この絵画は、裸体であるが非常に特殊な描き方なので、探すのに苦労はなかった。

この作品は、長椅子に背中と乳房の一部を見せた裸体で、顔は鑑賞者の方を振り向いている。この絵画を冷静に観ると、アングルは、モデルの実体を引き伸ばし（俗にいう胴長の女）、曲がりくねった描線の背中と豊満なお尻で裸体を描いている。胴体が異常に長く、脊椎骨の数が普通の人より三本分多いなどと揶揄されたと伝わっているが、細部は非常に緻密に描写されている。確かに、胴体の長さは気にならないでもないが、背中とはいえ裸体像そのものはもとより、作品の標題や作中婦人の周囲をとりまくオリエント風の装身具が、鑑賞者を官能的な世界に導いてくれた。

この作品は、アングルがイタリア留学で、ローマ、フレンッェを拠点として活動していた一八一四年の作と言われ、発注者はナポレオンの妹でナポリ王妃であったカロリーヌ・ミュラであると伝わっている。西洋美術における裸体は、ルネサンス以降、とりわけ神話の世界に結びつけられていたが、アングルはこの時期にきて、肉体美の追求という別な場所へと移し変えている。

名作品は数え切れないほど展示されているはずだが、私の乏しい知見では、帰国してから美術全集を調べて分かったことだが、有名な宗教画ではドラクロワの「民衆を導く自由の女神」だけで、殆ど素通りの見学になった。残念なことは、何としても実物を観たかった、フェルメールの「レースを編む女」には、見落として巡り合えなかった。絵画部門の展示場に戻って探そうとしたが、集合時間も迫っていたので、諦めてルーヴル美術館の見学・鑑賞を終えた。殆どの展示作品は、初めて鑑賞するものであったが、その芸術的な価値は兎も角として世界で代表的なルーブル美術館に足を踏み入れたことに満足するものであった。そして広場に出ると、雲は厚く低く、暗澹とした鈍色のパリの空の下、凍てつくような風が吹いていた。コートの襟を立てながらツアーバスまで歩き、次の観光行程であるノートルダム大聖堂へと向かった。

一九九二年二月

「青の時代」を観る　ピカソ美術館

スペインはバルセロナに来ている。オリンピックが六カ月後に迫っていて、その準備で町全体が活気づいていた。エネルギー省を訪問し、「スペインの福祉事情について」調査を終え、公式行事を終了した。予定されたていた観光巡りで、団員たちの関心の高かった、モンジュイックの丘の中腹にある、エスタディオ・オリンピコ（オリンピック・メーンスタジアム）を見学できたことは幸運であった。（八月一日、五輪女子マラソンで、有森裕子選手はモンジュイックの丘の麓までトップで疾走、惜しくもEUNのワレンティナ・エゴロワ選手に抜かれてしまったが、五輪史上日本女子マラソンで初めてのメダルを獲得した。）

一月三一日の午後、スペインを代表する建築物で、建築途上にあるサグラダ・ファミリア聖堂、同じくアントニ・ガウディの建築物作品である、独創的な集合住宅カサ・ミラなどを見学した。その後、石畳が続く旧市街地ボルン地区をかなり歩いて、一三世紀に宮殿として利用されたという、ピカソ美術館を訪ねた。この美術館は、第一日曜日は入場無料なので、一～二時間待たされるほどの混雑になると言う。今日は、幸いにも待ち時間はなく、スムースに鑑賞できた。そして、ここには、ピカソの幼少期から老年期まで、全部で三八〇〇点もの作品が展示されている。評論家によっては二〇世紀最高の芸術家と評価する、パブロ・ピカソのファンにとっては、時代とともに成長するピカソや作風の変化が分かる美術館と言えるので、たまらないであろう。

しかし、私には一時間半の自由鑑賞に耐えられる自信はない。ピカソの作品は、人物画・自画像、風景画はまだしも、抽象画の場合、私は精々五枚ほど鑑賞すれば満足である。むしろ限界である。要は作品を理解する力がなく、何を表現しようとしているのか考え込むと負けてしまって、疲れてしまうのである。そこで、自然に足の止まった作品だけを鑑賞することにして、後はすべてパスし、仮に時間に余裕ができたら、館内の売店やカフェで時間を潰そうと考えた。

この美術館で印象に残った作品は多くはなかった。ただ、入館前のバス移動で、添乗員から「この美術館には、ピカソの「青の時代」の作品が数多くあるので、楽しんでください」と案内があった。確かに、中学時代の「図工」の時間で、ピカソ二〇歳から約四年間の作品を「青の時代」と捉えられる、と学んだ記憶がある。いま、世界美術全集で調べてみたら、一九〇一年から一九〇四年の作品を「悲しみと苦悩の色彩」と捉え、所謂「青の時代」の作品として分類している。

ピカソ二〇歳の時、最も信頼していて親友であった、カサジェマスのピストル自殺を契機として、ピカソの描く作品は、青色を基調とした、暗い画面で悲哀に満ちるようになっていったとされている。薄い青色そのもののイメージは、爽やかさを感じないわけではないが、ピカソの「青の時代」の作品の群青色は、冷たく、暗い色調で、「死」や「苦悩」や「絶望」、「悲惨さ」、「貧困」、「社会から見捨てられた人々」などを、憂欝で物思いに沈むような作風で、メランコリックに表現している。一九〇一年、ピカソの親友・カサジェマスのデスマスクの作品は、死の床につく、青ざめたカサジェマスの顔の輪郭を、ローソクの光りが金色に映し出しており、額こめかみを撃ち抜いた銃弾の痕を描いている。

ピカソは、カサジェマスの生前に招待を受け、カタルーニャ州タラゴナ県の郊外で半年過ごして風景画を描いたが、「今知っている全てのことは、タラゴナ県パジャレスで学んだ」と、後に語ったほど、この小旅行はピカソの人生にとって重要なものであった。その親友の自殺による死の作品に、どのような深い心底の悲しみがあっただろうか。それを表現するピカソは、最も濃い青色を基調として、暗い画面の作品を描き続ける。この心情から解放されたのは、ピカソ二四歳、一九〇四年であったとされている。

その他に印象的な「青の時代」の作品は、ピカソ自身の「自画像」である。この一九〇一年の作品は、前述した友人の自殺があり、悲しみのなかで描いたものである。作品は、ピカソ二〇歳であり、無論後々有名になって、写真を目にするようになるが、まだ髪は黒々で、顔は均整のとれた眉毛、高めの鼻、鼻の下と顎に繊細に茶色い髭を蓄えている。眼光は何か悲しそうな、虚ろなイメージである。

こうしてみると、この自画像は、二〇歳の若者らしさは感じられず、やや年老いたイメージである。若くして、味わった人生の厳しさ、深い悲しみ、苦悩を抱えたピカソの心情が、やり切れない目線となって描かれているのだろう。しかし、カンバスの殆どが青い画面のなかで、繊細に描かれている茶色の髭が、強烈なアクセントになっていることを感じた。

もう一点、この旅行後の八年後に知見した作品を追記しておくと、一九〇四年の作品で版画「貧しき食事」である。この作品は、版画の作品展示室を、眺める程度で通過しているから、記憶に残っているわけではない。帰国してから、『美術全集』（小学館）で確かめたら、この版画の構図は、「盲人と女性の寂しそうな食事風景」である。盲人の不自然に曲げられた手首に痩せた腕、絡まるような細い指先が、穏やかでない二人の心を表わしているようで、満たされない人生への思いを、空の皿やパンと葡萄酒だけの食事として表わしているのだろう。なぜ、この作品を八年も経過して全集やネットで調べたかであるが、それは二〇〇四年に、オークションで、一億二千万円で落札されたことが話題になったからである。

パリの三区の南部に、ピカソの遺族が相続税として物納した作品を中心としたとされる、同名の美術館もあるが、今回のパリ研修では旅程の見学コースに入っていなかった。この旅で鑑賞できたバルセロナのピカソ美術館は、ピカソの友人で、秘書を務めたジャウメ・サバルテスの個人コレクションとバルセロナ市の所蔵するピカソ作品を基礎に、一九六三年に開館したものである。「青の時代」の作品を中心に約一時間超を作品鑑賞に使った。展示全作品がピカソということなので、私にとってはこの程度の鑑賞時間が適切である。エントランス集合時間まで三〇分あったので、館内の売店で土産物を調達し、カフェでコーヒーを注文したが、余りにも濃厚で口に合うものではなかった。

一九九二年二月

小塚山の山藤の彩りに魅せられて　ポーラ美術館

箱根登山鉄道の強羅駅で下車し、タクシーに乗車して、ヒメシャラ街道と呼ばれる県道を二〇分足らず走行したところにある、ポーラ美術館を訪ねた。美術館は、山々が連なり木々に囲まれた台ヶ岳の麓に、ひっそりと建っている。淡い新緑が太陽にキラキラと輝いていて眼に優しく、心が癒される最も素敵な場所と季節である。確かに、自然を生かし新緑や紅葉が美しい美術館としては、強羅駅の近くに彫刻の森美術館があり、若い時分に家族で出掛けたことはあるが、余りにも広大な庭園に作品が展示されているので、ピクニックに来ているようで美術鑑賞の気分にはなれない。

ポーラ美術館は、同じ季節の二度目の訪問だが、私は何と言っても、この美術館の建物に興味をもつものである。建築家・安田幸一設計のこの美術館は、建物の最高の高さが地上八メートルで、そのヴォリュームの殆どを地下に没させることで、可能な限り周囲の自然生態系に影響を与えないように、考慮した点に特徴がある、と評価されている。

もう一五年ほど前になるだろうか、東京府中市で国内最古級とされる、「上円下方墳」が発見されて、当時は話題になったが、安田氏は同美術館を、「一見、円形の建物に見えるが、これは建設地に掘った巨大な円形壕のラインで、建物自体は方形一種、十字形である。円形壕の上に方形の建物、一古墳の形態で例えるなら、この美術館は『上方下円墳』型になる」と語っているが、私にはこの分野のことは詳しくない。

県道に面した入り口から、山谷に下るような趣のアプローチ・ブリッジを渡り、館内に入ると、大きなガラス面を通して、左手に雄大な小塚山の風景が開け、さらに地下二階まで吹き抜けた、アトリウムロビーが一望できる。展示室に行くにはエスカレーターで風景の見える谷へと下ることになる。展示室の構成は、地下一階に企画展示室、地下二階にコレクションを展示する絵画、ガラス工芸品、化粧道具、東洋陶器の展示室四室である。

ポーラ美術館のコレクションは、ポーラグループのオーナーであった鈴木常司氏が、四〇年かけて収集した美術作品で、その中核である一九世紀の印象派絵画では、モネやルノアール、マネ、ドガなど、印象派以降の作品では、セザンヌ、ゴーギャン、シャガールからゴッホ、ピカソまでを中心とした西洋近代絵画四〇〇点を所蔵している。

日本の洋画、日本画、版画、彫刻、東洋陶器、ガラス工芸、化粧道具等を含めると、総収集数は九五〇〇点におよぶ、と案内に記してあった。久しぶりに、画集（『世界美術全集』）でお馴染みの印象派、クロード・モネの「睡蓮の池」や「睡蓮」、「散歩」、ピエール・ルノアールの「レースの帽子の少女」や豊満な「水のなかの裸婦」、ポール・セザンヌの静物画である「砂糖壺、梨とテーブル」や「アルルカン」、「プロヴァンスの風景」などの風景画の数々、さらにはフィンセント・ファン・ゴッホの風景画「ヴィゲラ運河にかかるグレーズ橋」やパブロ・ピカソの「海辺の母子像」など、作品の数々を、思いを込めて鑑賞していると、心身とも豊饒になった錯覚を抱き、かつ自らがカンバスに描かれている世界へと入り込み、想像力が発展していくのである。

また、岸田劉生の「麗子の座像」が展示してあったので、時間を掛けながら鑑賞した。画伯の作品は、私が美術館巡りを始めた四〇歳前後の頃、東京国立近代美術館（北の丸公園内）で初めて実物に巡り合えた。それは、偶然といってよい。近年では、静岡県立美術館で鑑賞したことが、昨日のように思い出されて、岸田作品に再会できたことに、なぜか、ホッとするよう気分を抱いたのである。

大正から昭和初期にかけて活躍した、近代日本を代表する洋画家である岸田劉生は、一八九一年銀座に生まれる。七歳のときに白馬会洋画研究所に入学した。そこには、日本を代表する近代の作品、芦ノ湖のほとりで浴衣姿に団扇をもって涼んでいる、女性を描いた作品「湖畔」で有名な黒田清輝画伯がおり、岸田少年は教えを受けている。

二〇歳のとき、岸田は初めて雑誌「白樺」（武者小路実篤らの同人誌）を読み、ルノアール、ゴッホ、セザンヌ、ゴーギャン、マティスなどの作品を知り、感動して影響を受けることになる。そして、一九一八年（大正七年）に、長女をモデルとした最初の作品「麗子五歳之像（麗子肖像）」を描いている。以来、岸田は、生涯に愛娘麗子の肖像画を五〇点あまり描いたとされ、その作品は麗子の成長と岸田の画風の変化を示すものになっていると思われる。これだけの麗子像があるわけで、美術館巡りをしていると、「麗子」に会えるのも不思議ではないのかもしれない。そして、数々の岸田作品は、無骨な写実的描写によって、その作品の人物対象に宿る性格や精神性を鋭く表現しているように映り、岸田作品を鑑賞する際の想像力を掻き立てるひとつの要素でもある。

一方、日本画では東山魁夷、加山又造、高山辰雄、平山郁夫、杉山寧の五人の名字に「山」のつく画伯の作品を一同に展示してあった。これは、偶然か美術館側の意図的な企画だったのかは聞かなかったが、珍しいことに違いない。『日本美術全集』（全一四巻・集英社）に収録されている、これら日本を代表する画伯の作品を、美術館の同じ展示室で鑑賞できることは何と贅沢なことか、ファンにとってはこれほど幸運なことはなかった。

ポーラ美術館を訪ねて感じることは、熱海のMOA美術館や真鶴半島の中川一政美術館などのような、自然を生かした美術館建屋は、建設のコンセプトとして「自然と美術の共生」を目指していると感じることである。自然や周囲との環境との調和をはかり、自然の風景のなかに溶け込むような建設空間を織りなしており、私にとっては美術館そのものが絵画や屏風、陶器などの作品鑑賞と同質性をもつものなのである。

地下一階ロビーフロアの森に面した、レストラン、「アレイ・Aray」で昼食をとることにした。ランチをオーダーして、生ビールの後に赤ワインを楽しみ、暫く休憩した。窓越し全面に開ける「小塚山」の森の新緑は、若草色、若竹色、萌葱色《もえぎいろ》、緑青色《ろくしょういろ》などが入り混じり、そのなかに、薄紫の「ヤマフジ」の彩りが散見できる風景は眼に優しく、何よりの御馳走であった。それは、作品の数々を鑑賞することで心が癒されることを含めて、私にとって至福のときで、心に浩然の気を与えてくれるものなのである。

二〇〇四年五月

入館料は美術館側の希望額　メトロポリタン美術館

ノースカロライナ州ダーラム国際空港から車（レンタル）で三〇分ほどのケーリー地区に本社をもつ技術提携先のロード社に出張した。広大な森林公園のような環境のなかにあったが、それ以上に驚嘆したことは、本社ビル玄関のドアに「ピストル所有の者、入場を禁止する」の案内板が掲示されていて、アメリカとはこのような国なのだと認識したことである。二日間の業務打ち合わせで目的を果たし、幸いなことに土・日の休日を利用して、ニューヨーク経由で帰国することにした。ビジネスマンとしては、世界ビジネスの中心である、マッハッタン街やウオール街に足を踏み込むことが長年の夢だったのである。国内便はクリスマス休暇を控え、旅行や帰省客で混雑を極めていた。

一七日のニューヨークは、雲ひとつない快晴であったが、予想以上に寒さが厳しかった。勤務先のニューヨーク駐在経験のある営業担当の大隈さん（通訳）の案内で、同行の技術本部長・岩間君と宿泊先ホテル（ホテル・プレジデント）からほど近いブロードウェイから地下鉄でサウスウィリー駅に出た。

湾岸に面したバッテリー・パークは風が強かった。公園の湾岸から、リバティ島の「自由の女神」を瞻望し、クリントン砦を経て三年前の九月一一日に発生した悪夢のような同時多発テロで全壊した、いまだに残骸処理中の世界貿易センタービル跡で、亡くなった多くのヒーロー（犠牲者）たちに頭を下げて黙祷した後、ウオール通りのニューヨーク証券取引所と周辺を散策した。その後、地下鉄でセントラルパークに戻り、五番街に面したメトロポリタン美術館を訪ねた。

この美術館は、アメリカが独立宣言を公布した九四年後の一八七〇年の設立で、フランスのルーヴル美術館やスペインのプラド美術館と並んで世界三大美術館（プラドを外してロシアのエルミタージュ美術館や大英博物館を入れる説がある）に数えられる。

メトロポリタン美術館建物は巨大なもので、中央ロビーに立つと、中世の宮殿を連想させ歴史を感じた。さらに、約一五〇年間で三三〇万点もの収蔵品を誇るのは、アメリカの国力を誇示するのに余りあるものである。しかし、この美術館の最大の特色は、これだけの規模を誇る美術館が国立でも州立でも市立でもなく、純然とした私立の美術館であると言うことである。全収蔵品の四分の一を展示公開している。コレクションは、エジプト、ギリシャ、アメリカ、アジア、日本などまでに及び、古代から現代まで洋の東西を問わず、ただただ驚嘆した。入館料は、チケット売り場の窓口に、「美術館側の希望額」とだけ表示してあり、具体的な料金は明示されていない点も驚きであった。芸術家を目指す苦学生にとっては何とも有難い料金制度である。案内の大隈さんによると、裕福に見える紳士淑女には、言葉では言わないが、気前の良さを期待していることがほのめかされる、と言う。彼が三人分のチケットを手配してくれたが、幾らの希望額を期待されたかは聞かなかった。

入場口を進むと、展示室は古代遺跡から収集したエジプト展やギリシャ展、さらには陶磁器、彫刻、漢詩や墨絵などの掛け軸などを展示した中国展には目に見張るものがあり、驚嘆とため息、そして感動の連続であった。そして、心穏やかに鑑賞できた展示作品のエリアでは、『世界美術全集』（全二四巻・小学館）で馴染みのある、印象派とそれ以降の展示品で、コロー、マネ、ドガ、セザンヌ、モネ、ルノアール、ゴーギャン、ゴッホ、ピカソなど有名画家の作品の数々を鑑賞でき、その見応えは至福のときを過ごすのに余りあるものであった。少なくとも、これだけの巨匠の名画が一度に鑑賞できる喜びは格別である。特に、ゴッホの作品で「麦わら帽子の自画像」は、展示室通路の保管ケースのない展示台に無造作に設置してあり、また全体的にケースやロープの設置が少なく、間近に鑑賞できたことは鑑賞者にとって魅力的であった。

そして、美術全集で観た記憶のある作品で、描かれている人物の美しさに感動し、私の心が奪われて思わず立ち竦んでしまったのは、フランスの画家・ドミニク・アングル（一七八〇〜一八六七年）の「ド・プロイ公爵夫人」の肖像画であった。私が画家アングルに興味をもったのは、四二歳の頃、ルーブル美術館を訪ね、同美術館所蔵絵画で代表的な作品とされる、「グランド・オダリスク（横たわるオダリスク）」を鑑賞して以来のことである。そのアングルの作品である「ド・プロイ公爵夫人」の名画にニューヨークで巡り合えるとは、幸運を極めるものであった。ド・プロイ公爵夫人は、名をポーリーヌといい、最も美しい二八歳時の肖像画である。作中の夫人は、髪を中央で分けた聡明で上品な顔立ちで、ドレスは薄いブルーのシルクサテンだろうか、豪華な真珠と思われる装飾品を手首に着け、イヤリングとネックレスを着けてはいるが決して華美ではない。両肘を組んでソファの高椅子に乗せている。陶磁器のような美しい肌を露出してはいるが、つつしみ深い雰囲気は全く損なわれてはいない。むしろ、貴婦人としての淑徳さえ感じられる。

帰国してから、辞典でド・ブロイ家を調べてみると、フランスのルイ一四世によって授爵された名門貴族で、第四代ルイ・ド・ブロイ公爵アルベールはフランスの首相を二度務めたこと、第七代公爵ピエール・レーモンは理論物理学者で、一九二八年に「電子の波動性の発見」でノーベル物理学賞を受賞している。そして、絵画の公爵夫人ポーリーヌは、首相夫人なのである。

二時間ほど鑑賞して、西洋美術の展示エリアから出た天井付きのアトリームに出て、ベンチで暫く休憩をとることにした。メトロポリタン美術館には、ボストン美術館と並んで多くの日本の陶器、浮世絵、漆器、屏風などが収蔵されているが、日本の展示エリアが修改築中とあって、どうしても観たかった、尾形光琳のカキツバタを描いた「八橋図屏風」や鈴木其一の「朝顔図屏風」が鑑賞できなかったことは残念であった。

美術館を出て、隣接するセントラルパークに入った。公園内に生息するリスと戯れながら散策し、池のほとりの売店に出て遅い昼食をとることにした。私はチーズバーガーとコーヒーを注文したが、ビッグサイズで、美味しいとは感じられず、少し食べてベンチに集まってくるスズメに千切って与え、一時を過ごした。池は半ば凍りついていて、時折吹く肌を刺すような風に身震いしながら公園を出て、クリスマスが近い五番街通りの雑踏のなかを、ウインドーショッピングを楽しみながら、宿泊先のホテル・プレジデントに戻った。

その夜は、ブロードウェイでのショッピングとレストランでアメリカ人が食する草鞋《わらじ》のようなビフテキに挑戦し、赤ワインを楽しんだ。そして、ホテルに戻って改めて考えたことは、往路の飛行機で西海岸から東海岸までの長時間、眼下に広大なアメリカ大陸を眺め、かつビジネス最前線である、ニューヨーク・マッハッタン南部のビルディング街を散策し、アメリカが世界のリーダーであることを実感したことである。そしてかつての六〇余年前は、経済や兵力、科学技術、食料含む資源などの総合的な国力で、何ひとつ勝るところのない脆弱なわが国が、「なぜ、このような巨大な国を相手に、狂気とも言える宣戦布告をして、真珠湾攻撃の命令を発してしまったか」と言うことである。無論、国力で勝っていたとしても、どのような理由があるにしても、正義の戦争などというものは断じてない。

二〇〇四年一二月

歴代スペイン王家の収集画　プラド美術館

スペインの首都マドリードにあるプラド美術館は、パリのルーヴル美術館、ニューヨークのメトロポリタン美術館と並んで世界三大美術館と言われている。いずれの美術館も訪ねることができたことは、絵画を愛でる者にとっては幸運な人生と言わなければならない。

特に、プラド美術館は、一九九二年に社団法人社会経済国民会議主催による、EC統合を直前にした「EC労使関係調査団」に参加して、スペインの官庁を訪問した際に鑑賞したこと、二〇〇四年と今回は、勤務先が所属する業界の海外鉄道視察研修に参加し、マドリードに滞在中のフリータイムに出掛けたので三度目の訪問である。

一一月七日、マドリードビジネス街のプリンセサ通りに面した、宿泊先のホテル、ウサ・プリンセサからバスで一〇分ほどのプラド美術館を訪ねた。一八一九年に王立絵画彫刻美術館として開館したもので、ハプスブルク家やブルボン家など歴代スペイン王家が収集した八千点以上の絵画、工芸品が所蔵されていて、この美術館のバックボーンになっている。スペインを代表する画家であるベラスケス、ゴヤ、グレコの絵画コレクションが半分以上を占めるのが特徴である。

すべての作品を丁寧に観ることはできないので、『世界美術全集』（小学館）で馴染みのある作品を探し求めた。まず、若いころより宮廷画家として頭角を現したというベラスケスの有名な作品「ラス・メニナス（女官たち）」に巡り合えた。この作品の構図は、ハプスブルク家マリアナ王妃の娘・マルガリータ王女と二人の女官が中心に描かれていて、カンバスに向かっている姿のベラスケス自身も描かれている。この作品の特徴を専門家は、厳密に計算された遠近法がみられ、そこには視覚の法則に加えて、カンバスの表面の空間と鑑賞者も含めた思考的空間の関係まで配慮された作品であるという。つまり、この作品に対する評価は、評論家の数だけあると言うのだが、私の理解の域を脱していない。ゴヤの作品では、「カルロス四世の家族」が印象的であった。一八〇〇年のこの作品は、カルロスの王妃マリア・ルイサの性格が悪く、ゴヤはそのことを嫌って、絵から王妃の性格がにじみ出るように描いているので、二度と宮廷から注文が来なくなったという逸話が残されている。

何と言っても、プラド美術館で世界的に有名な絵画は、ゴヤの「裸のマハ」と「着衣のマハ」である。マハとは、作中のモデルの名前とばかり思っていたが、特定の人物を示す名前ではなく、スペイン語で「小粋な女」というほどの意味である。厳格なカトリック国家で、神話画を含むどのような作品であっても、裸体を表現することは極めて厳しかった、フェリペ四世の統治下では巨匠ベラスケスの「鏡のヴィーナス」と共に、非常に希少価値の高い裸体像であった。

そのために、一八〇八年の宗教裁判所は、「これがゴヤの作品であることを認めさせ、誰のために、何のために描いたのかを明らかにさせる」ことを命じた。しかし、ゴヤが裁判所に召喚されたかどうかは分かってはいない、と言う。

本作のモデルについては、古くから論争が絶えなかったとされ、諸説が唱えられるものの結論は出ず、現在ではゴヤと深い関係にあったと推測される、アルバ公爵夫人のピラール・カイェタナとする説とゴヤのパトロン（経済的支援者）の一人である宰相ゴドイの愛人であるペピータとする説、さらにはゴヤの友人で神父バビが寵愛していた女性とする説などが有力とされている。

作中の裸のマハは、ソファに横たわり、両手を頭の後ろに置き、裸体を惜しげもなく晒し、絵画史のなかで初めて恥毛まで描かれている。専門家の評論によれば、本作は自然主義的な観点による豊潤で濃密な裸体表現の美と位置づけされ、特に、横たわるマハの丸みを帯びた肉体の曲線美や心地良いリズムを刻む画面への配慮などはゴヤの洗練された美への探究心と創造力を感じさせる、としている。納得のいく解説である。

二作品のマハではあるが、どうしても「裸のマハ」の方へ関心をもってしまう。マハは挑戦的に観る者と視線を交わらせる独特の表情、そして赤みを帯びた頬、計算された光源によって柔らかく輝きを帯びた肢体のすべてが、卑猥かつ猥褻さを感じさせず、煽情的イメージなどのない、極めて美しい上品な官能性に溢れ、世の紳士は目の離せない作品である。それは、単に「裸のマハ」だけを鑑賞して得られるものではない。「着衣のマハ」の両方を比べて鑑賞することで、実に壮観なのである。

二時間半余り作品の数々を鑑賞して満足し、館内の売店を覗いて土産物を求めてからドガ門に出た。外は生憎と霧雨になっていた。ドガ門からプラド通りに通ずる石段は、菩提樹の落ち葉が濡れていて靴にからみついた。傘を用意しなかった同行者三人と、急いでプラド通りに出て、タイミング良くタクシーがきたのでホテルに戻って行った。

追記しておくと、翌年の二〇一一年一〇月から約三か月間、上野の国立西洋美術館で、ゴヤの特別展示会が開催され、「着衣のマハ」が四〇年ぶりに日本で公開された。大変な人気で、一時間以上の待ち時間を要したが、鑑賞する機会を得ることができた。「着衣のマハ」のみの来日であったが四度目の対面を果たした。

二〇一〇年一一月

静謐な時空間　脇田美術館

都心では暑さが残る九月中旬の休日、ぶらりと軽井沢に足を運んだ。晴れ上がった爽やかなお昼前、JR軽井沢駅北口のロータリーから、交差する中山道を直進し、国道一三三号線の旧軽井沢銀座方面に進み、東雲交差点を通過してまもなく、左折する小道を進んだ左側にある脇田美術館を訪ねた。徒歩一〇分ほどで、白樺と落葉松林に囲まれて、小鳥の囀りが絶えることのない、心が癒される閑静な場所である。すでに、軽井沢は初秋を感じさせ、沿道のすすきは、穂が顔を出している。

私が脇田美術館に興味をもったのは、展示されている脇田和画伯の作品に詳しいからではない。画伯が一九〇八年の生まれで、同美術館では「脇田和生誕一〇〇年展」を開催しており、二〇〇五年九七歳で没するまで、意欲的に創作活動を続けておられたことに深い感銘を抱いて、訪ねてみたいと思っていたのである。

美術館に掲示してある、脇田和画伯の年譜をみると、一九〇八年東京に生まれ、一五歳の一九二三年にベルリンに渡るとある。二年後、ベルリン国立美術学校の人体デッサンとコンポジション（絵画の構図）の三週間の試験にパスし、エーリッヒ・ウォルスフェルトの教室に入り、五年間、人体デッサン、遠近画法、解剖学を学ぶなど研鑽を積み重ね、同校から金メダルを贈られて卒業、一九二八年に帰国した。

以後、都内大森区久ケ原にアトリエを構え、一九三六年には、猪熊弦一郎や小磯良平らと「新制作派協会」を結成、第一回新制作派会から没するまで作品を出品している。その後の創作活動もめざましく、国内外に数多くの作品が出品され、一九五五年第三回日本国際美術展で、作品「あらそい」が最優秀賞を受け、翌年には第一回グッゲンハイム美術賞に同作品が選ばれ、パリ国立近代美術館で展示される。その後の画伯は、パリ郊外やニューヨークといった海外滞在による創作活動を続け、海外での個展開催が多い。

一九六四年から六年間は、東京芸術大学で後進の指導にあたり、一九七五年の建築家吉村順三設計による軽井沢のアトリエ山荘（脇田美術館の前身）の完成を機に同大学の教授を退官、創作活動の拠点を軽井沢に移した。一九九一年、軽井沢アトリエ山荘の地に脇田美術館が完成、第一生命日比谷本社一階に、脇田和作品の常設ギャラリー「北ギャラリー」が開廊したのは一九九五年、文化功労者に選ばれたのは、画伯九〇歳を迎えた一九九八年のことである。

脇田美術館は、軽井沢アトリエ山荘を囲むように、曲線を利用した優美な建物である。建屋内部は、三つの構成部分からなっていて、エントランス・ホールと一体となった展示室、その上階には、自然の光が注ぐ大展示室、細長いギャラリー、客間ほどの展示室がある。それぞれに個性ある形の展示空間をもち、小規模ではあるが、変化に富んだ空間を回遊できる。展示室には、油絵・水彩画・デッサン・版画など一〇〇点以上を常設展示し、その美しい色彩で叙情豊かな作品は、観る者の心を和ませてくれる。

今回の「脇田和生誕一〇〇年展」は、コンセプトを「鳥、花、子供との出会い。美しいものは身近にある。」としている。館内に掲示してあるパネルによれば、画伯が生前に、「絵には、完成も終わりもない。あるのは仕事の蓄積である。」という言葉を残している。画伯にとっては、一枚一枚の創作した絵画の累積は、八〇余年にわたって探求した長い旅路の記録なのであろう。

一〇代でベルリン国立美術学校に学んだ脇田和画伯は、精密な人体デッサンに始まり、やがては、今展示会のコンセプトとなっている、鳥、花、子供など身近な対象をモチーフに描くようになったとされる。そして、そこには、ささやかな喜びや哀しみ、季節の移り変わりなど、画伯の人生観や心の風景を香り豊かに表現する作品を創造してきたのである。展示されている作品で、少女二人を描いた「二人」、色彩あでやかな「亜熱帯の漂流物」、「窓」、「開花」「対話する鳥たち」、「四つの鳩舎」などをゆっくりと心ゆくまで鑑賞していると、やわらかで繊細な印象を受ける作品の奥底には、のびやかに広がる心の詩があり、画伯の静かで優しい、自然や人生への透徹した視線を感じないわけにはいかず、幸福感を味わうことができた。そして、何よりも心が癒されたことは、入館者が数人であったこともあり、都会の喧騒を離れた静謐な時空間を美の世界のなかで過ごせたことである。

これまで、多くの美術館巡りをしてきたが、画伯個人が建立した美術館へ足を運ぶのは初めてである。真鶴半島にある中川一政美術館も、基本的に画伯の作品しか展示してはいないが、美術館そのものは真鶴町が建設したと聞いたことがある。

脇田美術館は、画伯自身が美術館の発案から、基本設計までを手がけ、「自分の絵にふさわしい着物（建物）を着せてみたい」、という夢が託されているということからも、絵画と建築そして環境が呼応しあう美術館で、美を愛でながら心が和む空間を与えてくれた。

一時間ほど絵画を鑑賞したあと、茶房で中庭を眺めながら珈琲を飲んで暫く休憩した。そして、高原の空の輝きと爽やかな風を身体に感じる中庭に出た。中庭は、二本の樹木を配し、周りを白樺と落葉松の林に囲まれ、芝生の緑が眼に染みる庭である。その庭に面して建つアトリエ山荘が一般公開されている。日本モダニズム建築の最盛期一九七〇年代に、脇田画伯の友人である建築家吉村順三氏の設計によって建てられたものである。美術館では、より多くの人が美術を指向した建築に触れる機会を設けるためにも、アトリエ山荘を保存していきたいとしている。暖炉を配した一〇畳ほどのアトリエには、イーゼルやカンバス、パレット、筆、絵の具などが往時のままに展示してあり、画伯の創作活動を彷彿とさせた。そして、作品に集中する美術鑑賞は一種の労働であり、予想外に頭に疲れを感じた。しかし、赤や黄色に彩り始めた樹木の葉が目立つ庭内の景色を眺めていると、心地良い疲労感であった。

美術館を出て、軽井沢駅方面に歩いて行った。街路樹のナナカマドの葉は色づき、実は赤く染まっている。沿道の商店は個性豊かな造りで、様々な商いを営んでいて、その小庭にはピンクや白、紫の秋桜が可憐な花をつけている。そして、膨らんだ蕾から紫が顔を出しているリンドウや秋のお彼岸を決して忘れないで開花する曼珠沙華が咲き始めようとしていた。空気が澄んでいて、快い風が吹き抜け、すでに軽井沢は秋の気配を感じる。東雲交差点まで戻り、雲場池方面へ小道を右折した右側の林に囲まれたレストラン、「オーベルジュ・ド・プリマヴェーラ」でフレンチのランチとともにビールとワインを楽しんだ。

食後、レストランが面している道路を直進し、道の両側に針葉樹が立ち並ぶ、離山ロードの六本辻交差点を通過すると、まもなくのところにある雲場池まで歩いた。この池は、地元では「おみずばた」と呼ばれ、「スワンレイク」の愛称をもっている。池の周りは、落葉松や白樺、楢などの老樹が鬱蒼と生い茂っており、神秘的な雰囲気を醸し出している。そして、案内板によると、この雲場池は細長い形状をしていることから、デーランボー（長野県の民話に出てくる巨人）の足跡という伝説があり、ホテル「鹿島の森」の敷地内に湧く御膳水を源とする小川をせき止めて誕生した、としている。

池畔の遊歩道のベンチで休息し、ゆっくりと散策した。夏の終わりに、都会の喧騒から離れ、閑静な別荘街の脇田美術館で、コンセプトである「美しいものは近くにある」の如く、数々の作品に癒されて幸福感を味わった。そして、目に優しく、もうすっかり秋化粧に入ろうとする軽井沢の情景に、頭には刺激と英気を心には浩然の気を養い、一五時を回ったころ新幹線「あさま」で帰路についた。

二〇〇八年九月

一万三千坪の日本庭園　足立美術館

足立美術館は、横山大観の作品を一〇〇点以上収蔵していること、かつ美術館庭園が広大であることが有名なので、その存在は承知していたが、訪ねてみたいとは思うものの、如何せん島根県の安来市なので、簡単なことではなかった。それが、六〇代に入ってから始めた、旅行ツアーに参加することで実現した。

五月一八日、夫婦七組のツアーバスは、出雲空港（出雲縁結び空港と言う）から足立美術館に直行した。走行して暫く経ってから、バスガイドは「皆さん、田園風景や町なかを通過してきて、何か気がつきませんか」と言う。特別に変わったことはないので黙っていると、「表を歩いている人にお目にかからない」くらい過疎化している、と言うのである。ガイドによれば、島根県の人口は七二万人で、全国で四六位（最少は鳥取県の五八万人）、東京大田区の人口とほぼ同じである。なるほど、と合点はいったが、確かに問題になっている、国政選挙における「一票の格差」を感じさせる風景であった。

足立美術館の特色は、横山大観の作品を一三〇点、所蔵していることで有名である。そして、もうひとつの特色は、五万坪に及ぶ敷地に一万三千坪の日本庭園があり、そのなかに展示室がある、と言うことである。エントランスや美術館の建物自体は、感動するほど印象に残るものではなかったが、その庭園の面積とそのダイナミックな造りにはただただ驚嘆した。

庭園は、禅院の方丈前庭などに見られる「枯山水庭」、白い砂の空間に大小の松の木で構成され、大観の名作「白沙青松庭」をイメージした「白砂青松庭」、苔を中心とした「苔庭」、小川から流れ出る池の「池庭」など六つに分かれており、創設者である、足立全康が全国に出向いて庭石や松の木などを探してきたと案内がある。展示室に入る前に、美術館スタッフによる美術館の説明があり、それによると、庭園は専属の庭師と美術館スタッフが、開館前の毎日、庭の手入れや掃除を行っていて、創設者・全康氏の「庭園もまた一幅の絵画である」という思想の通り、絵画のように美しい庭園は、国内はもとより海外においても高く評価されていると言う。

この庭園は、京都の寺院に見られるように、造園の技法である「借景の手法」を取り入れている。つまり、美術館庭園の彼方の山や木々まで取り込んで、一体となす造形美を作り上げているのである。庭園と一八〇度パノラマに見える山々には、道路や町も存在するが、それを庭園の木々の高さを調節することで隠し、あたかも庭と遥か遠方の山々が繋がっているように一体化しているのである。また、近距離にある山に見える「細い滝」は人造によるものと案内されたが、不自然さを感じることはなく、庭園から延長する風景として溶け込んでいた。

そして、この庭園は、米国の日本庭園専門誌「ジャーナル・オブ・ジャパニーズ・ガーデニング」の日本庭園ランキングで、桂離宮をも抑え、一一年間連続一位に輝いていて、名実ともに世界一の日本庭園として、その名を轟かせていると言うのである。この評価は欧米人の感覚によるものと思われ、私個人の庭園に関しては、その広さや創設者のコンセプトを理解できないでもないが、庭園を目的に再来したいとは感じないし、むしろ京都や奈良に限らず古刹の小庭園を好み、気持ちが落ち着くのを覚えるのである。

さて、五万坪という広大な庭園と、質量で日本一と知られる横山大観の作品一三〇点を中心としながらも、竹内栖鳳、橋本関雪、河合玉堂、上村松園など、日本画壇の巨匠の作品の数々、さらには、北大路魯山人や河井寛次郎の陶器類、童画や木彫などを収蔵する美術館を創設した足立全康とは、如何なる人物かに興味を抱いた。

私の勝手な足立全康のイメージは、若き頃から商魂逞しく、貯蔵欲、貯蓄欲、蒐集癖を兼ね備えた人物のように映るが、明治三二年に島根県能義郡飯梨村古川（現・安来市古川町）の農家に生まれ、尋常小学校卒業後は家業を手伝いながら、一四歳の頃に炭を大八車で運搬しながら、初めて商売を手掛け、類い希な商才を発揮したと言う、苦労人物である。

戦後は、瓦礫のなかを駆け巡り、大阪を商売の拠点として、安来と大阪を往復するようになったとされる。その後は、高度成長の波によって不動産投資を手掛け、一代で財産を築くことになる。バスガイドによれば、大阪の発展を予測し、住宅用として投資した千里塚の広大な土地が、一九七〇年に開催された、「大阪万国博覧会」の会場になった、と説明があった。

足立全康の「横山大観コレクション」のきっかけとなったのは、一九七七年に名古屋で開催された横山大観展で観た「紅葉」（六曲一双屏風）で、深い感銘を受け、それが後年の美術品収集への情熱に繋がったとされている。

庭園を眺めてから展示室に移動した。大観の作品では有名な「富士」を描いた作品の数々の実物を鑑賞して、「これは凄い」と感じながらも、胸の高ぶりまでは感じるものではなかった。しかし、日本庭園・展示室の作品「紅葉」は、事前に『現代の美術』（集英社）で観ていたが、その実物で観る紅葉の美しさには、感動を覚えるのに余りあるもので、創設者・足立全康をして、「言葉が出ないほど感動した」と言わしめたことが頷けるものであった。

同美術館の目玉である「紅葉」を手に入れるまでには、並々ならぬエピソードがある。足立は、八方手を尽くしたところ、門外不出の「幻のコレクション」と言われた、「北沢コレクション」の一部と分かった。当時、これらの作品は管財人の手元にあって、その殆どが名古屋の展示会に出品されていたのであった。足立は苦労の末、二年がかりですべての大観を買い取る話をまとめ掛けたところ、購入リストから「雨霽《は》る」と「海潮四題・夏」をはずしてくれと言われた。足立は、「ひと目惚れの女性に二年も通い続けて枕金も決め、さあ床入りというときに、枕を抱えて逃げられるようなもんだ。そりゃあんまりじゃないですか。」と、些か例えが下品な気もしないではないが、兎に角管財委員会の前で一席をぶち、一括購入を泣き落としたと言うのである。

大観の作品の数々は、収集した数には驚嘆するが、多くの作品は画集で眺めており、本物を観るという満足感はあったが衝撃的な感動はなく、収集した足立全康さんの情熱と財力にただただ感心した。私はむしろ、富岡鉄斎の「阿倍仲麻呂在唐詠和歌図」、川端龍子の「愛染」、特に、美人画として女性を繊細な線で上品に描写し、「一点の卑俗なところがなく、清澄な感じのする香高い珠玉のような絵」と評価され、いつもうっとりとする上村松園の作品「待月」などを心ゆくまで鑑賞して展示室を後にした。そして、別棟の二つある茶室から、京都は桂離宮にある「松琴亭」の意匠を写して建てられたとされる「寿立庵」に立ち寄り、杉苔が色鮮やかな飛び石の庭を散策した。そして、茶室に上がり甘味の薄い上品な羊羹で一服して、静寂なひとときを過ごした。美術館オリジナルの、その羊羹があまりにも美味しかったので、エントランス・ホールの売店で購入し、土産物にした。

二〇一四年五月

相模湾を一望　ＭＯＡ美術館

啓蟄も間近な桃の節句の三日、静岡県熱海市にあるＭＯＡ美術館を訪ねた。熱海梅園の見頃に出かけたいと考えていたが、体調不良で延び延びになっていたもので、今日は特別展示会の最終日なので無理を通したのである。

今回の特別展示会は、江戸中期の絵師、尾形光琳の三〇〇年忌を記念したもので、光琳の初期の傑作とされる、二大国宝の「燕子花《かきつばた》図屏風」（ＭＯＡ美術館所蔵）と「紅白梅図屏風」（根津美術館所蔵）が向かい合って一堂に揃うのは、今上天皇、皇后陛下のご成婚を祝福して根津美術館で公開されて以来五六年ぶりと新聞で報じられていた。

同美術館は、新幹線熱海駅の背後に迫る山の中腹・桃山町に位置する。熱海駅から路線バスの他に臨時直行のバスが運行されていた。バスは一車線道路を日光いろは坂のようなＺ状の勾配の厳しい曲線道路を登り、一〇分程度で海抜二〇〇メートルの美術館駐車場に到着する。美術館の重厚なエントランス・アプローチは、この駐車場の山斜面を切り崩して建設したもので、初めて訪れる者にとっては、「美術館って、どこにあるの」と言うような感じになる。

このエントランスから美術館本館までは、約六〇メートルの高低差があり、総延長二〇〇メートルの隧道に及び、勾配が厳しいため七基のエスカレーターと踊り場が設置してある。左側が登り用、中央に歩行者用の幅五メートル以上ある階段、右側が下り用のエスカレーターである。その天井や壁面は、ＬＥＤの照明が刻々と変化し、色彩のグラデーションを楽しめる。そして、この途中の踊り場には、直径二〇メートルの「円形ホール」があり、その名の通り円形のスペースはＵＦＯを連想させるような不思議な空間を感じた。光と音の芸術を演出できる種々の装置を備えてあり、催しの場所として使用されると言う。案内によると、このエスカレーターの設置にあたっては、オープンカット方式を採用、つまり山の斜面を上から掘り下げて通路を設置して、完成後にもう一度土を戻して木を植えて、元通りの山を復元するという、自然環境を損なわないよう配慮した建築物である。

エスカレーターの終点は隧道が開けて三階建ての本館に辿り着く。メインロビーは、一階と二階が吹き抜けの大展望台になっていて、相模湾を見下ろす前面のガラスは幅三二メートル、高さ八メートルあって、入館前に初島や伊豆大島、遠くは房総半島から三浦半島、伊豆半島まで一八〇度のパノラマを眺めて小休憩した。

展示会場の案内で、尾形光琳の経歴を簡単にメモしたので記しておく。光琳は、一六五八年（万治元年）に京都の呉服商「雁金屋」の当主尾形宗謙の次男として生まれた。光琳三〇歳の時に父が死去し兄が家督を継いだ。しかし、その頃雁金屋は経営が傾いていて、間もなく経営が破綻した。遊び人であった光琳は、遊興三昧の日々を送り、相続した莫大な財産を湯水のように使い果たした。弟にも借金をする有り様だったとしている。それでも、無責任な性格ながら貴族的、高踏的な、恐らく生来の才能であろう芸術家としてのプライドを忘れることはなかった。四〇代になって画業に身を入れ始めたのは、経済的な困窮と妻への見栄が一因とされ、いわば遅咲きの絵師である、としている。大画面の装飾的な屏風絵を得意として、瀟洒な水墨画まで作風は多彩である。

今回の特別展鑑賞の主な目的は、光琳の二大国宝の屏風である、「紅白梅図屏風」（紙本金地著色・二曲一双）と「燕子花図屏風」（紙本金地著色・六曲一双）である。この二つの国宝が対で展示されることは、五六年ぶりのことで、所蔵美術館が異なることから、私の寿命では再び実現するものではなく、幸運の極みであることは間違いないであろう。その他にも重文指定の作品もあり、楽しみにしていたのである。

まず二対のうち、左方に展示してあった「紅白梅図屏風」は、構図が大胆で画面の中央に黒々とした水流（川）を、この作品の主役の如くに配して末広がりの曲面を描き、その左側に白梅の苔むした樹の幹の大部分を画面の外に隠し（描いていない）、枝が垂れ下がっている構図、それに対して水流の右側の紅梅は、画面いっぱいに描くことによって、左右の対照の極意を見せている。購入した出品目録の解説によると、光琳の描く梅は、「後に光琳梅として愛好される、花弁を線書きしない梅花の描き方やつぼみの配列、樹幹に見られるたらし込み、卓越した筆さばきによる水文など、優れた要素が結集して、画面に重厚なリズム感と洒落た装飾性を与えている」としている。そして、光琳梅の枝ぶりなどは、光琳が京都から江戸に出て観て学んだとされる浮世絵やとりわけ雪舟の墨絵の影響を少なからず受けていると専門家は評している。

また、明治三六年四月に、東京帝国博物館で開催された「光琳特別展覧会」の目録で、同館の職員・片野四郎は、光琳の「紅白梅図屏風」を「僅かに一塊の土陂に紅白二株の躑躅《つつじ》を點綴《てんてい》し、而《しこう》して之に配するに一條の小流を以てせる極めて簡短なる圖様《ずよう》なれども、其筆致頗《すこぶ》る雄健にして豪放の趣を帯ぶる所、昴《すなわ》ち是れ光琳の眞面目と云ふべし……」と称賛している。難しい文章ではあるが、実物の屏風を鑑賞すれば、大意は分かると言うものである。

一方、「燕子花図屏風」は、『伊勢物語』の第九段「東下り」の八橋に取材したと言われているが、金地に群青と緑青の二色で燕子花を描いている。同じ花群を反復して画面が構成されていて、専門家の間では型の使用が推測されている。花群の根本や花の上辺は、ジグザグ状をなしており、それがリズム感を出している。光琳は、燕子花を好んでモチーフにしたと言われており、屏風だけではなく団扇、掛け軸、さらに硯箱などのデザインにも用いられている。この屏風は、琳派から影響を受けたと自負する、川端龍子の作品「八ツ橋」を三年ほど前に山種美術館で鑑賞したことを思い起こさせたが、燕子花の花の色彩が白や薄紫で、光琳の群青の花とでは、重厚さが異なっていた。いずれにしても、国宝に指定されている二つの作品は、私のような素人でも、その素晴らしさに感嘆し期待を裏切るものではなく、至福に余りあるものであった。

国宝の屏風以外の光琳の作品で印象に残ったのは、重要文化財に指定されている「風神雷神図屏風」(紙本金地著色二曲一双)である。この作品は、光琳が絵師を志す動機となったとされる俵屋宗達の傑作「風神雷神図屏風」(国宝・京都建仁寺蔵)を模写したもので、光琳の作品は、二神を画面中央部に少し下げ、安定感を与えている。また、宗達作品と比べて二神が乗っている雲の墨が濃くなり、輪郭線もはっきりしている。そして、光琳の模写にあたっての凄さと驚嘆することは、今日に至ってコンピュータグラフィックスによって写真を撮り照合すると、二神の構図と大きさが寸分の狂いもなく、幾何学的にも宗達の作品と全く同じであると言うことである。

その他の人物画では、紙本墨画淡彩の「朱達磨図」と紙本墨画の「兼好法師図」がある。「朱達磨図」は、原図が中国南宋時代の達磨像で、光琳が水墨画を摂取しながら彼一流の作風につくり上げたという作品である。一方の「兼好法師像」は、私が人生訓として愛読している『徒然草』第一三段に「ひとり灯の下に文を広げて、見ぬ世の人を友とするぞ、こよなう慰むわざなり」とあり、この姿を描いたものである。南北朝末期にあっても、古典を好んだ兼好が机に向かって読書する姿で、画面の右側の空間を広くとった構図である。

光琳以外の展示されていた作品は、琳派に影響を受けた画伯の作品である。主な作品を記しておくと、昭和年代の作品として初めて重要文化財に指定された、速水御舟の「名樹散椿」（紙本金地著色・二曲一双）には圧倒される思いがした。また、加山又造の作品は、六本木の国立新美術館で「加山又造特別展示会」で鑑賞したことを思い起こしたが、「群鶴図」（絹本著色・四曲一双、キリンビール所蔵）に巡り合った。この作品の構図は、光琳、酒井抱一、鈴木基一と継承された群鶴図をモチーフとして、厚めのプラチナ箔を貼った下地を用い、胡粉と墨、金、深紅朱によって、一五羽の丹頂鶴を描いていて、優雅さを感じた。

陶器で眼を惹いたのは、魯山人の作品である。それは、テレビの長寿番組「なんでも鑑定団」で時折魯山人の本物が出品され、とんでもない値がつくからである。残念ながら私にはその価値が分からないが、関心をもって鑑賞した。今回の展示作品は、紅白の椿を大きく配した鉢で「色絵金彩椿文鉢」と春の山桜と秋の紅葉を配し、加えて楓の葉を一枚独立させて描き独自性をもたせたとされる「色絵金彩雲錦手鉢」である。魯山人は、桃山陶器・朝鮮陶器などの写しを手掛けたが、特に光琳の弟である尾形乾山の自由な絵付けの焼き物は、魯山人の心を捉えたと言われ、専門家をして「大まかな筆でズバッとした優美な意匠において、空前絶後の腕前を発揮している」と言わしめているのである。

今回の美術館巡りは、いつも同伴する家人のいない単独行動であった。美術館を出ると時刻は昼食の時間帯を過ぎていたが、友人に紹介して頂いた、熱海で有名なステーキハウス「はまだ」には立ち寄らず、駅前のカフェの軽食とコーヒーで済まして帰宅した。それでも、あらゆる生物に生命の息吹を感じる季節に、国の宝である屏風と絵画を鑑賞でき、古稀を迎えようとするわが人生の充実感に感謝する、小さな一人旅であった。

二〇一五年三月

閑静な高砂緑地公園　茅ヶ崎市美術館

茅ヶ崎駅南口のロータリーから、茅ヶ崎海岸に通じる高砂通りを七分ほど歩くと、閑静な住宅地域のなかに広大な「高砂緑地」と称する庭園があり、その高台に茅ヶ崎美術館がある。この高砂緑地は、茅ヶ崎市立図書館に隣接していて、松を中心とする緑豊かな一角を占めている。その名の由来は、かつてはこの付近に砂山があって「たかすな」と呼ばれ、現在の住所は東海岸北一丁目であるが、茅ヶ崎村時代の小字が「上高砂」であったことによると言う。明治三〇年代は、明治の俳優で知られる（オッペケペー節）、川上音二郎が愛妾の貞奴と暮らした別荘の地であった。住居跡を示す井戸枠が松の木立のなかに保存されている。大正八年、音二郎の後には元日本火薬製造（現・日本化薬株式会社）会長の原安三郎氏の別荘になったが、昭和五九年に茅ヶ崎市が購入して、日本庭園を構えた高砂緑地として開園した。春夏秋冬、小鳥の囀りが絶えることなく、東海岸地区のイベントがない限り閑散としている。

この高砂緑地の公園には、松林の如き庭園の奥に、思想家・評論家・作家で戦前戦後に亘る女性解放運動家・平塚らいてう（雷鳥）の大きな碑がある。一九一一年に創設した青鞜社の機関誌「青鞜」の創刊の辞である「元始、女性は太陽であった。真正の人であった。」が刻まれている。雷鳥は生涯の伴侶である奥村博史と茅ヶ崎の南湖の地で巡り合い、茅ヶ崎を「愛のふるさと」と偲んだといわれ、その雷鳥の想いを碑として建立したとしている。雷鳥の活動功績は、日本女性初の人間宣言として後世に伝わっている。また、美術館への細い坂道を進んで行くと、詩人・八木重吉の作品「蟲」の歌碑がある。「蟲が鳴いている　いま鳴いておかなければ　もう駄目だというふうに鳴いている　しぜんと涙をさそわれる」、さらに療養中の創作ノートより「あの浪の音はいいなあ　浜に行きたいなあ」というものだが、この作品は一九二六年に結核を患い、茅ヶ崎の南湖院（結核療養所）に入院当時の創作と言われていて、自分を蟲に重ねているようで、それこそ涙を誘う。南湖院を退院後は、市内は十間坂で自宅療養し、翌昭和二年に二九歳の生涯を閉じた。五年間ほどの詩作生活の間に書かれた詩篇は二千（『八木重吉全集』〈全三巻・筑摩書房〉より）を優に超えると言われている。

また、この日本庭園の一角には、前庭つきの茶室・書院である「松籟庵」がある。茶室は裏千家の又隠《ゆういん》を、書院は表千家の松風楼を模していて、本格茶道をたしなむことができる。庭には五一本の梅があり、咲き誇る二月下旬の日曜日にはボランティアである東海岸社会福祉協議会主催による「梅まつり」が開催される。この松籟庵と庭は、元長崎屋会長の岩田孝八氏から、茅ヶ崎在住の御母堂が亡くなられた際に、お世話になったお礼として、末永く茅ヶ崎に残る有形物にと一億円の寄付を受けたことにより建設され、平成三年の文化の日に開園されたものである。

茅ヶ崎市美術館は、この高砂緑地の奥に位置する高台に、「茅ヶ崎ゆかりの画家の作品の収集・展示をもとに、現代の美術動向を視野に入れた活動を行うと同時に、所蔵品紹介展の他、地域の中高生の作品展示の場としても利用する」として、平成一〇年に開設した小規模な歴史の浅い美術館である。拙宅からは七分ほどであるが、孫娘の凜が幼稚園児の頃、クレパスで描いた絵が展示された際に覗いただけであった。今回、立ち寄ってみようと思ったのは、「萬鉄五郎生誕一三〇年×棟方志功没後四〇年・『棟方志功、萬鉄五郎に首ったけ』」の特別企画展が開催されていて、棟方志功に興味を抱いたからである。

棟方志功の経歴と作風を、手持ちの『日本美術全集』（全一四巻・集英社）によると、一九〇三年（明治三六年）青森は刀鍛冶職人の三男として生まれ、川上澄生の版画「初夏の風」を観た感激で版画家になることを目指したとされる。一方で、少年時代には、ゴッホの絵画に出会って感動し、少年仲間から「将来お前は何になりたいか」の問いに、「ゴッホになる」と芸術家を目指したが、「おれは絵描きになりたい」という趣旨であって、ゴッホとは個人ではなく絵描きという職業のことだと思っていた、とする説がある。豪雪地帯出身のため、囲炉裏の煙りで眼を病み、それ以来極度の近視となった。当時の版画家が楽々と食えるはずもなく、散々の苦労を重ねた後、三三歳を迎えた昭和一一年の国画展に出品した「大和し美し」が出世作となった。そして、棟方が国際的な評価をえるのは、昭和三一年、ヴェネツィア・ビエンナーレに「湧然する女者達々」などを出品し、日本人として版画部門で初の国際版画大賞を受賞する。昭和四四年、青森市から初代名誉市民賞が授与され、翌年には文化勲章を受章する。昭和五〇年九月、東京で永眠、同日付で贈従三位。青森市の三内霊園にゴッホの墓を模した「静眠碑」と名付けられた墓がある。

棟方の肉筆画作品は、「倭画」と言われ、国内はもとより海外でも版画と同様に高い評価を受けている。極度の近眼のため、眼鏡が板につくほどに顔を近づけ、軍艦マーチを口ずさみながら版画を彫ったとされる。この様子は、昭和四六年一〇月から翌年三月にかけて、フジテレビの連続ドラマ「おかしな夫婦」（自伝『板極道』より・小幡欣治、稲葉明子他脚本）で、渥美清と十朱幸代の共演により、「棟方志功の美の追求に没頭する夫と夫を信じる妻の姿を感動的に描いた作品」から思い起こすことができる。また、戦時中は、現在の富山県南砺市に疎開して浄土真宗にふれ、「阿弥陀如来像」、「蓮如上人の柵」、「御二河白道之柵」、「我建超世願」、「必至無上道」など仏様を題材にした作品が有名で、画集に収められている。そして、棟方は「自分というものは小さいことだ。自分というものは、なんという無力なものか。何でもないほどの小さいものだという在り方自分から物が生まれたほど小さなものはない。そういうようなことをこの真宗の教義から教わったような気がします」と心境を述懐している。さらに、郷土の「ねぶた」が大好きで、作品の題材として描いており、ねぶた祭りに跳人《はねと》として参加している写真がある。

一方で私は、同時展示されている萬鉄五郎については、恥ずかしい話、名前は知見していたが、作品を実観したことはなかった。ネット辞典のウィキペディアから経歴の概要を記すと、萬鉄五郎は一八八五年、現在の岩手県花巻市の生まれで、明治四〇年に東京美術学校に入学、岸田劉生や高村光太郎らが結成したフュウザン会に参加、その頃日本に紹介されつつあった、ポスト印象派やフォーヴィスム（二〇世紀初頭に影響力をもった絵画史上の変革運動で、「野獣派」を意味し、当時の日本では荒々しいタッチで野蛮だと評価された）の絵画にいち早く共鳴したと言われる。特に、フィンセント・ファン・ゴッホやアンリ・マティスらの影響が顕著である、としている。黒田清輝らのアカデミックな画風が支配的であった日本洋画界に、当時の前衛絵画であったフォーヴィスムを導入した先駆者として、萬鉄五郎の功績は大きいと評価されている。フォーヴィスムの由来は、一九〇五年のパリ展覧会に出品した一連の作品に対して、批評家ルイ・ボークセルは、原色を多用し強烈な色彩と激しいタッチの作品から、「あたかも野獣の檻の中にいるようだ」と評価したことで、野獣派・野獣主義と言われるようになったためとされる。

そして、今回の展示企画テーマである「棟方志功、萬鉄五郎に首ったけ」の意味するものは何か、その疑問を解かなければならない。それは二人の作品を見比べると、棟方の奔放な表現性に萬のそれと相通じるものを見出すことは、私のような素人でも難しくはない。両者の作品に漂う土着的な匂いを感じる。つまり、棟方は萬の影響を受けていることは想像できるのである。かなり時間を要したが、ネットで調べたら大凡《おおよそ》判明したので簡単に記しておく。そのことは、棟方が、岩手に生まれ大正期に活躍した萬鉄に対して、日本の真実を油絵で成し遂げた無類の画家と認め、自著『「萬鉄」の繪心』、『板響神』（一九五二年刊・祖国社）で、「わたくしは萬氏の繪《え》の事については、際限をもたない。それ程、わたくしは萬鉄に首ったけ惚れてゐるのだ。仕方がない程、参ってゐるのだ」とその心酔ぶりと敬愛を吐露しているのである。さらに、棟方のその徹底ぶりは、萬の作品を手元に置きたいと、かなりの時を経て、漸く手に入れた萬の「自画像」に「萬鉄五郎先醒」と自ら裏書し、以降は家宝のように愛蔵したと言われており、その敬愛の念を抱いていたことは、並々ならぬものであったのだろう。

　昨日まで一泊二日のツアーで、京都は東寺の十二神将像の全面公開と講堂の立体曼荼羅基壇を周回し、中島潔画伯が清水寺の塔頭のひとつである成就院（室内は特別初公開）に奉納した、金子みすゞの詩「大漁」をテーマとして描かれた「大漁」と真っ赤に燃えるような紅葉と四季を描いた「風の故郷」、「かぐや姫」の四六枚の襖絵を鑑賞してきた。二日間連続の美術鑑賞となるが、晴れ渡る秋空の文化の日、企画展最終日であることから、散歩がてら茅ヶ崎美術館を訪ねた。

　今回の企画展は、棟方志功一一八点、萬鉄五郎一〇三点の作品と関係資料を展示するものであった。これまで、同美術館の駅構内掲示板広告は目にしているが、約二カ月間と長く、かつ著名な画伯の作品展示会は初めてではないだろうか。開館と同時に入館したので、ゆっくりと心ゆくまで鑑賞することができ、文化の日に相応しい至福のひとときを過ごすことができた。

受付の「地下からどうぞ」の案内に従い、萬鉄五郎の作品から鑑賞した。印象に残った作品を何点か記すと、まず萬鉄の代表作なのであろうか、宣伝用チラシに掲載されていた大正一五年の作で、油彩・画布の「水着姿」である。若い女性の水着姿で、大正時代に流行り始めたモダンガールの定番スタイルというのだろうか、頭にはスカーフを巻き、日傘を差して遠く烏帽子岩を臨む茅ヶ崎海岸の岩場にたたずむ、写実的でおおらかな人物像である。色彩は大胆で、画伯が好んだと言われる、水色と茶色が脇を固め、人物像の赤と緑、黄色と、印象的な色面構成になっているので、忘れられない作品になった。

萬鉄五郎の作品のなかで、棟方志功が著書『萬鉄』の繪心』で一番好きな作品と語る「ボアの女」が展示してあった。作品案内の掲示をメモしてきたが、この作品は第一回フュウザン会展に出品された作品で、ゴッホの作品「タンギー爺さん」の複写が隣に参考作品として展示されていて、「比較して鑑賞してください」という意味であろう。それは、正しく椅子に座った構図がそのまま瓜二つのような、正面性を強調して画中に配している。作品名になっているボアとは、毛皮や羽毛で作られた細長い婦人用の襟巻のことで、そのボアを首に巻き、赤色の着物に絣の羽織を着ていて、両手には今どきは釣り人が用いるような、指が出ている珍しい緑色の手袋を着けている。どこかしらちぐはぐな違和感は、衣服だけではなく、女性の無表情な顔にまで醸し出されていた。岩手県立美術館蔵である。

萬鉄五郎の作品で最も衝撃を受けたのは「かなきり声の風景」である。専門家は、「全く言い得て妙なほど、これほど作画とタイトルがマッチした作品も稀であろう」としている。しかし、私には抽象的過ぎて風景に見えないのである。風景は爆発したのではないかと思わせる強烈な画面である。赤やピンク、緑や黄緑といった色彩がまるで生き物のように乱舞する様相である。これが日本の風景を基に描いたとすれば、非常に特異な感性の持ち主なのであろうと思わずにはいられない。日本におけるフォーヴィスム（野獣派）を導入した先駆者と評されるにしても、フォーヴィスムに影響を与えたゴッホや代表的な画家マティスらの風景画に同様な作品を観たことがない。しかし一方では、この作品を観た画伯の郷里の人々は、この作品の描かれた場所（風景）を、萬鉄五郎記念美術館が立つ、舘山の北側の斜面であろうと口にするそうである。これは恐らく、そこに住み暮す人々が慣れ親しんだ土地の感覚や感性を画伯と共有しているからではないだろうか。私にとっては、画風とタイトルがアンマッチしていたので最も印象に残る作品になった。

棟方志功の作品や資料関係を含めた一二八点の展示品は、一階フロアの全ての展示室を使用していた。幾つかの作品を素通りして、最初に足を止めた作品は、美術館入り口掲示板の案内広告にも用いられていた「天之宇受媛之美古度御渡留図（アメノウズメノミコトオドルズ）」（彩色倭画・紙）である。この作画は、美しい豊満な姿態の「天鈿女命（アマノウズメノミコト）」が踊る神像である。燃え上がるような火の色のなかに、アメノウズメのふくよかな右方を見上げる顔、黒と青による黒髪を直す左手、右の乳房の豊満さと左乳房を支える右手、腰お尻が右方を向き、足も飛び跳ねている様子でまさしく躍動感が溢れる踊る図である。棟方は、一九七一年四月に取材で訪れた宮崎県の高千穂峡の「天の磐戸」と、その夜、神社に奉納された磐戸神楽に強烈な印象を受け、この作品を約二年後の昭和四八年元日に完成させた。またこの作品の画面には「天の鈿女のみことおどるみあわれ、あなおもろ、あなたのし、あなさやけむ」と、棟方志功独特の文字が見える。そして、高千穂訪問の年、弘前の扇ネプタを揮毫する際、題材として迷うことなく天の磐戸開きの場面を選び、天鈿女命と手力男神《たじからおのかみ》を描いたとされる。このように、棟方作品の多くには、文字（多くは歌）を絵画化しているが、その文字は全くと言って良いほど、邪魔ではなく、絵と一体化して美しい芸術そのものである。美術史学者・美術評論家の高階秀爾さんは、著書『日本人にとっての美しさとは何か』（筑摩書房）のなかで、「江戸時代初期、家康が鋳造させた活字は駿河版と呼ばれたが、日本人の美意識は、西洋渡来のこの活字の新技術を意図的に長く受け入れなかった。浮世絵や黄表紙その他の挿絵本にしても、いずれも木版である。それは、何よりも絵と文字の分離を嫌ったからである」として、絵と文字を一体として見る日本人の感性が、現代に至るまで、なお生き続けていることは、棟方志功の最高傑作と言っていい吉井勇の歌を題材とした「流離抄板画柵」や谷崎潤一郎の歌を絵画化した「歌々板画柵」を見れば明らかであろう、としている。

次に目に止まった作品は、彩色木版の「道標の柵（御鷹揚の妃々達）」である。この作品は、弘前市民会館大ホール緞帳の原画として、昭和三八年の制作とある。作画の構成は、弘前城の別名である「鷹揚城」にちなんで、中央に紅葉色と蒼色による二羽の鷹を置き、左右に弘前の四季を表すとされる四人の躍動する女体像を配している。冬を表す白に木々、春を表す赤と木々、夏を表す碧と木々、秋を表す紅葉と木々を背景に、四人の女体像は、顔以外を黒色で形どり、顔は白とピンク、乳房の形を赤色で浮き彫りにしている。この原画をもとに、京都の川島織物が縦八メートル、横一六メートルの緞帳を制作、東京五輪が開催された昭和三九年五月一日に市民会館の落成とともに公開された、と案内文がある。半世紀を経て、昨年の一月、同会館のリニューアルに伴って、緞帳も復元再生されたそうで、実物を観れば圧倒されるに違いない。青森市民は何と幸せなことだろう。

最後に版画家をして珍しいと思わしめる、棟方志功の油彩・色紙による「上向像」と題する自画像は、インパクトが強かったので記しておきたい。棟方志功は多くの自画像を残しており、特に海外に出る度に自画像を多作したと言われている。専門家は、日常から逃れ、自己を見つめる時間をもてたことが一因と考えられるとしている。この作品は、昭和四八年とあり、年譜でみると棟方が古稀を迎えた七〇歳の時期である。深紅を背景として、顔の黒と緑の髪や眼鏡、薄緑の衣服以外は朱色を多用している。自画像の眼鏡下の左目だけを赤く描いている。前述したように、棟方志功は子供の頃から、囲炉裏の煙によって、極度の近視であったが、逆に「見えない眼は、見たいものだけ見える眼」でもあり、絵を描くことにさほど不便を感じていなかったとされる。しかし年譜によると、昭和三五年の秋には左の眼を完全に失明したと記してあり、流石に棟方も焦りを覚えたと語り、「見えなくなったら心眼で彫る」と言ったが、何とか最期まで視力を残してほしいと、毎日神仏に祈っていたとされている。

今回の茅ヶ崎市美術館の特別展は、棟方志功と萬鉄五郎の作品や素描・下絵など、所謂デッサン、さらには書籍や生原稿、関連資料など二三〇点の展示におよび、画伯の作品から得られる躍動感と情熱は、鑑賞者に満足と感動を与えるものであった。私の棟方志功の知識は、集英社の『現代日本の美術　一四巻棟方志功・愛蔵普及版』によるが、そこに収められているのは八三点の作品である。時折、書斎で眺めているが、今回実観できたことは、古稀を五日後に控えた文化の日にふさわしい思い出となるだろう。
棟方志功と同世代の言葉として、文化勲章や人間国宝、芸術院会員を辞退した陶芸家の河井寛次郎は、棟方志功を評して、「君は美については人一倍恥ずかしさを有つやさしき人であるが、同時に全く畏れを知らない荒男だ。君が汗を流し、唾を飛ばし、時には踊り上がったりして話すやうに、現はされたものも汗を流し、唾を飛ばし、踊り上がるかのやうだ。これは見てゐても気持ちがいゝ。しかし、もしもこんな君の行為や現はすものが野人非禮《れい》と看なされるゝやうなことがあるならば、それは潔癖と沈滞と禮儀との幽靈からでなくてはならない。君は器用な小刀を用ひないで鉈を使ふ。吾々は真に人らしい人を君に見、繪らしい繪を君のものに見る」と記しており、画伯の人間像を的確に評していて、私の棟方画伯に抱くイメージどおりである。充実感の溢れる快い気分で美術館を出ると時刻はお昼を廻っていて、幸せな二時間を過ごしていた。

二〇一五年一一月

バンコクの寺院を訪ねて

　タイ国の首都・バンコクは、高校時代の友人が大手物流会社の支店長で勤務していたことがあって、一時帰国した際には、同級会を開いてタイの政治・経済・社会事情を聴いていた。彼の誘いで、余裕ある友人たちは連れ立って遊びに出掛けたらしく、「殿様気分になれた」というゴルフの話で、酒席は盛り上がっていたことがある。彼も六〇歳で支店長を退いたが、私の推測ではタイ国市場の開拓者であったのであろう、定年年齢以降も東京本社に勤務していて、定年を迎えて再就職活動している他の友人たちの羨望の的である。

　そのようなことから、仏教国であり、世界遺産も多く、観光としての海外旅行先としても人気が出ていることもあり、バンコクには興味を抱いていた。また、タイ国は近年の経済成長が著しく、多くの富裕層が生まれて、このところの円安も助長して、日本への観光客が急速に伸びているという話である。特に面白いのは、民放のＴＶニュースによると、成田空港では、帰国する観光客が洋菓子の「東京バナナ」を、親類や近隣のお土産としてトランク一杯買い込んで帰るので、常に在庫切れが発生するそうである。私はこのお菓子を勤務先の地方拠点への出張の際、差し入れの土産としたことはあるが、まだ食したことはないので、人気の要因は分からない。しかし、タイの国民から、高級なお土産として大変な人気と言うのである。

　勤務先の同僚とプライベートで二泊三日のバンコク旅行に出掛けた。実質二日間の観光を考えると、移動費用が勿体無い気もするが、一時間超の区間をタイ鉄道に試乗すること、幾つかの寺院や世界遺産を見学することが可能という企画なので、参加することにしたのである。旅行中は、食事も全く抵抗なく満足したし、一度は生で観戦したかったキックボクシングの迫力に興奮もしたし、安価なタイ式マッサージでは、通訳を通して便秘気味の解消をお願いし、翌朝には快適な効果があり満足した。何よりも見学した世界遺産の寺院には感動したので、ひどい暑さと湿気もさほど気にならなかった。印象に残る幾つかの寺院を備忘録として記しておきたい。

バンコクの中心を悠々と流れるチャオプラヤー川の近く、プラナコーン区にあるワット・ポー(タイ語で菩提寺の意)の名で有名な王室寺院を訪ねた。この寺院は、バンコク最大で最も古く、敷地面積は約八万平方メートルを有し、一般公開されているのは、本堂や図書館などを中心とする寺院の北側のエリアである。そのなかで最も賑わいを見せていた、「涅槃寺」とも呼ばれているこの寺院の、黄金に輝き驚嘆に値する巨大な涅槃仏を見学した。

涅槃寺の拝観料は一〇〇バーツ、およそ三〇〇円である。ちなみにタイ国民は無料とのこと。タイ国内地方からの観光客や地元の信者と思われる人々で大変な混みようのなか、殿堂に入ると現れたのは全長四六メートル、高さ一五メートルという巨大な涅槃仏である。つまり、お釈迦様が涅槃(悟りを開いて入滅した)状態で横たわっているのである。全身が金箔で覆われて、黄金の輝きを見せており、眼と足の裏には真珠貝の内面が使われている。この涅槃仏は、宗教に熱心なラーマ三世の命によって制作されたと言われている。狭い殿堂のなかからは巨大な仏故に全体をひと目で見ることはできない。殿堂は、表の頭部から胴、足、足裏、そして裏側に回って背中を迂回できる狭い回廊があり、見学コースになっている。上半身は、右手を枕に、ゆったりとしているお釈迦様、涅槃像であるから入滅を意味しているのだが、お顔は微笑の眼を開いて横たわっているので、弟子たちに最後の説法（お釈迦様の説法が弟子たちの手によって経典になる）をしている様子に想像できる。私は、僅かな時をお釈迦様の柔和なお顔に合掌して頭を下げた。そして、移動して驚くのは仏の足の裏である。長さ五メートル、幅一・五メートルあり、中国やインドの様式による仏教の一〇八の宇宙観が螺鈿細工（貝の真珠質の部分をはめ込んだり、張りつけたりする技法）で描かれていた。また、殿堂には、一〇八つの鉢・お賽銭箱があり、その中にサタン硬貨を入れことで、煩悩をひとつずつ捨て悟りを願う参拝は、仏教徒に限らない観光客にも行われていた。しかし、殆どの海外旅行者は素通りしていたようだ。三〇分ほどで殿堂を出た。

ちなみに、日本における涅槃像には、福岡の篠栗町に所在する南蔵院涅槃像があり、一九九五年の建立で全長四一メートルあり、青銅製の涅槃像としては世界一の大きさである。また、札幌市の佛願寺の札幌涅槃大仏は、二〇〇八年の建立で全長は四五メートルあり、日本一の大きさである。さらに、長崎県島原市の江東寺涅槃像は、一九五七年の建立で全長八メートルと小ぶりだが、鉄筋コンクリート造りとしては日本最大と言われている。いずれも歴史は浅く、殿堂のない野外建立で、興味はあるもののまだ訪れたことはない。

このワット・ポーのもうひとつの見どころは、高さ四二メートルでカラフルなタイルで装飾されている、四基の大きな仏塔である。ガイドによると、この仏塔は、現・チャクリー王朝の歴代の王、ラーマ一世から四世までを表しており、緑の仏塔が一世、白い仏塔が二世、黄色の仏塔が三世、青の仏塔が四世と説明したが、仏塔そのものがその色ではなく、恐らく台座の色である。この四代の王は、同時期にこの世に生き、以降同様な仏塔は必要がない、とラーマ四世が命じたために、以降同様な仏塔は作られなくなったとされている。大変な贅を尽くした建築物であることが想像でき、ラーマ四世は、国家や王室の財政を鑑みて判断したのだろう。それにしても、贅と時間を尽くした建築物である。

次の旅程であるバーンコークヤイ地区に移動し、ワット・アルンラーチャワラーラームを訪ねた。現地ガイドによれば、アルンとはタイ語で「暁」の意味で、チャオプラヤー川の川沿いに建つこの寺院は、バンコクを代表する風景とした。特に月夜の風景は、形容しがたい美しさだろうと想像した。そして、この寺院が日本人観光客に最も人気があるのは、作家・三島由紀夫の遺作になった『豊饒の海』（新潮社）の第三巻「暁の寺」の舞台になっているからである。この寺院が英語で、Temple of Dawn と呼ばれていることから、これが三島由紀夫の「暁の寺」の由来になったと考えられている。

余談になるが、私たちは「暁」を単に「夜明け、太陽が昇る前の暗い頃」としているが、正式には、夜半から明るくなるまでの時刻の推移を区分していて、和歌や古典では「あかつき」、「しののめ」、「あけぼの」の例を見ることができる。その意味で「暁」は、夜深い刻限を指しているのだろう。また、「暁」は、はっきりと悟る、さとす、待ち望んだことが実現する、という意味もあり、仏教では、お釈迦様が悟りに到達して、輪廻から解放された最高の境地、入滅に繋がるような意味合いを感じる。

ワット・アルン（以下「暁の寺」）は、創建についての歴史的な記録が見つかっていないとされる。旅を終えてからネットで調べてみると、アユタヤ朝のペートラーチャー王時代にフランスの軍人によって描かれた、チャオプラヤー川流域の地図に寺院が書かれてあることから、それ以前に創建されたことは分かる、としている。後のチャクリーバンコク王朝の創始者ラーマ一世は、一七七九年にヴィエンチャンを攻略し、戦勝品としてエメラルド仏をもち帰り、この寺院に安置したとしている。寺院はラーマ二世により、一八二〇年ヒンドゥー教の暁神マルーナから現在の名称になり、以降はラーマ二世の個人的な保護を受け、ラーマ二世の菩提寺になったとされる。

この寺院には、バーンコークヤイ地区から、茶褐色に澱んだチャオプラヤー川を三〇人ほどの乗り合い舟で、上流へ上るように渡った。暁の寺は、船着き場からの景観が素晴らしく、川沿いにある寺の境内に入ると、巨大な寺院を見上げるようになってその景観が失われた。ガイドによると、玉蜀黍（とうもろこし）のような形をした大仏塔は、バンコク様式で高さ七五メートル、台座の周囲は二三四メートルあり、大塔を四つの小塔で囲み、須弥山《しゅみせん》（サンスクリット＝古代インドの世界観のなかで中心に聳える山）を具現化していると言う。

そして、大塔の上方にインドラ神が三つの頭をもつ象の上に鎮座しているのは、須弥山山頂の「忉利天《とうりてん》」を表している、と言うのである。忉利天とは、仏教の輪廻転生における六道の世界（生ある者が死後に迷いの世界である六道で次の世に向けて生と死を繰り返すこと、生まれ変わること）、すなわち「天上界」、「人間界」、「修羅界」、「畜生界」、「餓鬼界」、「地獄界」の六つの世界で下から二番目の天「餓鬼界」のことである。塔の表面は、ワット・ポーの仏塔のような派手さはなく、陶器の破片で飾られている。この大塔は一九世紀にラーマ二世の頃から建築が始まり、ラーマ三世のときに完成し、現在に至っている。

私は、三島作品の愛読者ではないが、遺作になったことから事件後に『豊饒の海』の一巻、禁断の恋をテーマとした「春の雪」と二巻、右翼的青年の自刃を厭わぬ決起を描いた「奔馬」を読んだ記憶がある。この作品は、平安時代の後期に、通説では菅原孝標女の作と言われる『浜松中納言物語』を典拠とした、夢と転生の物語である。すなわち、前述した「輪廻転生」の物語で、三島が目指した「世界解釈の究極の長編小説」と言われていて、私にとっては難解な小説であった。三巻の「暁の寺」に入ると、主人公の本多とタイ王室の官能的な美女との係わりを描いているが、唯識論や阿頼耶識《あらやしき》など仏教の教義の解説のような内容に多くのページを費やしており、理解困難になって、完読を放棄したのであった。そのような経緯を思い出しながら、寺院内を僅かな時間だけ散策して休憩し、屋台でお茶を飲みながら、見学終了後の集合時間を待っていた。しかし、その間も「暁の寺」のことではなく、第四巻の「天人五衰」を書き上げて、原稿を出版社に渡した数日後に引き起こした三島の割腹事件のことが頭のなかを駆け巡っていた。私は、事件翌日の各社の新聞、翌週の各社週刊誌の特集を全て買い込んであって、ある程度は記憶が蘇ってくる事件である。また余談になるが、思い出せる範囲で事件の概要を極々簡単に、備忘録として記しておきたい。

作家・三島由紀夫の割腹事件は、一九七〇年一一月二五日午前一一時頃に勃発した。私は入社二年目の若者であり、私自身はもとより、日本社会に衝撃をもたらした。また、三島作品の多くが海外で翻訳されており、ノーベル文学賞の候補者とも言われていたことから、国際的にも名声ある作家の異常な行動に海外でも驚きを見せた。その日、三島は自ら結成した「楯の会」のメンバー四名とともに、市ヶ谷の自衛隊駐屯地を訪問し、益田兼利総監と面会した。その際、三島らは日本刀を所持していた。三島は日本名刀の「関の孫六」を抜いて総監に見せ、暫くは日本刀について懇談した。そして、日本刀が総監から三島に戻され、三島は鍔鳴りを「パチン」と響かせて刀を鞘に納めた。それは三島らが総監室を占拠し、その後に展開するシナリオのスタートを示す合図であった。メンバーの一人が短刀を突きつけて総監を拘束した後、バルコニーに立った三島は自衛隊員を集め、「憲法改正」を目的として自衛隊の決起、いわばクーデターを呼び掛けたのである。

三島がバルコニーで演説を始める時点では、総監の拉致と占拠事件として発覚、テレビ中継やマスコミの取材が殺到していた。三島演説もテレビ中継されたが、自衛隊員のヤジや複数の取材ヘリの爆音で、聞き取れない部分もあった。三島の決起演説は、隊員に支持されるものではなく、誰一人として立ち上がる者はなく、絶望の三島は「天皇陛下万歳」を三唱したのち、総監室に戻り自決を決断する。割腹自刃である。介錯に剣道の有段者である若者を指名して断行した。最終的には、三島由紀夫と森田必勝の二名が介錯と割腹、楯の会メンバー三名が逮捕されて収束した。マスコミに割腹した総監室を公開したため、翌日の新聞の写真は、遺体こそなかったが、壮絶さ生々しさが想像でき、今でも脳裏を巡らせることができる。

暁の寺の見学を終えて、船でバンコーク地区に戻ってきたが、その後のバスの周遊の間に考えていたことは、『豊饒の海』のモチーフになった「輪廻転生」についてである。旅を終えて調べてみたら、第三巻の「暁の寺」では、主人公の初老となった本多は、唯識論の研究に没頭するが、その結論は、一切の存在は、識（心）の作り出した仮の存在でしかなく、阿頼耶識以外に何物も存在しない。すなわち、唯識思想とは、六識（眼、耳、鼻、舌、身、意）は表層意識でしかなく、表層意識は根源的な深層意識によって生み出され、外界をあるかの如く錯覚させられていると主張している。つまり、その錯覚こそが自分にこだわる自己中心性であり自我である。それを捨て切る世界が「空」であり、密教の真髄である。奈良の興福寺や薬師寺、創建当時の法隆寺などの法相宗は、この成唯識論を典拠としている。

翌日は、タイ国有鉄道を利用する旅程が計画されていた。鉄道試乗は我々の希望によるものである。行き先は、東北本線または北本線（バンコク—チェンマイ）アユタヤで下車して、世界遺産の古都アユタヤ遺跡群の見学である。現地の女性添乗員は、鉄道に乗るのが初めてと言う。恐らく、我々のような外国人ツアーで、鉄道を利用することは皆無なのだろう。乗車した列車は、各駅停車ではなかったから、急行か快速であろう。しかし、車内はプラスチックの粗末な椅子だったので、快適とは言い難く恐らく三等車である。単線で、街のなか線路ギリギリまで民家が密集して、暮らす人々が線路を往来している。約一時間二〇分ほどで到着したが、途中の風景に感動した記憶はない。発展途上国の荒涼とした景色だったのだろう。バンコクからアユタヤまでは北へ七〇キロであるが、高速道路があり、我々のツアーバスはすでに到着していた。

国鉄アユタヤ駅からバスで程近い、ワット・プラシーサンペット、ワット・ローカヤスターラームなどの寺院・王宮跡が残るアユタヤ歴史公園を訪ねた。この遺跡群は、チャオプヤー川とその支流であるパーサック川とロッブリー川の結節点にあたる中州に集中している。豊かな農地と河川交通の要衝という条件に恵まれて、遅くとも一三世紀には、島外北東部には町があり、ネットで調べるとアヨータヤー（アユタヤ）と呼ばれていたと出ている。さらに、チャオプラヤー川を遡上してきた船がアユタヤに最初に着くこの辺りは、貿易や通商の拠点となっていて、日本町をはじめ、外国人の居住地区もあった、と記されている。ガイドによれば、この中州に王宮を定めたのは、敵からの防御を考えて、中心部の周りに運河を掘ったことによるものと説明した。

この遺跡は、一三五一年から一七六七年まで、約四二〇年間にわたって権勢を振るったアユタヤ王朝が造ったものである。アユタヤ王朝は、ナーラーイ王（在位一六五六～一六八八年）時代は、現在のラオスやカンボジア、ミャンマーの一部を領有するほどの勢力をもっていた。中心都市であるアユタヤは、流れの緩やかなチャオプラヤー川に位置し、貿易を行う場所としては有利な地形であった。王は、この貿易に適した地の独占貿易で莫大な利益を収めた。そして、上座部仏教を信仰していたナーラーイ王は、その利益を元に数々のワット（寺院）を造り出した。

しかし、アユタヤ王朝の終焉に際しては、一七六七年に隣国ビルマ（ミャンマー）の攻撃を受け、アユタヤ市内の建造物や石像は破壊され、殆どの寺院は廃寺となった。王宮も台座しか残っていない。一九九一年にタイ国、芸術局によるユネスコへの推薦があり、世界文化遺産に登録され、今日では観光スポットとして賑わいを見せていた。現在、遺跡として残っている見どころは、ワット・プラシーサンペットの三仏塔である。アユタヤ王朝の創始者である、ラーマーティボーディ一世によって宮殿が建設されたとする。後になって宮殿が移築され、この地は王専用の仏教儀式の場になったと言う。さらに、時代は下り一四九一年のラーマーティボーディ二世時代に、二つの仏塔が建てられ、王が崩御すると三つ目の仏塔が建てられて三仏塔となった。約六七〇年前の建築物であるが、風雨に耐えて威風堂々としていて、観る者を感動させる。

最後に、アユタヤ遺跡で最も印象的だったのは、一七六七年のビルマ侵攻の際に、石像の頭部を木の根元に埋めて隠した者があって、その木の生長とともに、根元が地上にもち上げられ、木の幹の中心に石像頭部の顔が収まっていたことである。やや不気味さを感じたが、合掌して遺跡の見学を終え、次の行程へと移動した。

二〇一三年七月

旅に立つ　――与謝野晶子について――

私は、与謝野晶子について詳しいわけでもなく、多くの作品を読んでいるわけでもない。しかし、中学だったか高校の国語の教科書には、紹介されていたと思われるので、一般的には歌集『みだれ髪』や作品「君死にたまふことなかれ」などで歌人として、『新訳源氏物語』で作家として、あるいは思想家としての晶子を知る人は少なくないと思う。世俗的な話としては、自民党第一次安倍内閣の官房長官や福田・麻生内閣では幾つかの大臣を歴任し、民主党野田政権になると自民党を離党してまで、経済財政政策担当大臣に就任した、東京一区を地盤とする政治家・与謝野馨氏は、与謝野鉄幹と晶子の孫にあたる。

この齢になって、与謝野晶子について改めて、幾つかの作品を斜め読みし、その経歴などを調べてみようと思い起こしたのは、晶子が一九一二年（明治四五年五月）に、パリにいる鉄幹を追ってウラジオストク（シベリア鉄道の東基地）に渡り、シベリア鉄道の乗車手続きを待つ間、暫く滞在したホテルで創作した詩である「旅に立つ」という作品（歌集『夏より秋へ』、『与謝野晶子全集』（講談社）第三巻に収録）を知見したからである。それというのも以下の理由によるものである。

七月の連休を利用して、勤務先の同僚とウラジオストクに、プライベートの小旅行に出掛けた。観光であるが、勤務先の生業のひとつである鉄道架線の事情とシベリア鉄道の一区間に試乗することが主目的である。二日目、ウラジオストク市の中心に位置する宿泊先の「ホテル現代」から、ツアーバスで一〇分ほどのアケアンスキー通りに面した、極東連邦大学の構内を見学した。九学部、学生数四万三千人を擁する、マンモス大学である。現地の旅行会社が、この大学の構内をツアーコースにしたのは、構内中庭に与謝野晶子の詩「旅に立つ」の歌碑があるからであろう。樹木の葉陰が揺れるなかに、巨石を用いた歌碑には、縦書き日本語による「旅に立つ」の全文と、その上部には日本髪に結った、晶子上半身の和服姿と扇子の彫刻が施され、左面には横書きによるロシア語の翻訳があった。これを機会に読み調べたので、その作品と代表的な「みだれ髪」や鉄幹と出会うまでの彼女の生い立ちなどを備忘録として記しておきたい。

私の書斎には与謝野晶子に関する書籍がなく、居住地の図書館で調べた経歴を簡単に記しておきたい。与謝野晶子（本名は与謝野志よう）は、旧姓は鳳《ほう》で、堺県和泉国第一大区甲斐町（現在の大阪府堺市堺区甲斐町）に一八七八年（明治一一年）一二月七日、老舗和菓子屋「駿河屋」の三女として生まれた。苗字の読み方が珍しく、多くは女優や芸人に見られるように「オオトリ」である。そして、鳳は、堺市西区の地名でＪＲ阪和線の駅名になっている。志ようは、九歳で漢学塾に入り、同時に琴や三味線も習っている。そして、兄の秀太郎（後の東京帝大工学部教授・電気学会第八代会長）の影響を受け、女学校（現在の府立泉陽高校）に入学すると、「源氏物語」などの古典、雑誌「文学界」や尾崎紅葉、幸田露伴、樋口一葉などの小説を読み始めた、所謂文学少女であった。

女学校卒業後は、二〇歳頃から和菓子屋の店番を手伝いながら、和歌を創作し投稿するようになった、とされる。浪華青年文学会に参加した後、晶子二二歳の一九〇〇年（明治三三年）、浜寺公園の旅館で開催された歌会で、指導に来ていた歌人・与謝野鉄幹と不倫の関係になったとされる。そして、鉄幹が創設した新詩社の機関誌「明星」に短歌を次々と発表、歌人としてのデビューを果たしたのである。翌年、晶子は大阪を出て東京に移り、鉄幹との不倫関係は続いた。しかし、明治の時代にあって、女性の官能をおおらかに、かつ赤裸々に謳う処女作『みだれ髪』を刊行し、浪漫派の歌人としてのスタイルを確立したのである。後に鉄幹は、子まであったが妻と離婚して晶子と再婚する。当時、「家」の意識が強い時代、当然の如く二人には非難中傷がふりかかっても不思議ではない。二人は、子宝に恵まれて、晶子は一二人も出産している。生活は決して楽ではなかったのではないか。

結婚後の晶子は、創作活動は愈々《いよいよ》盛んになったが、鉄幹は極度の不振に陥るに至った。そして、一九一一年、鉄幹は再起を願う晶子の計らいで、フランスに行くことになり、旅立った。翌年、晶子は鉄幹の後を追ってパリに行くことを決めたが、多額の洋行費が必要であった。その工面の手助けをしたのが森鷗外とされている。晶子の『新訳源氏物語』の序文を書いた森鷗外がその校正を代わった関係からである。洋行費を稼ぐために急いだ、この翻訳本は、鷗外も『源氏物語』が専門ではないために、後に晶子が一七年かけて全面書き直して、昭和一三年に上梓（金尾文淵堂）された。兎も角も、晶子のパリ行きは、明治四五年五月にシベリア鉄道経由で実現した。そして、帰国の途に就くまで四カ月間、イギリス、ベルギー、ドイツ、オーストリア、オランダなどを訪れた。

以下に示す詩の全文は、晶子が、シベリア鉄道の東基地（モスクワ始発から終点のウラジオストクまでの、九二八八キロの記念塔がホームに建立してある）である、ウラジオストクに滞在していた際に創作した作品が「旅に立つ」である。この作品には、明治という時世にあって、世間など気にしない、晶子の鉄幹に対する、おおらかで、熱く激しく、赤裸々な女心を吐露している。それでも、この歌のストレートな恋愛表現でさえ、女性が自我や性愛を表現し、当時の道徳観から批判があった歌集『みだれ髪』の比ではなく、控えめな作品であろう。

極東連邦大学構内の歌碑は、現地ガイドによると、ウラジオストクに在住する日本の商社などが中心に資金を集めて建立した、と説明してくれたが、歌碑に刻まれていたであろう、肝心の建立日を確認するのを荒怠してしまった。

旅に立つ

いざ、天の日は我がために
金の車をきしらせよ。
颶風《あらし》の羽は東より
いざ、こころよく我を追へ。
黄泉《よみ》の底まで、泣きながら、
頼む男を尋ねたる
その昔にもえや劣る。
女の恋のせつなさよ。

晶子や物に狂ふらん、
燃ゆる我が火を抱きながら、
天がけりゆく、西へ行く、
巴里の君へ逢ひに行く。

一方、与謝野晶子の処女歌集である『みだれ髪』は、一九〇一年（明治三四年）一〇月一日の発刊で、初版本は旧姓「鳳晶子」である。その直後に鉄幹と結婚して与謝野姓を名乗る。従って、この歌集に収録されている作品は、既述したとおり、晶子と鉄幹が不倫関係にあった時期に創作したものである。それだけに、彼女の鉄幹への思慕、熱く燃え上がる恋慕の感情がストレートに表現されていると言えるだろう。茅ヶ崎市立図書館で見つけた、『みだれ髪』（新潮社）を閲覧室で読み、収録作品の中から広く知られている歌を手帳にメモして帰宅し、ネットでも調べてみた。

その子二十櫛にながるる黒髪のおごりの春のうつくしきかな
清水へ祇園をよぎる桜月夜こよひ逢ふ人みなうつくしき
やは肌のあつき血汐にふれも見でさびしからずや道を説く君
むねの清水あふれてつひに濁りけり君の罪の子我も罪の子
くろ髪の千すじの髪のみだれ髪かつおもひみだれおもひみだるる
人の子の恋をもとむる唇に毒ある蜜をわれぬらむ願い

最初の歌は、うら若き晶子のつややかな黒髪の美しさを自ら誇らしげに誇示しているかのように、女として晶子の青春の真っ盛りを感じる。二首目も、「清水へ向かう祇園を通り過ぎようとしている。今夜の桜月はどんなに美しいことでしょう。行き交う人がみんな綺麗に見える」というような具合に解釈でき、うら若き少女の面影さえ感じないでもない歌である。三首目からの解釈は、各個人の解釈に任せた方がよいと思う。想像の如何によっては、うら若き晶子の鉄幹への純情な恋慕の域を脱していて、赤面を禁じ得ないような、卑猥さえ感じるのではないだろうか。特に四首目は、妻子ある鉄幹との不倫関係を歌ったものと想像するが、自分が得られる喜びや幸せが鉄幹の妻子を不幸にすることを、作品としての歌にすること自体、晶子は罪の意識に苦悩していたのであろうか、罪を認識していたのであろうか、疑問を抱かざるを得ない。五・六首目の歌は、身もだえするように黒髪が乱れている、晶子の愛人・鉄幹への想いが狂おしく乱れる、というような性愛の情景で、もうこれは狂気の世界である。これらの作品の自由な解釈によっては、明治という時代にあって、貞節や柔順、質素さなど、婦人として守るべき行いの規範ともいうべき、所謂、「婦徳」といった日本女性としてのイメージが崩れるように感じるものであった。

この歌集が公刊された当時の批評には、「この一書は既に猥行醜態を記したる所多し。人心に害あり。世教に毒あるものを判定するに憚からざるなり。」があったとされる。一方、文学者・評論家でもあり、翻訳家としてカール・ブッセの「山のあなたの　空遠く　『幸』住むと　人の言う」やポール・ヴェルレーヌの「秋の日の　ヴィオロンの　ためいきの　身にしみて　ひたぶるに　うら悲し」の名訳を残した上田敏は、純粋に芸術面から、「耳を欹しむる歌集なり。詩に近づきし人の作なり。情熱ある詩人の著なり。唯容態のすこしほのみゆるを憾とし、沈静のかけたるを瑕《きず》となせど、詩壇革新の先駆として、又女性の作として、歓迎すべき価値多し。其調の奇《き》峭《しょう》と其想の奔放に惘《あき》れて、漫に罵倒する者文芸の友にあらず。」と高く評価している。

次に与謝野晶子が反戦思想家と評された作品、「君死にたまふことなかれ」について、記しておかなければならない。この作品は、一九〇四年（明治三七年）九月、雑誌「明星」に発表した。半年前に召集され、日露戦争の旅順攻囲戦に、予備陸軍歩兵少尉として従軍していた、弟の鳳籌三郎を嘆いて創作したものである。ただ、実際の弟は、この詩が詠まれた頃は、遼陽会戦を戦っていて、旅順攻囲戦には参戦していない、という説がある。そして、籌三郎は、日露戦争から帰還し一九四四年（昭和一九年）まで生きている。

さて、当時論争となった「君死にたまふことなかれ」は、五連からなっていて、戦争を嘆き、出兵した弟を想う気持ちが表れている。日本は、先の大戦から来年で七〇年経過し、戦争のない平和な時代を享受しているが、この作品は戦争のない現代でも、心に締めつけられる作品である。この詩を通して晶子の、「戦争などしなくても、人生には苦しみが山のようにある。人々を殺《あや》めなくても、理不尽な形で死を迎えなくても、人はいずれ死んでしまうのに。嫌でも大切な人をいつか必ず永遠に失うのに。なぜわざわざ戦争などするのでしょうか。」というように、望まぬ戦地へ弟を送り出した心の痛みが、伝わってくる作品である。そして、問題となり論争を巻き起こした詩文は三連目の「君死にたまふことなかれ、／すめらみことは、戦ひに／おほみづからは出でまさね、／かたみに人の血を流し、／獣の道に死ねよとは、／死ぬるを人のほまれとは、／大みこころの深ければ／もとよりいかで思されむ。」である。

この論争をネット情報で要約すると、晶子は、三連目に「すめらみことは戦いに／おほみづからは出でまさね（＝明治天皇は戦争に　自ら出掛けられない）」と詠っている。それに対して、晶子と親交の深い歌人で、文芸評論家の大町桂月は、「家が大事也、妻が大事也、国は亡びてもよし、商人は戦ふべき義務なしといふは、余りに大胆すぐる言葉」と批判したのである。これに対して晶子は、「明星」一一月号に「ひらきふみ」を発表し、「桂月様たいさう危険なる思想と仰せられ候へど、当節のやうに死ねよ死ねよと申し候こと、またなにごとにも忠君愛国の文字や、畏おほき教育勅語などを引きて論ずることの流行は、この方かへって危険と申すものに候はずや」と非難し、「歌はまことの心を歌うもの」と桂月に反論したのである。これに対して大町桂月は、「太陽」誌上で論文「詩歌の骨髄」を掲載し、「皇室中心主義の眼を以て、晶子の詩を検すれば、乱臣なり賊子なり、国家の刑罰を加ふべき罪人なりと絶叫せざるを得ざるものなり」と激しく非難したが、夫・与謝野鉄幹と作家で弁護士の平出修の直接談判により、桂月は「詩歌も状況によっては国家社会に服すべし」とする立場は変えなかったが、晶子に対する「乱臣賊子云々」の語は取り下げ、論争を収束させた。

最後に、与謝野晶子が残した名言を二つほど記しておきたい。若者を勇気づけ、これと決めたら果敢に挑めというメッセージであろう、「若さの前に不可能もなければ、陰影もない、それは一切を突破する力であり、一切を明るくする太陽である」とある。また、「厭々《いやいや》する労働はかえって人を老衰に導くが、自己の生命の表現として自主的にする労働は、その生命を健康にする」を残している。これは自分の好きな仕事、自分を活かし、心から楽しんで臨む仕事が、生産性も良くて、成功への道に繋がると言うことであろう。

東京の夏の暑さに比べれば、明らかにロシアのウラジオストクは涼しい。一九日から三泊四日の旅行は快適な天候のなかで終わった。軍港の町としての要塞や潜水艦、博物館などを観光し、シベリア鉄道の試乗、日本人墓地参りなどを行い、そしてロシア料理を堪能した。私がこの旅行で、最も印象を深くしているのは、歌人・与謝野晶子がこの地で、パリの夫への愛慕を綴った歌が、歌碑になっていることである。これは、日本の文学史上素晴らしいことだが、歌碑として残した人々（当地で商売をしている日本人の方々と聞く）の努力には、尊敬と心から敬意の念を抱くものである。そして、改めて与謝野晶子の作品を読み、少しでも考える機会が得られたことに感謝したい。恐らく、この小旅行で「旅に立つ」の歌碑を見学できなかったら、晶子の情熱的な和歌の作品に巡り合うことはなかったであろう。

ところで、最後の最後に付しておくと、『歴史と人物』（中央公論社）の昭和四七年二月号に、作家の河野多恵子は、「人物と音声」という文章を書いている。そこで、与謝野晶子が、低く、小さく静かな声で話す人だったと言われることに触れ、歴史上有名な人物でも、性格、容姿、趣味教養は伝わっていても、「音声」について殆ど伝えられていない、ことを残念がっている。明治という封建的な時世にあって、自らの実生活と作品において、世間の批判など全く気にせず、愛慕をストレートに表現した与謝野晶子は、意外なことに「低く、小さく、静かな声」で話す文人だった、と言うことである。

二〇一四年八月

深秋の上高地を歩く

人間には他人《ひと》との出会いがあるように、自然との忘れがたい脳裏に焼つくような出会いをもつことは度々のことである。自然の場合は、常に穏やかとは限らないが、四季折々の山があり、森があり、川の風景がある。そしてそこには、樹木や山野草の芽吹きや開花、紅葉、枯れゆく落葉が見られると同時に、小鳥の囀りが聞かれる。人間は、自然が創造する山の幸や海の幸に感謝し、その命を慎ましく頂いている。一方、他人には愛情と思いやりをもった一期一会の心を、自然には共生の心を以って向き合うならば、心が豊饒になり豊かな人生を構築する一助になるのではないかと思う。

古来、春の花や秋の紅葉の美しさは、和歌や随筆（『枕草子』、『徒然草』など）で記されているが、遊び心として「春と秋のどちらが心に魅かれるか」の争いがあったようである。一例を挙げると、三八代天智天皇の御代として、内大臣藤原鎌足に対する詔《みことのり》（天皇の命令）として、春の花と秋の紅葉との美しさを争わせたとき、額田女王がその意見を述べた歌で「万葉集一六番」がある。その歌は「冬ごもり　春さり来れば鳴きかざりし鳥も来鳴きぬ。咲かざりし花も咲けれど、山を茂《し》み入りてもとらず。草深みとりても見ず。秋山の木の葉を見ては、もみづをばとりてぞしぬぶ。青きをばおきてぞ嘆く。其故《そこ》し恨《とも》し。秋山　われは」である。国文学者・民俗学者・歌人の折口信夫の現代語訳で概略すると、「春が来ると、これまで鳴かなかった鳥も鳴き出す。花も咲いてはいるが、山は木が茂り過ぎて、わざわざ入り込んでまでも木の葉を採らない。草が深いので手に採ってもみないが、秋の山の葉を見るときには、何もかも忘れて、紅葉した葉を手にとり上げて慕うことだ。青い葉はそのままにしておいて、秋の美しさに見惚れて嘆息するばかりである。それが秋山に心が魅かれるところだ。私は秋山をとります」という具合である。このように、額田女王は春の野鳥や花に全く関心がないわけではないにしても、遊び心の争い故に、紅葉の美しさを全身で受け止めている心の有り様を歌にしている。

ところで還暦を迎えて以来、ビジネスの都合がつく合間には、旅行会社から届く、二泊三日の「上高地ツアー」に参加して、自然に溶け込み楽しんでいる。京都や奈良などの寺院を巡る旅も心を癒されるが、目に優しく美しい若葉や深緑、山や森を彩る紅葉を愛でる山岳の旅も優劣つけがたい。上高地は冬が長く、ホテルが四月下旬にオープンし、一〇月末頃にはクローズするので、五月下旬から六月中旬の新緑と紅葉の最も美しい一〇月初旬の季節に訪ねることにしている。まだ、四回ほどであるが、幾度訪ねても飽きることがなく新鮮で、都会の喧騒から離れて、頭には刺激と英気を与え、洗われる心には浩然の気を養うことができる旅になる。

上高地は、日本の屋根と呼ばれる北アルプス（飛騨山脈）の南部に、三千メートル級の峰々が重なる、槍ヶ岳や穂高連峰といった秀峰に囲まれた山上盆地である。毎回利用するホテルの各部屋に備えてあるガイドブックによると、北アルプスはおよそ一〇〇万年前に、地球の造山運動によって誕生したとある。そして、その高峰群に刻まれた深い谷のひとつに槍ヶ岳（標高三一八〇メートル）を源とする清流「梓川」がある。古代においては、深い谷であったと想像できるが、焼岳（現・活火山）の噴火によって、その流れが堰き止められて、土石流の堆積と周囲の山々から砂礫の流入などによって山上盆地となり、緩やかな流れの梓川になったとされている。そして、梓川は下流の小河川を集め、犀川、千曲川、さらには信濃川と名を変え、日本最長の河川となって日本海に注ぎ、その流域の土地それぞれに悠久の歴史と文化を創造してきたのである。

上高地の名の由来は、川上にある谷中の盆地という意味から、江戸時代までの松本藩の文献には、「上河内」、「神河内」と表記されており、明治時代以降に現在の「上高地」になったとされる。また、江戸末期までには松本藩による大々的な森林伐採が行われていて、梓川沿いには一四の杣《そま》小屋《こや》（樵《きこり》小屋）があり、年間では二〇〇人を超える人が山仕事に従事していたと言う。材木をどのように運搬したのか、梓川を利用した筏によるものか興味はあるが、ガイドには記されていない。

一方、上高地を語る場合、イギリスの宣教師、ウォルター・ウェストンの功績を忘れてはならないであろう。ウェストンは、宣教師であると同時にマッターホルンなどを登頂した登山家であり、日本には三度長期滞在している。ネットでウェストンの来歴を見ると、一八八八年（明治二一年）に宣教師として来日し、その年に趣味として飛騨山脈、木曽山脈、赤石山脈を巡り、富士山にも登頂している。さらに、三年後の来日では初めて上高地を訪れ、翌年の一八九二年には槍ヶ岳を、その翌年には地元の猟師である上條嘉門次の案内で、前穂高岳（三〇九〇メートル）に登頂している。そして、一八九六年には、日本の山で見た情景と感慨を『MOUNTAINEERING AND EXPLORATION IN THE JAPANESE ALPS』として、イギリスで出版し、北アルプスの存在を一躍世に知らしめ、近代登山の気運を高めたのである。翻訳本としては、一九九五年に岡田精一訳『日本アルプスの登山と探検』（平凡社ライブラリー）として出版されている。ウェストンの日本滞在中の登山記録（槍ヶ岳、乗鞍岳、立山、穂高岳、御岳など）と周辺地域の民俗がユーモアに満ちた文章で綴られ、山岳文学の古典とされ、日本の登山家の先駆者たちも、この著書によって近代登山に開眼されたとしている。このような貢献からであろう、上高地の梓川の田代橋を渡って治山林道を進んだウェストン園地には、日本の近代登山の父として、ウォルター・ウェストンのレリーフが岩にはめ込まれている。

私が初めて上高地に足を踏み入れたのは、いつも利用しているツアー会社に申し込んで実現した二〇〇八年の五月下旬である。会津の高校時代は山岳部に所属して活動をしていたので、北アルプス山岳観光地としての上高地は関心があり、知識としては知っていた。そして、二〇代後半の頃、勤務先の同じ職場に在籍していた上田市出身の同僚社員から、上高地の素晴らしさを幾度となく聞かされていたので、一度は訪ねてみたいとする憧憬の地だったのである。それが、年齢を重ねて三十余年を経て、入山することが実現したのである。七年前に、ツアーバスから大正池に降り立ったときの、澄んだ空気と芽吹いた新緑に、心身の垢を洗い流してくれるように癒され、目前に迫る焼岳や穂高連峰の山々の景勝に感動したことを今日に至っても鮮明に覚えている。今年の上高地は、四度目で紅葉の季節になったが、その感動は変わるものではない。

いつも利用しているツアー会社の「上高地企画」は、二泊三日で、長野新幹線の上田駅で下車し、バスで長野自動車道を松本インターで国道一五八号線に入り、松本電鉄の終点「新島々」駅前を経由して上高地入りする。そして、バス停である大正池ホテル前到着以降の二日間は参加者が選択する自由行動になり、三日目は乗鞍高原から畳平を散策するコースである。毎回のことだが募集人員はホテルの予約の都合なのか、最大でもペア一〇組二〇人ほどで、ゆったりとした旅を楽しむことができる。

一〇月二日晴天である。私ら夫婦は、大正池ホテル前の停車場で下車し、大正池から田代池、田代湿原を経て、梓川コースか林間コースかのいずれかの散策道を歩き、田代橋から程近い昭和八年開業の赤い三角屋根と丸太小屋風の外観をしている宿泊ホテルへと四〇分コースを一時間以上かけて、自然を観察してゆっくりと歩くのが常である。このコースの見どころは、上高地の自然が凝縮されたような「自然研究路」として整備されている処にある。大正池ホテル前の沿道から大正池に出る。大正池は、現在でも活火山である焼岳が一九一五年（大正四年）に噴火した泥流によって梓川が堰き止められて形成された、池というよりは湖のイメージをもつものである。その一一年後に発生した焼岳の大規模な土石の流入によって、現在の一〇倍に拡大したが、その後上流からの土砂の堆積や回りの沢筋からの土石の押し出しなどで面積が狭くなり現在に至っていると言う。絵葉書にもなっている、当時水没した木々が立ち枯れて白骨と化した独特の景観も一世紀を経て、その本数も数えるほどすらない。いま上高地は深秋の季節、大正池の水面には倒映した焼岳や穂高連峰の山並みの紅葉が美しい。池の周りのケショウヤナギの若木やケヤマハンノキなどの黄金の輝きに目が奪われる。

暫く歩くと途中の田代池に着く。この池はこじんまりしたものだが、霞沢岳の伏流が湧水となって溜まったもので、浅い緩やかな流れを造っている。この辺りになると樹木の種類も多く、様々な紅葉が楽しめる。ケヤマハンノキや植林によるカラマツの黄葉、さらに、真っ赤に染まったナナカマドが赤い実をつけている。ナナカマドは、乗鞍高原へのエコーラインで畳平にバス移動する際に、驚くほどの群生を見ることができるが、この散策道も見事である。この植物は夏に来ると白い花を咲かせている。葉は奇数羽状複葉で枝先に集中している。北海道では、街路樹として植えられているが、鮮やかに紅葉していて赤い実は野鳥のご馳走である。この名前の由来が面白く、「釜戸に七回入れても燃えない」とか、「七度燃やすと良質の炭になり、備長炭の材料としては極上品で、火力が強く、火持ちが良い」とか、「この木を材料に食器（お椀）にすると、壊れにくいことから、釜戸が七度駄目になるくらい長持ちする」という説が広く流布している。日本全国の山地・亜高山帯に分布する、紅葉には欠かせない樹木である。散策途中、美しい紅葉で、神奈川県内の大山や金時山、丹沢山などでも見かけるのだが、名前の思い出せない木々はカメラに収める。帰宅後に植物図鑑で確認できたので記しておきたい。

夏が来ると黄金色の可憐な花をつける小低木で、幹や枝には鋭い棘があって、葉も鋸歯《きょし》も棘状になっている木があり、黄色に黄葉し深紅の実が鈴なりになっている。これは、メギ科に属する「ヒロハヘビノボラズ」である。つまり、幹と枝全体が棘で覆われていて、「蛇も登れない」という意味がその名の由来である。しかし、鈴なりに熟した真っ赤な実は見事で、散策道の紅葉を豊かにしている。

虫がその木の葉を好むという由来からついたムシカリ（虫狩）は、スイカズラ科の落葉木で、亀の甲羅のような形をしたちりめん状の葉から、別名のついたオオカメノキ（大亀の木）で知られていて平地でも見られ、夏には紫陽花に似た白い花をつけ、秋になると実は熟し赤から黒色に変わっていく。熟した実が落ちた後には、紅葉した葉の筋が赤い血管のように見えている。

その他に気がついた木々で、ツツジ科スノキ属の落葉低木である「クロウスゴ」は、若い枝に稜があり、緑色をしていて赤みを帯びている。夏の季節には花柄《かへい》をもつ一個の花をつけ、秋には黒紫に熟して食することができる。ブルーベリーの実にそっくりである。もう一点は、可愛い女の子のような名前なので記しておくと、ニシキギ科ニシキギ属の木本で、「マユミ」を見かけた。この木は、別名山錦木《やまにしきぎ》とも呼ばれ、秋になると果実と種子、紅葉を楽しむ庭木としても親しまれ、盆栽に仕立てられることもある。すでに葉は散り、赤い可憐な実だけが枝にぶら下がるようについていた。染料となるバラ科リンゴ属の一種で、林檎に近い緑の野生種である。植物辞典によると、晩春から初夏にかけ、白または白くて部分的にはピンク色の花を咲かせる。これまでの散策で気づかなかったが、秋には黄金色または赤で小さな球形の果実をつける。樹皮を煮出して黄色の染料が採れるとのことである。

一方、田代池や田代湿原付近では、ゴゼンタチバナやマイヅルソウの群生が見られる。今の季節は可憐な花は見られないが、夏に訪れると、それは感動に値する風景である。ゴゼンタチバナは、亜高山帯から高山帯の林のなかで見られる植物で、花びらに見えるような四つの白い苞《ほう》のなかの蕊《しべ》状のものが本当の花である。また、マイヅルソウは、葉に特徴があってハート型をしていて、鶴の羽根に見立てて名付けられた、と図鑑に出ている。この季節は、球形の赤い実をつけていた。

幾つかの実の熟した樹木と山野草を挙げたが、赤や黄色のイロハカエデ（モミジ）、ナラ、カツラやシラカンバといった黄金に染められた散策道は、形容に尽くせない美しさであった。そして、紅葉は赤と黄色が中心であるが、同じ山草や木々であってもその葉には様々な彩りがあった。上高地では赤色に染まる木は少ないと言われるが、朱色、紅色、真紅、深紅、猩々緋《しょうじょうひ》などが見られ、黄に色づく木は多く、中黄、黄緑、橙色、蒲公英色、黄蘗色《きはだいろ》などの色彩を楽しむことができた。全く疲労感のない一時間ほどの快い散歩を得て四時半頃にホテルに到着した。追記しておくと、この散策コースでは、散策道からカモシカの親子やニホンザルの群れを見かけるが、食糧が豊富でハイカーに寄って来ることはない。しかし、「熊を見かけました」という注意を喚起する看板があったので、それなりの装備は必要である。

翌日の一〇月三日快晴、自由行動である。晴天であっても山岳の天気は急変する場合がある。用意してきたザックに雨具やタオル、菓子類、水筒、カメラなどを詰め込み、ホテルの部屋に備えつけてあった「植物ハンドブック」を持参して、家人と二人で九時半にホテルを出発した。散策のコースは毎回決まっていて、河童橋の麓にある五千尺（メートル換算で標高の一五〇〇メートル）ホテル前を起点とした、梓川の「左岸コース」か「右岸コース」、いずれかの散策道を選択することになるが、私らは梓川上流に向かって右側の「左岸コース」を、明神池を目指して緩やかな散策道を登り、「右岸コース」を下って河童橋に戻るコースにしている。明神岳の山塊に抱かれた明神池を訪ねるこのコースは、瑞々しい河辺林のなかを歩く右辺路と、斜葉樹に覆われた急峻な六百山の山裾を歩く左辺路の、変化に富んだ散策が楽しく、何度来ても飽きることがなく、高山植物の花、森では間近に小鳥と出合える。

河童橋から五千尺ホテルに沿った散策道を歩いて行くと、すぐに川幅は狭いが水量の豊富な清水川を渡る。この川の流れは清冽で、霞沢岳を源としており冷気が漂ってくる。川底には、梅花に似ているバイカモが群生していて、夏には白い花弁が水の中で咲き、生長して水面から出て黄金の可憐な花をつけ見事である。今の季節は川底を緑に染めていて、岩魚が群れで泳いでいるのが観察できる。そして、この流れは上高地のホテルや生活用水の水源として利用されていると言う。

さらに進むと、「上高地ビジターセンター」がある。上高地の自然や歴史などに関する資料の展示、映像により眼で見る上高地を解説してくれるので、毎回立ち寄って映像を観ることにしている。この資料館を出た辺りが小梨平で、キャンプ場である。夏には多くのキャンパーで賑わう。大学山岳部の名前が入ったテントが目立つ。無論、バンガロー、共同炊飯所、トイレがあり、カラマツや湿性林のハルニレに覆われ、夏には新緑が今は黄葉と化した紅葉が美しく、穂高連峰登山のベースキャンプとしては、最高のポジションである。

ここから、左岸コースの終点である明神館（休憩処・食堂）までは、五〇分とガイドにあるが、私らは時間を気にせずゆっくりと歩いて行く。このコースの代表的な樹木は、湿原付近ではカラマツ、河辺付近ではチヤマハンノキ、オノエヤナギ、ケショウヤナギ、を中心とした森林である。針葉樹林としては、大木となったシラビソやウラジロモミ、コメツカ、ハルニレが目立つ。山葡萄の葉が伊勢海老のような赤や紫色に染まるのも美しい。葡萄のことを「えび」とも読むとされる。その古名である「えびかづら」は、海老に似た蔓草ということで、その省略形が「葡萄《えび》」（『和名抄』に掲載）なのであるが、造語と思われる「葡萄茶《えびちゃ》」と「海老茶」は、紅葉する時期に山葡萄の葉を見れば納得がいくところである。また、森林内の薄暗く、深閑とした空気に包まれた散策道を抜けると、深紅や黄金に輝くイロハカエデやカツラ、白樺に似たダケカンバが群生していて、形容に尽くせない美しさがもたらす解放感に溢れ、感動するのである。

一一時過ぎに明神館に到着した。ここは、徳沢方面への分岐点でもある。梓川の明神橋を渡り、明神池に程近い休憩・食堂の「嘉門次小屋」で早い昼食をとることとする。小屋の前の小さな流れには、群れをなした岩魚が見られる。本来、梓川に棲んでいた岩魚は、ニッコウイワナと呼ばれる一種類だけだったとされるが、今日では放流された他地域のヤマトイワナ、アマゴ、カワマス、ブラウントラウトなどが見られていると言う。在来のニッコウイワナは、槍沢上部でしか、その姿を見ることができないと言う。一九七五年以降は、大正池より上流は全面禁漁になったとされる。私は、ビールで喉を潤し、山菜料理を肴に岩魚の骨酒を楽しみ、一時間ほど休憩した。昼食後、嘉門次小屋に隣接する明神神社に参拝した後、明神池の散策道を巡ってきた。明神岳の山塊に抱かれた神秘的な池には、オシドリやマガモが仲良く泳いでいて、池に倒映した紅葉真っ盛りのイロハカエデやカツラなどの落葉広葉樹は、目と心まで沁みる美しさである。上高地の紅葉が美しいのは、標高一五〇〇メートルの山岳地帯であることは無論のこと、一日の気温の差が大きいからである。この上高地の昼夜の寒暖の差は、歴史の古い宿泊先のホテルでは、エアコン設備がなく（夏の冷房が必要ない気候）、暖房を必要とする夜間は、蒸気配管によるものであることから分かる。

明神池を後にして、「右岸コース」の散策道を下ることにした。このコースは、左岸コースと異なって大木となった森林ではなく、梓川のせせらぎが聞こえる森の中の散策道で、高山植物が多く見られる。夏の時期に来ると、種類も豊富で花が一斉に咲くので、一目瞭然に確認できるが、今回の散策では秋の花を中心に観察しながら歩いた。植物学的に秋の花に分類されていても、上高地では八月中旬から九月中旬頃が開花の時期で、深秋となった今回の旅では盛りの花は見られないが、秋の花として確認できたハンゴソウやメタカラコウなど上高地を代表する何種類かの植物を記しておきたい。

ハンコソウは、草丈が二メートルにも及ぶ平地でも見られる大型の植物で、茎の先に多数の黄色い花を咲かせる。湿り気のある場所を好み、背丈が高いだけに容易に確認できる。メタカラコウは、沢沿いや湿地に生えている。黄色い花は色褪せていた。「宝香《たからこう》」とは防虫剤に使われる竜脳香のことで、根の香りが似ているため、この名がついたとハンドブックに載っている。また、ソバナはキキョウ科に属していて、花は終わっていたが、風鈴のような可憐な可愛いキキョウと同じ薄紫色の花を咲かせる。図鑑による和名は、山仕事をする人々が通る岨道に生える菜の意味と出ている。クサボタンは、一メートルほどの背丈に、カールした女性の髪を連想させる淡紫の小花を多数つけている。

上高地の秋の訪れを告げる代表的な花に、マルバダケブキがある。背が高く花も大きく、ニッコウキツゲに似た黄色の花を咲かせる。すでに花は散り、フキに似た大きな葉だけになっていたが、逞しさを感じる植物である。さらに特筆しておきたいのは、猛毒で知られているトリカブトの仲間で、ミヤマトリカブトを確認できた。キョウチクトウ、ヒガンバナ、エンゼルトランペット、スズラン、イヌサフランなど「美しい花には毒がある」と言われるように、ミヤマトリカブトは、比較的濃い紫色の小さな花をつけ、花自体は大変美しい。すでに盛りを過ぎて花は散りヨモギに似た葉だけになっていた。この花は、地域変化が激しいと言われ、全国に特産種があり、北アルプスではこの花がもっともポピュラーと言われる。私がトリカブトの花を最初に実観したのは、法人会員である「小田急新富士ゴルフ倶楽部」のコース移動の際に、設置してあった案内板によるトリカブトの群生を見たときである。ここに記した多くの秋の花は、「右岸コース」の河童橋に近い、岳沢湿原付近で観察できたが、この辺はすでにヤナギ類やレンゲツツジが入り込み、乾燥した湿地が森に移行する様子が見られる。

岳沢湿原の美しい池で、多くの休憩をとったので、河童橋に戻ったのは、午後二時を回っていた。河童橋は、いつも多くの観光客やハイカーで賑わいを見せている。河童橋からは、紅葉した雄大な穂高の山並みを背に、ケショウヤナギの黄色、梓川の碧が映え、記念写真のスポットである。芥川龍之介の晩年、一九二七年（昭和二年）に発表された作品『河童』は、朝霧がかかる日、上高地から穂高を目指す男が、河べりで河童と出会い、気がつくとカッパの国を訪れていた物語である。現在の吊橋式河童橋は、一九九七年の竣工で、明治中期のハネ橋から数えて五代目である。いつもの行動で、五千尺ホテルに立ち寄り、このホテルで評判のスイーツとコーヒーを飲んで休憩した。

午後三時近くになって、再び河童橋を渡って梓川沿いの散策道を田代橋方面へと歩き、ウェストン園地のウェストン碑を経て、「上高地温泉ホテル」に立ち寄る。日帰り温泉を利用するためである。今回は四回目になるが、このホテルの露天風呂が気に入っている。無論、バスタオルや入浴料は有料だが、男湯の脱衣所には明治、大正、昭和初期に逗留した有名人の書や歌の額縁、今流のサイン色紙が飾ってあった。この上高地温泉ホテルを利用する理由は、ツアーで宿泊するホテルはバスタブで温泉ではないからである。そして、このホテルは、家人が会社勤めの時代、友人と旅行で宿泊した経験があり、お墨付きの温泉である。露天風呂を満足した私らは、ホテル前の散策道を田代橋まで下り、そこから七分ほどの大木に包まれた森のなかにある、宿泊ホテルに帰って行った。

六月若しくは一〇月に参加する、このツアーの楽しみは、上高地の新緑や深緑、紅葉の山や森といった自然に自らが溶け込んで、心身ともに癒すことができることにあるが、宿泊ホテルの食事も楽しみである。朝食は洋食のみで選択できないが、夕食は二泊するのでディナーと二日目は懐石料理にしている。信州地産の食材を活かした創作料理には満足できる。洋食と和食の食事場所が異なり、和食は和服の女性が世話をしてくれる。そして、このホテルマンたちは、千代田区にある本店で選考されて毎年交代になるそうだが、我々宿泊者や散歩がてら喫茶ルームを訪問する顧客にとって、笑顔と親切な気遣いの「おもてなし」は一流の評判を裏切らない満足できるものである。

最終日は、ツアーバスで乗鞍エコーラインを登り、夏に来る場合は、ガイドの案内により畳平のお花畑を散策する。高山植物が全て見られるような、自然観察公園である。今回は秋が深まり、畳平は非常に寒く、早めの下山を希望した。エコーラインを下る乗鞍高原付近には、ナナカマドの群生が延々と続き、深紅に染まったその紅葉の見事さは語るすべがない。途中、信州そばの昼食をはさみ、上田市内の味噌醸造会社を見学、買い物をして三時過ぎ上田駅に到着した。毎回、帰路の長野新幹線に合わせた一時間近くは、駅前で自由行動になり、上田駅から程近いみすゞ飴本舗で「四季のジャム」をわが家と友人に、「みすゞあられ」を孫娘の土産に、そして岡崎酒造まで足を運び、純米大吟醸の「美山錦」を求め、帰宅してから野沢菜の漬物を肴に一献を楽しんでいる。

最後に小説家であり登山家の深田久弥は、『日本百名山』(新潮社)を残しているが、山には「登る山と遊ぶ山」がある、と述べている。私の上高地を歩く旅行は登山ではなく、「遊ぶ山」である。そして、上高地から毎回帰宅して思うことは、足が丈夫なうちに、河童橋から移動だけで往復四時間はかかる、梓川の上流「徳沢園(キャンプ場)」まで足を延ばしてみたいとすることである。そこには、山をこよなく愛した作家・井上靖の名作『氷壁』に登場する山小屋、現・「氷壁の宿徳澤園」があり、そのカフェから窓越しの景色をゆっくりと眺めたいと思う。そして、すぐ近くにある楽園のような、スプリング・エフェメラル（春のはかないもの）と呼ばれる、可憐な白い花「ニリンソウ」の大群落に出合いたいものである。

二〇一四年一〇月

一隅閑話――ケショウヤナギで思い起こしたこと――

上高地には四度にわたり観光入山しているが、大正池や梓川の上流に向かう両岸の川沿いには、ケショウヤナギが群生しているのを見ることができる。初夏には青葉を、秋には黄色に染まった紅葉を楽しめる。そのケショウヤナギを眺めていると、ふと上田秋成の『雨月物語』の短編「菊花の約《ちぎり》」を思い起こすことがある。上高地のケショウヤナギと『雨月物語』は、全く関係がなく不思議に思われるだろう。私が、ケショウヤナギで『雨月物語』を思い起こした理由は、作者である上田秋成が、この短編は「武士としての信義」を主題としているが、冒頭に、柳は庭木とするような樹木ではないとしながらも、信義に欠く軽薄な者と比較して、柳の方が優れている、まだマシであるというような記述があるからである。つまり、「軽薄な者」と比較するのであれば、他に対象物なら幾らでもあると思われるものの、なぜ植物の柳なのか不可解に思ったことがあり、そのことが『雨月物語』を思い起こさせたのである。そこで、上高地から帰宅してから、気になったので改めて『雨月物語』の「菊花の約」を読み直したので備忘録にしておきたい。

上田秋成は、一七三四年（享保一九年）大坂曾根崎に生まれ、読本作者、歌人、俳人、茶人、国学者としての顔をもち、江戸中期の一七七六年（永安五年）に、九篇の短篇からなる幻想的な怪異談「雨月物語」を世に出した。後世の文学に影響を与えたとされる、その物語のなかでも、「菊花の約」が最も知られているのではないだろうか。この物語の書き出しは「青々たる春の柳、家園に種うることなかれ。交は軽薄の人と結ぶなかれ。楊柳茂りやすくとも、秋の初風の吹くに耐へめや、軽薄の人は交りやすくして亦速なり。楊柳いくたび春に染むれども軽薄の人は絶えて訪ふ日なし。」とあり、物語の結末には「咨《ああ》軽薄の人と交は結ぶべからずとなん。」と結んでいる。

この書き出しと結末を、芥川賞作家・円城塔さんの現代語訳を参考に要約すると、「春の青々とした柳は庭木として植えるものではなく、軽薄な者との交流はもつものではない。柳はひときは美しいが、秋風にすぐ葉を散らしてしまい、軽薄な者は寄るのが早くとも離れるのも早い。柳は春が巡りくると、また葉をつけて楽しませるが、軽薄な者はそれきりである。」という具合である。つまり、柳を庭木としても、その美しさは例えば桜花のように、「諸行無常」の心で愛でるものではない、として結末は嘆きながら「軽薄な者と交流をもったところでも、一体なになるというのか」で物語が締められている。以下にこの物語のあらすじを簡単に記しておきたい。

主人公・播磨の国の丈部左門は、清貧な生活を送っていた。一方、出雲の国の武士・赤穴宗右衛門は、富田の城主塩冶掃部介に招かれて軍学を講じていた。宗右衛門が城主から近江の国の佐々木氏綱への密使を命じられて、氏綱の屋敷にいた晦日の夜、以前所領横領の罪で富田城主を追われた尼子経久が、夜陰に乗じて城を乗っ取り、掃部介は討ち死にした。出雲の富田は、元来佐々木氏の守護する土地なのに、氏綱は臆病な愚か者で尼子を滅ぼす行動に出ようしない。宗右衛門は国元へ戻る途中に病に倒れる羽目になった。そして知人の家で看病されていた。左門は、流行病に感染するかもしれないと言う忠告を無視して、宗右衛門を看病して、回復後は自宅に逗留させて付き合ううちに、彼の学識の豊かさと武士としての信義を重んじる姿に感動し、義兄弟の契りを結ぶ。そして、宗右衛門は左門に重陽の節句九月九日に再会を約束して国元に帰国する。しかし、家臣らすべてが尼子に従順し、実の従弟までも武士として親族としての信義を欠いていた。そのことが、宗右衛門を苦しめ、自決まで追い込んだ。（左門からすれば、この帰国があまりにも軽薄な判断だったと思われる。）再会を約束した日の夜、待ち侘びる左門のもとへ自刃した男（宗右衛門）が幽霊となって現れる。

物語のなかでは、主人公の人柄を紹介した後、幽霊となって現れる男と義兄弟の契りを交わすいきさつ、その親友が幽閉されて身動きが取れなくなった経緯、そして、幽霊との再会の後の行動が綴られている物語である。そして結末は、主人公・左門が出雲の国へ出向き、宗右衛門の従弟を一刀の下に斬り伏せ、素早く立ち去った。しかし、この話を聞いた尼子経久は「義兄弟の信義の厚さ」に打たれ、あえて左門を追わせることはなかった。

このように、若い時分に読んで忘れかけていた「雨月物語」を思い起こし、再読する切っ掛けをつくってくれたのは、上高地梓川沿いに群生しているケショウヤナギであった。

二〇一四年一〇月

九体阿弥陀如来像 ——浄瑠璃寺を訪ねて——

一一月も終わりに近い二七日から、逝く秋を惜しむ奈良の旅に出た。九月に、いつも利用しているクラブツーリズム社の「四季の華」に申し込んでおいたのである。この商品企画は、いつも一〇組ほどのペアを募集するもので、大型バスで余裕もあり、見学の移動もスムースでまとまりが良く、何よりも宿泊ホテルに満足できる。そして、今回の企画は、旅程の初日が近鉄奈良駅に到着した後、自由行動であったことが参加を決定づけた。

と言うのも、以前から浄瑠璃寺をお参りしたい、とする強い願望をもっていた。しかし、浄瑠璃寺は京都の木津川市に所在するが、桜やモミジの名所と言うほどではなく、都の中心からは距離がある鄙びた山間に位置する寺院なので、私がツアーに参加する京都の旅では見学コースから除外され、一方の奈良のツアーでは距離的には近いが、県外であることから除外されていて、浄瑠璃寺の参拝は実現できないでいたのである。

お昼前に近鉄奈良駅に到着した。早めの昼食は、旅行社が用意した弁当を、京都からの車中で済ませてある。旅行社が手配したタクシーで、各ペアがプランしたコースを巡り、一六時をメドに近鉄奈良駅に戻る条件で、四時間の自由行動である。その後のスケジュール（東大寺と同寺三月堂参拝）に参加希望がないペアは、自己負担で貸切りタクシーを延長し、一八時の夕食までに宿泊先の奈良ホテルに戻ることも条件のひとつであった。私は迷わず、奈良駅から一〇キロほどの当尾《とうの》の里と呼ばれる、寂れた山間にある浄瑠璃寺や岩船寺、当尾の石仏・石塔を散策し、時間に余裕ができたら、ツアーコースに入っていない新薬師寺に回り、木造の本尊とは異なり、奈良時代に盛んに造られた塑造で、国宝指定の「塑造十二神将像」を拝観したい旨をドライバーに依頼した。これは、同伴した家人の奨めで「必ず感動する」というお墨付きであった。

私が浄瑠璃寺を拝観したいとする、強い願望をもったのは、若い時代に堀辰雄の小作品である『浄瑠璃寺の春』を読んで以来である。さらに拍車をかけたのは、家人が独身時代に友人とお参りした経験があり、「国宝である九体阿弥陀如来像に感涙若しくは有難涙するだろう」と推奨していたからである。

作家・堀辰雄は、随筆『浄瑠璃寺の春』で、「この春、僕はまえから一種の憧れをもっていた馬酔木の花を大和路のいたるところでみることができた。そのなかでも一番印象深かったのは、奈良へ着いたすぐそのあくる朝、途中の山道に咲いていた蒲公英《たんぽぽ》や薺《なずな》のような花にもひとりでに目がとまって、なんとなく懐かしいような旅人らしい気分で、二時間あまりも歩きつづけたのち、漸《ようや》っと辿り着いた浄瑠璃寺の小さな門のかたわらに、丁度いまさかりと咲いていた一本の馬酔木をふと見いだしたときだった。」と書き出している。一九四三年（昭和一八年）に、多恵夫人とともに、木曽路を経て、伊賀から大和に向かったときのことで、浄瑠璃寺の風景と夫人がふっさりとした馬酔木の白く垂れた花の一塊りを、何ということもなしに、掌の上にのせている情景を描いていることが印象的である。この小作品は、当時の「婦人公論」に「大和路・信濃の路」として連載された。また、日本文学全集では、中央公論の『日本文学』四二巻「堀辰雄集」にも収録されている。

近鉄奈良駅から市街地を抜けると、快晴のなか秋の深まりを見せている当尾の里は、紅葉が盛りで、散り始めた樹木もある。浄瑠璃寺のある山城《やましろ》は、奈良坂から東に伸びる丘陵地帯（山）にあり、雑木林や集落のある緩やかな坂道を登りながら、二〇分ほどで閑静で寂然な里山にある、狭いタクシー専用と思われる駐車場に着いた。門前には、観光地の土産物屋というよりは、里山の収穫物である柿や里芋、野菜類、漬物、餅、大和茶などが、粗末な屋台に無造作に並べられていた。無人スタンドで、殆どが一〇〇円均一である。観光客は不思議なほど疎らであった。

浄瑠璃寺の歴史を、分冊百科『週刊・古寺を巡る』（小学館）で調べて要約すると、一〇四七年（永承二年）に当麻（現・奈良県葛城市）の僧・義明（上人）が薬師如来を本尊とする、浄瑠璃寺の前身である西小田原寺を創建したのが始まりで、真言律宗の寺院である。本堂に九体の阿弥陀如来像を安置することから、九体寺の通称がある。この寺院の創立については、寺に伝わる「浄瑠璃寺流記事」が唯一の資料で、「縁起」の形式ではなく、箇条書き風に記録されたものしか残っていない、と言う。そして、本堂の建立は義明上人だが、檀那は阿知山大夫重頼とあるだけで、貴族ではなく当地方の豪族であろうことが推測されている。また、「流記事」によれば、本堂の屋根を一日で葺き終えているので、薬師如来像を西堂に移した嘉永年間は、小規模な寺院であったことが伺える。その後の時代には、応仁の乱をはじめ内乱が続いたなかで、多くの伽藍を焼失したが、浄瑠璃寺は京の都から遠い山里に位置したので、戦乱の災難に巻き込まれることもなく、境内には池を中心とした浄土式庭園と平安末期の本堂と三重塔が残り、平安朝寺院の雰囲気を今に伝えている。

山門に向かう狭い参道を進んで行った。参道の両側には馬酔木の植え込みがあった。参道は五・

六〇メートルほどで、五段ほどの石段を昇ると、何の構えもなく境内を囲む土塀の中央に屋根を施した簡素な入り口がある。拝観料処もなく、馬酔木の高さより低い入口なので、山門とは気がつかない。ところで、既述したように作家・堀辰雄は、馬酔木の花に憧れをもっていたと記しているが、この馬酔木は、「あしび、あせび、あせぼ」と三つの呼び名があり、馬がその葉を食べると毒にあたり、しびれ酔ったようになる、という由来によるものである。早春に枝先に複総状の花序を垂らし、多くの白いつぼ状の花をつける。奈良公園では、鹿が他の木を食べ、この木を食べないため、馬酔木が相対的に多くなったと聞くに及んでいる。しかし、多恵夫人は夫・堀辰雄と同様に、この花がよほど好きだったのだろう。この花には犯しがたい気品があるのに、夫人は手折っているが、人に見せたいような、いじらしい風情に惹かれたのであろう。

山門を潜ると、すぐに宝池（苑池・阿字池）がある。宝池は三重塔側の上から見た形が「梵字種字の阿《あ》」の字を形作っているので「阿字池」と呼ばれる。山間《あい》の静かな佇まいの境内で、中心にある宝池は、面積からは寺院の半分近くを占めるのではないだろうか。平安時代に造られた宝池は、極楽浄土伽藍を表現する「浄土式庭園」で、特別名勝及び史跡に指定されている価値ある庭園である。そして、山門から宝池に向かって左方東側には三重塔、右方西側には阿弥陀如来堂（本堂）がひっそりと建っている。いずれも昭和二七年国宝に指定されている。

浄瑠璃寺は、創建当初の本尊が現在の三重塔に安置されている薬師如来像であったので、薬師如来の浄土・東方浄瑠璃世界に因んで名付けられた寺院である。当初から本尊が阿弥陀如来であれば、阿弥陀如来の浄土である極楽から極楽寺と名付けられたかもしれない。創建六〇年後に、薬師如来から阿弥陀如来を本尊とする寺院になったとされるが、名称は浄瑠璃寺を継承している。

このように、本尊移設の経緯からみると、東側に薬師如来像を祀る三重塔があり、西側に阿弥陀如来像を祀る本堂があり、宝池を隔てて向い合っているのも頷ける。薬師如来は、東方浄瑠璃世界に住んで、現世の苦しみを和らげてくれ、阿弥陀如来は来世の西方極楽浄土へ導いてくれている。山門からみた伽藍配置を珍しいと思ったが、このことからすると、この配置は現世から未来へという、理に適う自然な形で理想的な魅力を引き出していると言えよう。

駐車場が空いていたので予想できたことだが、参拝者が疎らで、境内は閑散としていた。透き通ったような秋空、澄み切った空気のなか、山間の境内を囲む樹木は紅葉の真っ盛りで、散り始めた紅葉の葉を踏みしめて、宝池東側の高台に建つ桧皮葺の三重の塔をお参りした。非公開なので、薬師如来像は拝めなかった。そして、三重塔側から、極楽浄土を表した池のほとりに立って西方を見ると、宝池を隔てた長方形の九体の阿弥陀如来像を安置する本堂・九体阿弥陀堂は、池に映り込んだ優美な銀鼠の屋根が揺れていて、形容しがたい美しさである。池は透き通った水ではない。幾らかの土や水草を含んだ淀みの水だが、かえって極楽浄土に相応しい。澄み切ってほしいのは心の風景である。

以前、宇治の平等院をお参りした際、ツアー添乗員から、本堂には入場できないため、鳳凰堂中堂正面に安置されている本尊の阿弥陀如来像（扉があり、お顔は外から見える構造になっている）は、阿字池を隔てた正面付近から参拝することを勧められたことがある。浄瑠璃寺も同じで、古来宝池を隔てて参拝する様式なのである。つまり、本堂は全体が阿弥陀如来像の厨子であり、安置されている阿弥陀如来像の一体一体に板扉が配されていて、一般人が堂内から拝むことを予定していない、創建当時からの建築様式である。

三重の塔から案内板に従って宝池を迂回し、本堂の北側にある拝観・御朱印受付・売店処を通り、本堂に移動した。入口から本堂には、本堂裏の軒先の廊下を渡り、南側入り口から入るようになっている。堀辰雄の小作品『浄瑠璃寺の春』に、裏庭には、大きな柿の木があって、堀夫妻を案内してくれた、寺僧の娘らしい一六、七の少女との会話が記されている。多恵夫人の「大きな柿の木ねぇ」という問いに対して少女は、柿の木が七本あること、毎年秋には沢山の実が生って、「九体寺の柿やいうてな、それを目あてに、人はんが大ぜいハイキングに来やはります。あてがひとりで捥《も》いであげるのだすがなあ、そのときのせわしい事やったらおまへんなあ」と得意げに語る少女の様子を描写している。先の戦争さなかの昭和一八年春の話で、この山里には長閑さがあった。

本堂内部は、障子から差し込む柔らかな光を受けた九体の阿弥陀如来坐像が、横一列に安置されていて、簡素な薄暗い堂内で黄金の輝きを見せている。温雅なお顔に、かすかな微笑みを感じさせる中尊。その両側には、緩やかに衣文をまとい静かに瞑想にふけるような八体の脇仏。九体像のうち、中央に安置されている中尊は、像高（二二一センチ）が他の八体（一四〇・八センチ）より大きい。専門家によれば、浄瑠璃寺の本堂である九体阿弥陀堂は、摂関期に書かれた文献そのままの形式で残る唯一の遺構で、平安時代の貴族の浄土への憧れを、これほど切実に伝えた堂宇はあるまいとしている。そして、仏像のたおやかな美しさを感じさせ、静慮できる空間としては、これ以上に望むべくもないであろう。中尊の前に座り敬虔の念でお参りしたが、あまりの荘厳さに凝然《ぎょうぜん》としてしまう、これまでに体験したことのない感動を覚えると同時に、心身が洗われる想いがした。

本堂内の参拝者は、我々夫婦と若いカップルであったが、私は暫く中尊の前に座っていた。すると、御住職（佐伯快勝さん八二歳）が入ってこられた。私は御勤めの時間帯かと思い、その場を退くと、「そのままで結構です」と言われたので膝行して座り直すと、二〇分ほど浄瑠璃寺のガイドをしてくださるとのことであって、贅沢なそして幸運を極めるものであった。若者には興味がなかったのか、退室したので我々夫婦二人である。

御住職のお話で印象に残ったひとつは、九体仏は、九品《くほん》である九種類の印相の阿弥陀からなると言う。九品の印相は、上品上生、上品中生、上品下生、中品上生、中品中生、中品下生、下品上生、下品中生、下品下生までの九通りである。そして、浄瑠璃寺の中尊（本尊）の阿弥陀如来は、上品下生、来迎印と呼ばれる印相である。

来迎印とは、人が亡くなると、阿弥陀如来が極楽浄土から迎えに来てくれる印相なのである。浄土へ往生する者を、生前の性質や行いによって、阿弥陀様が「上品上生」から「下品下生」の九段階のどれかで浄土に連れて行ってくれると言うのである。そして、御住職は、「この寺にお参りされる方は、阿弥陀さんが『上品上生』のランクでお迎えに来てくださること間違いなしです」と言うことである。つまり、あの世の世界へ案内して頂く待遇も、日頃の行い次第なのである。ただ、安心できたことは洩れなく連れて行ってくれると言うことであった。蛇足ながら、御住職の話では、世間で日頃他人の行いを評価するときに使う、上品、下品の言葉は、前述の印相が語源になっていると言うことである。

もうひとつ、御住職の印象的な話は、現世で栄華を極めた藤原道長の臨終の話である。道長は、『小右記《しょうゆうき》』で「この世をばわが世とぞ思ふ望月の欠けたることもなしと思へば」と詠んでおり、「この世は自分のためにあるようなものだ。月の満ち欠け以外はすべて意のままになる」と解釈されるが、やがて迫りくる死からは逃げられなかった。真言密教の大般涅槃経の一節に「諸行無常」とあるように、この世の一切の現象は、永久に存在することはない、と言うことである。そして、その道長の最後の望みが極楽浄土であった。死を覚悟した道長は、自ら建立した京の法成寺の九体阿弥陀堂（無量寿院）に横たわり、九体の阿弥陀如来の手と自分とを五色の糸で結び、僧侶たちの読経のなか、念仏を口ずさみながら往生したと言われている。浄瑠璃寺の場合も、脇尊四体を五色の紐で結び、その紐を中尊に集め、その紐を束ねた末端を臨終者の手に握らせて浄土へ向かわせた、と言うことである。

御住職のお話が終わったので、本堂をお守りしている国宝の「四天王立像の二体は、拝ませて頂きましたが、あとの二体は、何処に安置されているのですか」と尋ねると、御住職は、「阿弥陀堂内に安置されているのは、持国天と増長天で、あとの広目天は東京へ、多聞天は京都に出張しています。」と言うことであった。つまり、広目天は東京国立博物館に、多聞天は京都国立博物館に寄託・保存しているのである。

ご住職にお礼を申し上げ、本堂を後にしたが、九体の阿弥陀如来像は、約九〇〇年前から変わらない御姿で、うたかたの世に生きる私たちに、語りかけているような気がした。一時間半近くの見学と参拝になったが、静寂な本堂の阿弥陀如来坐像を眺めていると、時間の経過さえも和らげ、余計な思考さえも入れない空間があった。心が新たになったような、明鏡止水の心持で、次の行程である当尾の石仏・石塔の里を経由して、天平の古より隆盛を極めた名刹で、関西の「紫陽花《あじさい》寺」と呼ばれる、真言律宗は岩船寺に向かった。

二〇一四年一二月

一乗谷炎上 ――朝倉氏遺跡を訪ねて――

北陸新幹線は、上信越・北陸地方を経由して、東京都と大阪市を結ぶ計画の整備新幹線である。二〇一五年三月一四日に、これまでは長野新幹線としていた長野駅から上越妙高駅・金沢間が延線開業した。これによって、速達タイプ「かがやき」(一日一〇往復)は東京・金沢間二時間四〇分台になった。その他に東京・金沢間の各駅停車タイプとして、三時間二〇~三〇分台の「はくたか」(一日一四往復)がある。

端から余談になるが、新型車輛が生まれる度に興味がある車輛は「W7」である。発表当時に知り得たことだが、デザインを監修した工業デザイナーの奥山清行氏は、この車輛のコンセプトを「和の未来、日本の伝統文化を形作る『和』のエッセンスを散りばめ、未来を拓く新幹線を創造する」、すなわち、「和の伝統美と最新の技術の機能美を実現する」としている。車輛の外観は、日本文化の象徴である和の価値や美意識に光を当て、さらに未来へと繋いでいきたいとする願いを込め、車体上部色と帯色は、北陸新幹線の沿線に広がる空の青さを表現した「空色」である。そして、帯色としては、日本の伝統工芸である銅器や象嵌の銅色を表現した銅色《カッパー》、さらに車体色は、日本的な気品や落着きを表現したアイボリーホワイトで、沿線の自然と一体となって美しい風景を作り出したい、としている。

これまで、福井や金沢、富山にはビジネスで出張したことはあっても、飛行機か新幹線では米原経由で行くことになり、観光したことがなく、北陸新幹線を利用した旅行を計画していた。いつも利用している旅行会社からの案内に参加して、新幹線開業三カ月を経過した七月の初めに三泊四日の旅が実現した。そしてこの旅では、初乗車の新幹線は快適で、金沢花町の歴史ある料亭での懐石料理と宿泊ホテルでのディナーに満足した。特に料理は、北陸の魚貝類や地産野菜など果穀藻菜を食材として、九谷の器に盛られた料理の味わいは、珍味佳肴の一品も加わり、あまりにも華奢で健啖な私の口の奢りを極めてくれるものであった。

一方の観光では、先の大戦で空襲を受けなかった金沢の古い町並みの散策、富山では世界文化遺産に指定された越中五箇山相倉集落の見学、福井では静寂な永平寺のお参りなどで、心に残る思い出をつくれた。また、JR長野駅以降の北陸線は初めての経験だっただけに、車窓から眺める通過区間の風景は、何とも快く心が踊るものであった。遠望できる北アルプス、列車の後方に去りゆく碧豊かな山々や森、穂を出し始めた水田の緑の広がりに目が沁みる思いがした。そして、ときどき現れては消える小さな集落や河川、北陸路の田園風景は山里の原風景がありのままにあった。この風景は、スペイン高速鉄道やシベリア鉄道で車窓から眺める、荒涼とした田園風景の一種寂寥を感じるものとは全く異なるもので、幸福感を満たすものであった。心が洗われる景色の美しさに見惚れている間、起床時刻の早かった私の連れは転寝《うたたね》している様子だった。この景色の美しさに劣らない快い夢が彼女に訪れていたであろうか。勿体ないと思ったがそのままにした。

特に二日目は、現・福井市城戸ノ内町の「一乗谷朝倉氏遺跡」が見学コースに入っていて、実見聞ができたことは幸運を極めるものであった。と言うのも、今年は四月から母校が主催している、「オープンカレッジ」で、松平定知客員教授（元NHKアナウンサー、番組「その時歴史は動いた」を担当）の咳唾珠《がいだたま》を成す名調子による「歴史の捉え方」を受講していて、戦国時代から大政奉還までの歴史に残る乱や大戦を学んでいるので、越前朝倉氏第一一代最後の当主となった朝倉義景を学ぶことができた、最も印象に残る旅になった。一般社団法人朝倉氏遺跡保存会会長の岸田清さんの遺跡案内に同行し、詳しく説明を頂いて、朝倉氏の栄耀栄華が想像できたので、備忘録として記しておきたい。

越前を支配した朝倉氏一〇〇年の歴史を語るのは、余りにも遠大過ぎるので、最後の当主となった一一代朝倉義景と織田信長による「姉川の戦い」から、一乗谷炎上までの経緯を松平先生の講義と歴史書によって辿ってみたい。保存会の岸田さんの説では、「信長にとって、栄華を極める朝倉の越前は、織田領である美濃と京都間に突き出された槍という位置から義景を服属させる必要があった」としたが、足利義昭を将軍として上洛させ、義昭の命として二度にわたって義景に上洛を命じた信長に対し、義景はそれに従うのを嫌い、かつ上洛によって長期間本国の越前を留守にする不安から拒否したため、義景に叛意ありとして信長の越前出兵の口実を与えることになった。これが姉川の戦いに発展した要因と考えられる。

一方で、この旅行から帰宅して間もなく、明智光秀の子孫である明智憲三郎の著書『織田信長四三三年目の真実』（幻冬舎）が発刊されたので、買い求めて読了した。著書では、信長の朝倉攻めの狙いを次のように記述している。その概要を示すと、信長の朝倉侵攻の狙いは、信長が「天下布武印」を出してから上洛するまでの間に、伊勢に侵攻して神戸氏や長野氏を降状させ、伊勢湾側の港を押えていたこと、次の手として日本海側の越前三国湊や若狭小浜・敦賀を押えることによって、琵琶湖を経由して伊勢湾と日本海とを結ぶ海運を支配することである。それは、交易によって莫大な利益をもたらすからである。その裏付けを明智さんは、三国湊には一五五一年（天文二〇年）に明船が入港した記録があり、朝倉氏の本拠一乗谷と取引していることを信長は知っていた。その証として、朝倉遺跡からは明の青磁や白磁などが大量に出土している。また、小浜港には一四〇八年（応永一五年）に東南アジアから、足利義時将軍へ献上する象やオウムが陸揚げされた記録があり、越前・若狭、なかんずく朝倉義景の一乗谷は、どうしても支配下におく必要があった、としている。

一五七〇年（元亀元年）、織田信長は朝倉義景を討つために兵を挙げた。朝倉氏と信長の義弟である浅井長政は主従関係にある同盟関係にあった。しかし、信長は妹のお市の方が長政の妻になって、浅井三姉妹と呼ばれる、後の秀吉の側室の淀君、京極高次の正室のお初、徳川二代将軍秀忠の正室お江という娘たちがいたことから、信長本人が朝倉を攻めれば浅井も従うと判断したが、浅井は縁戚関係よりも祖先からの主従関係を重視して朝倉に加勢した。

浅井長政に怒りを爆発させた信長は、難攻不落といわれた長政の小谷城を攻略するべく、城攻めではなく野戦にするために横山城を包囲する戦法に出る。この城は、近江の南と北を結ぶ要所であり、ここを信長に抑えられると浅井勢は分断されるので、横山城を見捨てることをできない浅井軍は、横山城の付近を流れる姉川に兵を出してきたのである。ここに、姉川を挟んで織田対浅井、徳川対朝倉の戦いが勃発した。講談流に言えば、激戦は九時間におよび姉川は血で赤く染まったと言う。兎に角も信長は、家康に助けられて勝利したのである。その後、信長は横山城を攻め落とし、秀吉を城主とした。長政は城で自決するが、三姉妹とお市（信長の死後柴田勝家と再婚）は、秀吉の計らいにより生き残り、歴史上に大きな影響を与えることになるのは、戦国ドラマでご承知のとおりである。

信長は姉川の戦いに勝利したが、越前朝倉に勝利したわけではない。一五七一年（元亀二年）に信長は、朝倉に協力してきた比叡山を焼き打ちして挑発し、翌年には再三にわたり、朝倉義景に対して決戦を申し込んでいるが、義景は無視している。一方、甲斐の国の武田信玄は、西上作戦を開始し、遠江・三河方面へ侵攻し、徳川軍は次々と城を奪われた。その出兵の際、信玄は義景に協力を求めている。義景は打って出たが、羽柴軍に敗退、部下の疲労と積雪を理由に越前へ撤退し、信玄から非難の文章を送りつけられている。その後、義景は動くことをせず、朝倉家にとって同盟者であった武田信玄が陣中で病死して甲斐に引き上げてしまった。このことから、信長は織田軍の主力を朝倉家に向けることが可能になり、いよいよ、一条谷の戦いへ発展するのである。

一五七三年（天正元年）八月八日、信長は三万の大軍を率いて近江に侵攻する。一方の朝倉義景は、数々の失敗から家臣の信頼を失い、重臣が出陣命令を拒否したことから二万の軍勢で出陣した。一二日には、暴風雨を利用した信長の電撃的な奇襲によって、大嶽砦を、翌日には下野山砦も陥落し、越前への撤兵を余儀なくされた。しかし、信長の追撃は非情を極めた厳しいもので、義景軍は壊滅的な被害を受けて、有力武将の多くが戦死してしまった。

義景は命からがら疋壇城から逃走して一乗谷に退却を目指したが、この間にも将兵の逃亡が相次ぎ、高橋景業ら一〇名程度の側近のみとなってしまった。それでも一五日には漸く一乗谷に帰還した。そこで、義景は改めて出陣命令を出したが、朝倉景鏡以外は出陣してこなかった。味方側も勝負は決着したと判断したのであろう。このため義景は、自害しようとしたが、近臣に止められ、一乗谷を放棄する決意をして東雲寺に逃れ、平泉寺の僧兵に援軍を要請する。しかし、信長の調略を受けた平泉寺は、逆に東雲寺を襲う始末で、義景は一九日の夕刻に賢松寺に逃れたのである。

信長が率いる織田軍は、柴田勝家を先鋒として一乗谷に乗り込み、手当たり次第に居館や民家、神社仏閣などに放火した。織田軍の勢力は朝倉軍にとっては猖獗《しょうけつ》を極めるもので、この猛火は三日三晩続く、所謂「一乗谷炎上」であり、これによって一一代続いた朝倉家一〇〇年の栄華は廃燼《はいじん》と化したのであった。賢松寺に逃亡した朝倉義景は、ここに至って八月二〇日遂に自害を遂げたのである。享年四一であった。

この戦いの功績により、信長から守護代職を与えられた朝倉氏旧臣の桂田長俊が一乗谷に館を構え越前を統治していた。しかし、同じ旧臣である残党の富田長繁ら国人は、長俊に反感をもっており、民衆を煽って一揆を起こさせるべく画策し、一五七五年（天正三年）一月一八日に一揆が蜂起して一乗谷に攻め入り、桂田長俊一族はもろとも打ち果てたのである。信長は、この一揆を平定した後、越前八群を柴田勝家に与えたが、勝家は本拠地を水運・陸運に便利な北の庄に構えたため、辺境の地と化した一乗谷は田畑に埋もれ、以来一乗谷川の氾濫による堆積する土砂に埋もれた。一九六七年（昭和四二年）に発掘するまでは田畑として利用されていた。遺跡保存会の岸田さんは、復元した武家屋敷を案内しながら、「私が小学生の頃、この辺は田圃の畦道でした」と語った。以下に、朝倉氏遺跡について記す。

戦国時代の城下町と館跡および背後の山城が一乗谷朝倉氏遺跡である。この概要を記すと、福井市街の東南約一〇キロメートル、九頭竜川水系足羽川支流である一乗谷川下流の細長い谷間が一乗谷で、東西約五〇〇メートル、南北約三キロメートルの領国である。武家政治を確立した源頼朝の鎌倉幕府は、海を目前にして竈のように山を背にしているが、一乗谷は谷合に住み、山と川を要塞とした領国の点では類似しているように思える。

一乗谷は、東、西、南を山に囲まれ、北には足羽川が流れる天然の要害で、周辺の山峰には城砦や見張り台が築かれ、地域全体が広大な要塞群であった。また、三国湊（現・坂井市）に続く、足羽川の水運や大野盆地（現・大野市）に通じる美濃街道、鹿俣峠を抜け、越前府中（現・越前市）へ続く街道などが交通の要所であった。一乗谷の南北に城戸を設け、その間の長さ約一・七キロメートルの「城戸の内」に朝倉館をはじめ、侍屋敷、寺院、職人や商人の町屋が、計画的に整備された道路の両面に立ち並び、日本有数の城下町の主要部を形成していたのである。

文明年間には、重臣が一乗谷に集住するようになり、また応仁の乱により荒廃した京から多くの公家や高僧、文人学者たちが避難してきたため、一乗谷は飛躍的に発展し、華やかな京文化が開花した。シダレザクラがやたらと多く感じたが、恐らく京都からの移植によるものではないか。戦国四代の朝倉孝景の頃から全盛期を迎えて「北の京」とも呼ばれ、最盛期には人口一万人を超え、越前の中心として栄華を極めていたのである。

一乗谷朝倉氏遺跡保存会会長の岸田清さんの案内により、復原（復元ではなく、約四三〇年前の土台そのままを使っているので、復原としている。これは東京駅舎の復原と同じと言う）された遺跡は、当主館や侍屋敷、寺院、職人や商人の町屋、庭園から道路に至るまで、戦国時代の町並みが完全な姿で発掘されていて、丁寧な説明を伺いながら見学した。案内によると、遺跡からは約五千基の遺構が検出され、一六〇万点を超える遺物が出土していると言われたが、発掘された遺跡で印象に残った幾つかを記しておきたい。

遺跡は、城戸（城門）で見事なのは「下城戸」である。一乗谷を防御するため、城下町の南北に土塁を築いて城門を配した。京に近い南側は上城戸、北側は下城戸で、この間の一・七キロメートルの城戸内に城下町の主要部がある。下城戸は、東西の山が狭まった谷の入り口に設けられ、現在は幅一八メートル、高さ五メートル、長さ二〇メートルの土塁が残っている。枡形虎口である門跡には重さ一〇トン超の石が積み上げられている。なかには四〇トンを超す巨石もあり、どこからどのようにして運んできたかは不明である。そして、城戸の外側には、幅一〇メートル、深さ三メートルの濠があり、かつては谷の中心を流れる一乗川と直接繋がっていたと考えられている。上城戸は、幅一三メートル、高さ五メートル、長さ五〇メートルの土塁が残存しているが、驚嘆に値するものである。

侍屋敷は、朝倉館から一乗谷川を隔てた場所に、周囲には土塁を巡らして大屋敷が立ち並んでいた。現在は、復原町並みとして復元整備されている場所で、それらのうちの一軒、史料等を参考に三〇坪の主殿を中心に、庭園、蔵、納屋、井戸、厠まですべて再現されていた。屋敷を復元していない屋敷跡は、土台の石、井戸、厠などの跡が、四三〇年前のままに発掘されている。これらの城下町は、一〇〇尺（約三〇メートル）を基準に、計画的に町割りがなされた町並みで、京都のように整然としていたようである。一九九五年に発掘した結果、史料等を参考に二〇〇メートルに亘って、当時の町並みが復元され、復原町並みとして公開されていて、原寸大の立体模型は日本で初めてと言う説明があった。

最後に、朝倉館跡を見学した。一乗谷の中心に位置する朝倉家当主が居住した館である。侍屋敷のある町並みからは、一乗谷川を渡った東側で、背後には山城があり、西、南、北の三方を高さ一・二メートルないし三メートルほどの土塁で、その外形を幅八メートル、深さ約三メートルの濠で囲んでいる。三方の土塁には、それぞれ隅櫓や門があったとされる。西方にある門が正門であり、現在は唐門が建てられてあった。屋敷面積は、約六四〇〇平方メートルあり、内部には一七棟の建築物があったとされるが、復元はされていない。発掘した土台の無数の石は当時ものである。館内の説明では、館内最大の常御殿を中心に、南側には主殿や会所、数寄屋、庭園、花壇などの接客施設群が、北側には台所、持仏堂、湯殿、蔵、厠など日常生活のための施設群が現存していたことが判明している。

そして、この館の建物は、すべて礎石に各柱を立てて建てられており、屋根にはこけら板等を葺いていたと考えられていて、鬼瓦や棟石も発掘されている。この館跡には、侍屋敷跡にある井戸跡が見当たらなかったので、案内の岸田さんに質問すると、「厠の汚物が地下に浸透して井戸水に入り込み、衛生上の問題から館内に井戸を造らなかった」とした。館内に移住する当主らの飲料水は、城戸西側にある「不動清水」という湧水地から運搬していたのではないか、と言うのが岸田さんの見解であった。岸田さんの案内は四〇分で終了した。その他の遺跡として、白山神社や春日神社、天台宗真盛派で一乗谷最大の寺院、西山光照寺跡、南陽寺跡など数十箇所ある神社仏閣跡を見学することができず、残念であった。岸田さんのガイドが「南陽寺」に及んだ際、一五六八年（永禄一一年）三月の桜の季節には、接待場所としても使われていた南陽寺の庭園で、朝倉義景が足利義秋（後の一五代将軍・足利義昭）を招いて宴・歌会を催した際の歌を披露されたので、記しておく。

もろともに月も忘るな糸桜　年の緒長き契と思はば　義昭
君が代の時にあひあふ糸桜　いともかしこきけふのことの葉　義景

蛇足ながら、歌のなかの「糸桜」とは、恐らく京から移植したと思われる「枝垂れ桜」のことで、枝が地に垂れる糸のような様を風流に表したのではないだろうか。遺跡のすべてを見学することはできなかったが、昼食は、遺跡内の施設食堂で、「一乗谷ふるさと料理クラブ」（当町の主婦）の皆さんが、当時の史料を元にした「朝倉膳」（本膳と弐の膳一五品目）を頂いて、もう少し時間が取れればという思いを抱きながら一乗谷を後にした。

そして、頭を巡らしたことは、朝倉義景には「天下統一」の野心などなく、圧倒的強さを誇った織田軍・信長に屈せず、なぜ戦いに臨んだのであろうか。後の松江藩主の堀尾吉晴が信長に与し、豊臣、徳川三代の要職に就いたように、義景に家康のような深謀遠慮さがあったら、うまい具合に信長に与することで、一〇〇年続いた朝倉家は、ポジションは変わっても継承できたのではないか。もうひとつは、信長からの「売られた喧嘩」にしても、戦いに挑むにあたって、姉川や近江の野戦ではなく、浅井長政の居城であり難攻不落と言われる小谷城か、朝倉義景の自然の要塞で固めた一乗谷で戦う戦略をとるべきではなかったか。そうすれば、織田軍の戦力からすれば仮に乾坤一擲と言うよりはむしろ鎧袖一触とも言える戦いであったとしても、一二日間で、全滅するには至らなかったのではないか、と思ったりもした。理不尽な信長のやり方に従順できなかったのは、戦国武将としての浅井・朝倉のプライドだったのであろう。

それにしても、四六〇年の時を経て、三～五メートルの堆積する土砂から一乗谷朝倉遺跡が発掘されたことは、日本歴史上の宝であり、さらに発掘が進み義景館が復原されることを願うものである。余談ながら最後に付記すると、ＴＶのＣＭで女優の吉永小百合さんが旅先から、同業者の樹木希林さんに顔が似ているお地蔵様を発見したことを、ご本人にスマホで報告している場面は、この遺跡の「義景の館跡」のすぐ傍にある石仏群からである。ＣＭ撮影終了後に吉永さんを案内した遺跡保存会・岸田会長へのお礼として、吉永さんはツーショットに応じてくれたと言う。遺跡案内の終了時に、Ａ３版に拡大した数枚の記念写真を見せてくれたが、岸田さんの誇らしげな満面の笑みが印象的だった。

二〇一五年八月

おわら風の盆 ——八尾町を訪ねて——

九月一日は「防災の日」である。この日は、今から九二年前の一九二三年（大正一二年）九月一日午前一一時五八分、震度七の大地震が関東地方を襲うという、所謂「関東大震災」が発生し、一四万人余の尊い人命が失われた日である。防災の日は、これを教訓として、政府・地方公共団体はもとより、広く国民が台風や豪雨・洪水、地震、津波などの災害の恐ろしさについて認識を深め、日頃からの備えを充実することによって、災害の未然防止と被害の軽減に資する目的で、一九五九年（昭和三四年）に来襲した「伊勢湾台風」の翌年に閣議決定で制定されたものである。

一方、九月一日は、立春から数えて「二百十日」にあたる。歴史を遡ると、この時期から台風が多くなるとされ、江戸中期の天文暦学者・囲碁棋士・神道家である渋川春海（一六三九年〈寛永一六年〉〜一七一五年〈正徳五年〉）は、精密な天測と運行の計算に基づいた日本独自の「大和暦」を作成し、一六八五年（貞享二年）に幕府が施行した「貞享暦」に載せて警戒を促した。ちなみに、この「貞享暦」の完成に至るまでは、失敗苦労の連続で二二年間の研究を要したとされる。四代将軍・家綱の後見役である会津藩主・保科正之や水戸光圀らが資金を援助したが、保科は完成を見ることがなく、研究の継続と援助を遺言とした。これらの経緯は、作家・沖方丁著『天地明察』（角川書店、二〇一〇年本屋大賞受賞作品）に詳しく、翌年映像化された。

このような経緯もあり、江戸時代から二百十日には、全国各地で秋祭りの季節を迎える。今や全国区となった、富山県富山市八尾町で、九月一日から三日間に亘って行われる、風鎮めと五穀豊穣を祈る「越中八尾おわら風の盆（踊り）」は、叙情豊かで気品が漂い、かつ一種幻想的でさえあり、観る人を感動させずにはおかない。七年ほど前に、勤務先から程近く、いつも利用している喫茶店「カルディ」でＤＶＤを見せてもらって以来、優雅な踊りに魅せられ一度は訪ねたいと思っていた。それが、今年の三月には北陸新幹線が開通したこともあり、三カ月前に旅行社から案内のあった一泊二日のツアーを予約し、強行軍ではあったが、九月一日夜の鑑賞が実現したので備忘録として記しておきたい。

当日、東京午前九時四四分発「はくたか五六六号」で出発、いつもより多い夫婦一二組二四名のツアーであった。一二時半頃に到着した富山駅は、大変な混雑である。富山市八尾町は人口約二万人とされるが、この三日間に二五万人の観光客が訪れるということで、市内ホテルや旅館のキャパシティを遥かに超えていて（八尾町では旅館が八軒あるが、収容人員は六〇〇名）、我々ツアーの宿泊先は、八尾町までツアーバス（富山地鉄観光）で、三〇分かかる隣接する砺波市のロイヤルホテルであった。今回は、「おわら風の盆」が目的であり、それ以外の市内観光（岩瀬の廻船問屋の森家や富山薬の老舗・池田屋安兵衛商店）や宿泊温泉、料理などはさほど興味のない見学である。午後四時前にはホテルに到着、八尾町へバスで出発する午後六時までは時間があったので、ツアーが配布してくれた「おわら風の盆」に関するパンフレットに目を通しながら、ホテルロビーで放映されていたＤＶＤを鑑賞した。この時に知見した、この催事の歴史的な経過などについて記しておきたい。

八尾町は、平成大合併により平成五年四月に富山市に合併されたが、ツアーバスで配布された

「北陸マップ」によると、飛騨から日本海へ抜ける街道筋にあり、交通の便ではＪＲ富山駅を起点にすると、高山線（越中八尾駅）で三〇分、バスで五〇分ほどの所である。地名の「八尾」は、飛騨の山々から越中側へ延びる八つの尾根を意味すると言われ、富山平野の南西部、飛騨山脈の麓、岐阜県との県境に位置し、町の中心部はなだらかな坂に固まる集落である。（婦負郡に属する八つの村が昭和三二年に合併し八尾町になる。）

戦国時代の武将にとっての八尾は、戦略の要であり、江戸時代には富山藩の御納所（財政蔵）として、街道交易の拠点として繁栄していた。また、江戸時代に町建てを行って以来、養蚕の生産を拡大して、その販路を飛騨、加賀、能登、越前の近隣国をはじめ、丹波、但馬、美濃といった諸国に及ばせ、富山藩の財政を支えるほどこの地域は繁栄を極めたのである。さらに産業としては、和紙や薬草、木炭など様々な商いを拡大し、生産物の集積地となって町筋が拡張された。このような経済の発展は豪商を生み出し、彼らによって町には、日本各地の芸能や文化がもたらされ、八尾は大いに賑わい、町民の暮らしを豊かにした。今日、八尾町民の芸能文化の関心の高さは、町づくりに始まり、「曳山神事」や「おわら風の盆」といった伝統文化に継承されている。

本題に逸れるが、五月三日に行われる「曳山祭」は、下新町（八尾は一一の町・地域からなる）にある八幡社の春季祭礼として、江戸時代・寛保元年頃から約二七〇年余に亘って行われてきた伝統行事である。写真で見る下新町、今町、諏訪町など六台の曳山は、二層形式の屋台山（車）で、越中の名匠によって、人形彫刻、彫金、漆工金、箔、棟梁など美術工芸の粋を集めて、歴史上の人物や七福神、鳳凰などが施され、その豪華絢爛な曳山は、富山県の有形民俗文化財に指定されており、往時の栄華を偲ぶことができる。

さて、「おわら風の盆」に話を戻すと、その起源は明確ではないとしながらも、そのよりどころをなす「越中婦負郡志」では、加賀藩から下された「町建御墨付（建物を建てる許可書）」の所有権を巡って町の開祖である米屋小兵衛家と町衆の争議が起こり、結果として町衆が取り戻した祝いの踊りが元になっている、とするのが定説である。ツアーガイドによれば、町衆は三日三晩、昼夜を問わず賑やかに歌い、町を歩いて踊り明かしたとしている。八尾おわら資料館の館長・吉岡聖一さんは、当時は「太鼓や尺八などの楽器もあり、唄も俗曲や浄瑠璃だったようです」と語っている。ちなみに、「おわら」の名称については、幕末に流行った「お笑い節」から名付けたという説や豊年満作を祈るから「大藁節」になったという説、八尾近郊の小原村で伝承されていた糸繰り唄の美しさから、その名を取ったという説などがある。

一方、「風の盆」の由来は、当初は盂蘭盆会（旧暦の七月一五日）に行われたとされるが、やがて二百十日の九月一日から三日間に変わったのは、この日は旧暦の八朔にあたり、収穫を目前に控えたこの時期は台風到来の季節で、稲が台風被害に遭わないように、風の厄災を鎮める行事として、この名がついたと吉岡さんが語っている。個人的な見解としては、冒頭に記した天文暦学者・渋井春海が大和暦である「貞享暦」を完成させ、二百十日頃から台風が多く到来することを暦にのせ、警戒を促したことを遠因として、「おわら風の盆」踊りを九月一日初日にすることに変えたのではないかと思う。

宿泊ホテルに到着した四時には、初秋を感じさせる穏やかな天気であったが、八尾町に出発する六時には土砂降りの雨である。ご当地では、「弁当忘れても傘を忘れるな」の格言があるそうだが、天候が急変すると言う。雨のなか三〇分ほどでＪＲ越中八尾駅から程近い、ツアーバスである富山地鉄グループ観光バスセンターの専用駐車場に到着した。三〇台以上駐車できるスペースである。如何に観光客が多いかが分かる。県外からの観光バスの駐車場は、駅からかなり離れている。霧雨が降るなかを特別に設営された「おわら演舞場」になっている、八尾小学校グランドに向けて歩き出した。早足で約三〇分かかると先導するガイドから案内がある。

駅前の平地から、町の東側を流れる井田川の「坂のまち大橋」を渡ると、町並みは平地もあるが、なだらかな坂道になる。その通りは街灯の明りと両側は提灯で埋め尽くされている。下新町の八尾八幡社を左手に見ながら、今町に入り立派な寺院の聞名寺から東町と進んで行った。すでに通りに面した家の二階座敷で風の盆踊りが始まっている町があり、通りはそれを見学する黒山の観光客で混雑し進めない。漸く東町まで辿り着くと、真近くなった八尾小学校方面から、ゆっくりとした哀調を帯びたような笛と太鼓の音が聞こえてきた。すでに七時を回っていて、風の盆踊り実演会は始まっているようだった。一時止んだ小雨が降り出してきたなか、急いで東町の通りを左方に坂を下った突き当たり正面の八尾小学校の校門から校舎をとおり抜け、観覧席が設営されているグランドへと進んで行った。

我々のツアーは、「おわら演舞場」での鑑賞を予約してあった。会場の八尾小学校には、常設の屋根つきの舞台が設置されていて、グランドには有料席（ちなみに、特別指定A席は三六〇〇円であった）の折りたたみ式椅子が大凡三千から四千個ほど用意してあるので雨天決行である。但し、見物者は傘をさすと後方の見物者が鑑賞できないため原則合羽着用で、持参してこなかったメンバーにはツアーバスが粗末なビニール合羽を支給してくれた。この会場は、一一ある各町（地域）の発表会になっていて、唄い手、囃子、楽器を奏でる「地方・じかた」と言われる三味線、胡弓、太鼓と踊り手（町によっては、編み笠を着用しない幼稚園児から中学生、編み笠を着ける高校生以上の成人で構成する）総勢五〇名ほどで二〇分ほど実演し、出演時間以外は各町の道路で踊る（町流しと言う）のである。午後一一時をメドに町流しを終え、その後は自由に各町に移動し、観光客の有無に関係なく、朝方まで続くと言うのである。つまり、町流しは観光としての踊りではなく、八尾の地元に根差した催事なのである。

舞台鑑賞で印象的なことを記すと、まず衣裳である。唄い手や三味線、胡弓、太鼓、囃子の「地方」衆は、各町の殆どが紺系の着流しである。青年女子の浴衣は、各町で異なり桜色、藤色、薄紫、若草色、薄蜜柑色などに、唄の歌詞の一節や稲穂や小鳥などが染め込んであり、町毎に特長がある。そして、各町が共通していることは、黒帯に赤の帯締めである。衣裳としての浴衣そのものは清雅で瀟洒であるが、この黒帯と赤の帯締めのコントラストが強烈な印象を与え、幽玄な美しさを感じさせる。黒帯を共通にしたのは、昔、衣裳を揃える際に帯までは手が回らず、殆どの家にある冠婚葬祭の喪服の黒帯を使ったなごりとされている。一方の青年男子の衣裳は、股引きに法被《はっぴ》姿で、農作業衣を象っているが、木綿で作ってもすっきりした踊りの形にならないことから、羽二重で作られた贅沢な衣裳と言われている。法被の背中には、町毎に、謂れのある紋章が染め込んである。

最も興味をもったことは、踊りの意味すること、何を表現しているのか、と言うことであった。恐らく再び訪ねることはないと思われるので、最も印象深い「女踊り」（新踊り）を備忘録として記しておく。この踊りは、おはら資料館の資料によると、画家であり俳人でもある小杉放庵が、八尾の春夏秋冬を詠んだ「八尾四季」に、舞踊家家元・若柳吉三郎が、河原で女性が蛍とりに興じる姿を振りつけしたもので、日舞の艶めきがある。踊りの仕草が表す意味合いは、「蛍とりに出掛ける仲間を呼んでいる」仕草から始まり、出掛ける前に手鏡で化粧直しの仕草、河原で月を眺める仕草、両手で蛍を捕まえようとしている仕草、蛍がいるところを指す仕草、袖を振りながら蛍とりを楽しんでいる仕草、蛍が乱れ舞っている様子を表す仕草、蛍とりが終わって仲間とお別れ会釈をしている仕草、最後は「手を広げた直り手と前に手を合わせる結び手」である。途中幾つかを省略したが、一三の意味合いが三〇の踊りの仕草によって構成されている。それは、叙情的で上品な踊りそのものが優美で艶容であり、さらには色鮮やかな衣裳が夕闇に照らされて、静寂に踊る姿は一種幽玄な趣を醸し出していて、観る人を感動させずにはおかないであろう。

一方、「男踊り」(新踊り)は、男性が農作業の所作を表したものされ、農作業の始まりを告げる呼び出しの手叩きの仕草から始まり、稲の苗を植える仕草、実った稲が段々と頭を垂れてくる様子を表す仕草、稲刈りの仕草、収穫を終えて天に向かって合掌する仕草など、一四の意味合いが二四からなる踊りの仕草によって構成されたものである。男踊りは、素直で素朴な直線的力強さのなかに、しなやかさをもつ魅力的な踊りで、法被姿の若い衆の色香が漂っていた。

雨が降ったり止んだりしたなかで、私ら夫婦は今町、下新町、東町、諏訪町の発表実演を鑑賞して会場を後にした。そして、帰りのツアーバスの時刻(午後一〇時、〇時、夜中の二時を選択)に間があったので、遠回りをしながら上新町、西町などを経由して、駐車場へと歩いて戻ってきた。おわら風の盆の町流しが行われる旧町は、山の傾斜に細長くできた坂の町である。通りの両側には雪流しや防火に使われる「エンナカ」と呼ばれる用水が流れていて、心地良い音を聞かせ、どこからか虫の声が聞こえてきた。もうすっかり秋の季節を感じた。

途中、帰路のバス集合時間までをもて余していたので、ご当地民芸品を中心としたお土産屋に立ち寄った。通りの飲食店は観光客で大変な混みようだったが、民芸店の顧客は我々と数人である。家人は、八尾町の産物である和紙の、一筆便箋などを求めていた。私は高価な九谷焼の陳列戸棚を素通りして茶碗類の展示棚で「ぐい呑み」を眺めていた。主人が寄ってきて、私が手に取っていたお猪口を見て、「私もそれが一番気に入っているんですよ」と言う。確かに、数あるなかでは、どこか雅趣を感じたので、「これはどこの焼き物ですか」と尋ねると、「栃木県の益子町で焼かれたものです」とのことであった。約七年間、勤務先の宇都宮工場に単身赴任している時代、人間国宝・浜田庄司さんの御存命中に三度ほど工房に出掛けたことがありながら、「益子焼き独特のイメージ」とは異なった作品に、そのことが分からなかった自分を恥じ苦笑した。そして、栃木路から遥か遠方の北陸路の八尾町まで流れてきた「ぐい呑み」を、八尾町を訪ねた記念に買い求めて、関東は湘南茅ヶ崎のわが家にもち帰ることにした。このぐい呑みを使う度に「おわら風の盆」を思い出すであろう。ホテルに戻り、雨の中で冷えた体を露天風呂で癒し、床に就いたのは夜中の一時を回っていた。部屋の窓から外を見上げたら、群青の夜空に満天の星が輝いていて美しい月が出ていた。

今回の旅で実感した「おわら風の盆踊り」は、叙情的で気品があり、踊りそのものが艶容で美しかった。特に女性の踊り手は、三角形の編み笠で顔を隠しているので、手や腰の動きの美しさに視線が集中することから、踊りを優雅で情趣の深いものにし、感動で胸の高まるのを覚えた。青森の「ねぶた」や徳島の「阿波踊り」は、どちらかと言えば「跳ねる」躍動的な「動」に対して、淑《しと》やかな動きの素晴らしい修練が見える「おわら風の盆」は、他の踊りで敢えて例えるなら、熊本は山鹿市の「山鹿灯篭踊り」のような「静」の世界である。いずれにしても、特に成人の「女踊り」には、心に焼つく感動を覚え、この感動をやがて成人する孫娘の「凜」と「杏」に、語り伝えたいとする想いを抱いたが、私には「風の盆」踊りの美しさをありのままに形容する語彙に乏しいのが、何とも残念である。

そして、最後の締めとして些細なことを付記すると、八尾町を後にする町中を散策している途中で、実演会場で観た、艶やかでなまめかしい艶姿の「女踊り」をしてくれた、健気なイメージのある女子高校生たちが編み笠をとり軒先で休憩していた。そして、そこにはスマホとお喋りに夢中になっている少女の無邪気さがあって、どこの町でも目に触れる情景に、なぜかほっとしたような快い安心した気分になれた。

二〇一五年九月

あとがき

あとがき

昨年一一月八日の誕生日を以って古稀を迎えた。これまでのビジネス人生を誠の感謝を以って終結させて頂きたいと思っている。そのビジネス人生を振り返ると、勤務先集団に賞揚されるほどの貢献もすることなく、四七年間に亘り勤め上げることを可能にして頂けたのも、先人や先輩、同僚、後輩の皆さんに支えて頂いたことはもとより、お得意様や取引関係会社など多方面の皆様のご指導ご鞭撻のお蔭であり、衷心より御礼と感謝を申し上げるものである。

これまで三冊の備忘録を記してきたが、その動機は私が二〇代の後半、酒席の折に当時の五代目社長芦澤新二さんからの薦めによるものであった。そのアドバイスは、「勤務が例え激務であっても、必ず『忙中自ずから閑あり』であって、日記風の作文を書くほどの時間は執れるものである」とするものであった。そして、それを継続することが力になる、と力説された。それを何となく実践してきたことが、五〇歳に纏めた『備忘録集』となり、その後五年毎に上梓することに繋がった。このことは人生の喜びであり、なかんずくビジネス人生さえも充実してくれたように思われ、二七回忌を迎えた、故芦澤新二社長に感謝の気持ちをご報告したい。

顧みると、前集『ビジネスマンの余白』を上梓した翌年の二〇一一年三月一一日午後二時四六分、日本の観測史上最大のＭｗ九・〇の東日本大震災が発生した。死者一万五八九一人、行方不明者二五八四名（二〇一五年三月現在）をもたらしたこの自然災害は、津波と原発事故を併発したもので、わが国にとっても「危急存亡の秋《とき》」の混乱が続いた。この震災は、企業にとっても不断に備えている危機管理の限界を超えた、活断層のズレによる自然論や運命論、風靡な物質文化に対する警鐘としての天譴論《てんけんろん》による神の怒りなのか説明のつかない、あまりにも甚大な人的・経済的被害をもたらした未曾有の災害であった。同じ東北生まれの人間として、犠牲となられた一万八千余名とご遺族の皆様には、お悔みとお見舞いの言葉が見つからない痛恨の極みであり、ただただ、衷心よりご冥福をお祈りすることしかできなかった。一方、勤務先や系列会社、仙台や栃木を中心とした施設と社員の家屋にも大きな被害をもたらし、個人住宅では業者不足で不便な生活を強いられた。幸いにも怪我人もなく、工場建屋施設や設備損壊も比較的早く復旧し今後の対策も施すことができたのである。しかし、精神的な衝撃は深刻で、無論のこと震災以降は好きなゴルフや旅行、美術館巡り、古寺巡礼を控えたというよりは全く出掛ける気にならず、備忘録を記すことも空白の約二年になった。しかし、自分が沈んでいても何も変わらず前進しない。東北の被災地の復興が遅々として進展していないことに苛立ちを感じ、一種の焦躁感を禁じ得ないながらも、企業として私人としても支援できることは実施してきた。後は、政府や地方公共団体、何よりも被災者皆さんの「復興への希望と力強い意思」を祈るものである。

被災地の皆さんには、心ない言い方だが、漸く「閑」を有効に使う行動ができた二〇一三年から、少しずつ備忘録を記すことができる行動を再開し、今日を迎えて四冊目になる「備忘録集」を上梓するまで漕ぎ着けることができた。第Ⅰ・Ⅳ章は、私の人生のモットーである「戦闘的に働き小鳥のように遊ぶ」の、戦闘的に働くためのエネルギーの源泉と充電の手段である「小鳥のように遊ぶ」部分として行動してきた、自らの趣味を中心とする紀行の備忘録である。第Ⅱ・Ⅲ

章の浮華な論説は、ビジネス人生の終結にあたり、その後始末の記録として、会社への貢献はもとより、私を支えてくださった皆さんに、感謝の気持ちをもって捧げるものである。特に若い社員の皆さんには、これからのビジネス人生を歩む上で何かのヒント、なかんずく応援歌になるとすれば、私にとってこれ以上の幸せなことはない。

これからの一市民としての人生は、不器用な私には地域社会に貢献できることは少ないが、永年の友人や仲間たち、そして近隣の皆さんとの付き合いを大切にして歩んでいきたいと思う。そして、仲の良い老夫婦として家人を労りつつ、隣家の孫娘の健やかな成長を見守りながら、一方では好奇心を失うことなく、身体が続く限り旅行や母校のオープン講座に顔を出して、観たこと、聞いたこと、学んだことの感想を日記のような気持ちで、楽しみながら記していきたい。

最後に、今回の『備忘録集』の編纂にあたっては、前集同様にコールサック社代表の鈴木比佐雄さんには、過分な栞解説文と格別なご指導を頂いたこと、さらに編集者の座馬寛彦さんには並々ならぬお世話になり、私の好きな桜咲く時期に、さらにはわがビジネス人生の終結期に上梓することができる。衷心より御礼を申し上げたい。

二〇一六年二月

五十嵐　幸雄

五十嵐幸雄（いがらし　ゆきお）

1945 年 11 月 8 日福島県生まれ。
1969 年國學院大學卒、三和テッキ株式会社入社。経理部門、製造部門（宇都宮工場）、総務部門、企画部門の業務に従事。
1996 年取締役就任。常務、専務、副社長、会長、相談役を経て、2014 年取締役を退任。現在は顧問。
著書に、備忘録集『小鳥のように遊ぶ』（2001 年 4 月）、備忘録集Ⅱ『忙中自ずから閑あり』（2006 年 4 月）、備忘録集Ⅲ『ビジネスマンの余白』（2010 年 7 月）、備忘録集Ⅳ『春風に凭れて』（2016 年 4 月）。
現住所　〒 253-0053 神奈川県茅ヶ崎市東海岸北 2-5-27
E-mail　ty3va7@bma.biglobe.ne.jp

石炭袋

五十嵐幸雄・備忘録集Ⅳ『春風に凭れて』

2016 年 4 月 15 日初版発行
著　者　　五十嵐幸雄
編集・発行者　鈴木比佐雄

発行所　株式会社 コールサック社
〒 173-0004　東京都板橋区板橋 2-63-4-209
電話 03-5944-3258　FAX 03-5944-3238
suzuki@coal-sack.com　http://www.coal-sack.com
郵便振替　00180-4-741802
印刷管理　（株）コールサック社　製作部

＊カバー写真　猪又かじ子　　＊装幀　杉山静香

落丁本・乱丁本はお取り替えいたします。
ISBN978-4-86435-244-4　C1095　￥2000E